현자의 검

Sword of Philosopher

4

"리제 언니!"

Junki Hiyama
히야마 준키
일러스트
사라치 요미

그림 같은 광경이었다.
불어오는 바람에
그녀의 머리카락이 나부꼈고,
자줏빛 세상의 중심에
그녀가 서 있었다.

저녁노을로 물든 **소피아**의 얼굴은
움직임을 멈추고 넋을 잃을 정도로
아름다웠다.

"……하나
물어봐도 될까?"

"……어?"

갑자기 **아마리아**가
유노를 뒤에서 붙들었다.

오르디아가 마족에게 달려들었다.
먼저 인사 대신 단칼에 공격해
마족의 움직임을 막았다.

"아직……
나는……!"

다크라이드가
저항하려고 했으나…….

리제는 아까처럼
『크레센트 문』을 쓸 자세였고,
소피아는 바람— 상급 마도기
『풍화영참』이 분명했다.
두 사람이 무기를 내리쳐
똑같은 타이밍에
다크라이드를 공격했다.
순간, 바람이 일며
화염이 더욱 힘차게
타올랐다.

4

현자의 검

**Sword of
Philosopher**

INTRODUCTION

미지의 전투

마왕을 무찌르려는 **루온** 일행은 앞으로 있을
전투에 대비해 동료인 **소피아**와 **오르디아**의
무기를 강화한다.

그와 함께 루온은 소피아에게 **지일다인
왕국**에 친구인 **왕녀**가 있다는 말을 듣는다.
고향에서 **마법사 리엘**에게 얻은 자료에
의하면, 그녀는 마족을 토벌할 때 부상을
입었다고 나라에서 공표한 뒤로 전투에
참여하지 않았다고 한다.

그 사실을 안 소피아는 불안해한다.
어쩌면 왕녀는 다친 것이 아니리라…….
그리고 그 예상은 적중했다.

루온 일행이 지일다인 왕국을 들렀을 때,
그녀를 둘러싼 전투가 시작되려고 했다.
그대로 내버려두면 최악의 경우, 왕녀는
게임 속의 소피아처럼 비참한 결말을
맞이한다.

그에 루온 일행은 전투에 참가하기 위해
움직이고, 거기서 **새로운 게임 주인공**과
만나게 되는데…….

그와 함께 마족 토벌을 시작한 루온은 이
전투로 알게 된 사실에 경악한다.

Sword of
Philosopher

작가
히야마 준키

일러스트
사라치 요미

옮긴이
이은혜

현자의 검

Sword of
Philosopher

CONTENTS

4

일러스트 : 사라치 요미

제18장 보이지 않는 벽

정령이 많이 사는 이 대륙에서 특히 강한 힘을 가진 존재인 신령은 셋밖에 없다.

그중 땅과 빛을 다스리는 신랑(神狼) 가르크는 아군이 되어 분신이 나와 함께 하고 있다. 현재는 아직 동료들에게 나에 대해 — 전생한 것과 본래 갖고 있는 힘 — 이야기하지 않았다. 가르크도 내 몸속에 있으며, 모습을 드러내지 않았다.

가르크는 신령 중 하나, 물과 어둠을 다스리는 수왕(水王) 아즈아가 마왕 쪽에 붙었다고 추측했다.

그것이 과연 사실일까. 사실이라면 그 진의는…….

"……어떻게 보면 최고의 타이밍에 온 걸지도 모르겠어."

나는 눈앞에 있는 숲을 바라보며 중얼거렸다.

"네? 루온 님, 뭐라고 하셨습니까?"

그 중얼거림에 옆에 있던 여자— 함께 여행하는 소피아가 반응했다. 그녀의 파란 두 눈동자가 나를 뚫어져라 보았다. 바람에 은발이 흩날리는 모습이 가련했다.

언제 봐도 한 폭의 그림 같다는 생각을 하며 입을 열었다.

"아니, 그냥 혼잣말이야. 자, 들어가자."

우리는 마침내 소피아가 다음으로 계약할 정령인 운디네의 거처에 도착했다. 거처의 이름은 엘티라 숲— 숲속에 있는 많은 샘에 운디네들이 살고 있다.

"나도 들어가도 되나?"

다른 동료인 오르디아가 물었다. 짙은 보라색 머리카락이 소피아처럼 바람에 흔들렸다. 길고 가느다란 눈매 속 검은 눈동자가 숲을 주시하며 불편한 표정을 지었다.

그는 인간과 마족 사이에서 태어난지라 정령이 경계할 것으로 생각하는 모양이었다.

"……오르디아 혼자였다면 정령들도 쫓아냈을 거야."

나는 그렇게 말하고 소피아를 힐끗 보았다.

"하지만 우리에겐 정령의 계약자…… 그리고 실프의 왕이 있으니까 괜찮겠지."

"그러네."

손바닥 크기의 정령이 동의하며 나타났다. 파란색 머리카락과 하얀 원피스가 특징인 그녀는 바로 실프의 왕 레핀이다.

"이번에도 노움 때처럼 안내해줄게."

"그러는 편이 빠르겠지? 부탁해."

"서두르지 않으면 해가 질걸?"

또 다른 이가 그렇게 말하며 레핀의 옆으로 다가왔다. 그녀와 같은 크기의 천사— 내가 이 세계에 전생하고부터 함께 여행한 유노다.

"마을까지는 꽤 멀고 말이야."

"어쩌면 숲속에서 노숙할지도 몰라. 하지만 정령이 있는 곳이니까 위험하지는 않을 거야."

"……노숙할 도구가 있던가?"

"내가 소환할 수 있는 수납상자에 한 세트 있으니까 문제없어."

"숲속에 사냥꾼 오두막이 있어."

레핀이 입가에 손을 대며 말했다.

"짐승이 있어서 인간이 이곳에 드나드는 모양이야."

"그럼 거길 사용할까……? 소피아, 괜찮아?"

"괜찮습니다."

"나도 그거면 돼."

소피아와 오르디아가 잇따라 찬성했다.

"그럼 레핀, 잘 부탁해."

"응, 따라와."

그녀의 안내에 따라 우리는 숲으로 발을 들였다.

우리는 현재, 대륙 남쪽에 위치한 장소에 있다. 마왕은 북쪽부터 침략하고 있기 때문에 이곳으로 오니 마물 레벨이 낮았다. 그래서인지 들르는 마을에 감도는 분위기도 평온했다.

이 숲도 뭔가 평화로운 분위기다……. 게임에서는 소동이 벌어지는데, 분위기를 보니 해결된 것 같았다.

우리는 레핀을 선두로 숲속을 나아갔다. 누가 왔었는지 길을 닦아놓아서 걷기 편했다.

"뭔가 이때까지 들어갔던 숲하고는 다르네."

유노가 감상을 말했다.

"마력이 상당히 커."

"운디네의 샘에서 마력이 솟아나서 그래."

레핀이 설명했다.

"이 숲속에는 크고 작은 다양한 샘이 있어. 운디네들은 그곳에 마력을 담아두기도 해."

"흐음, 그래서 그런가……."

우리는 이런저런 대화를 하며 길을 걸었다. 그러자 점점 나무들 사이로 샘이 보이기 시작했다.

나는 문득 의문이 생겼다.

"레핀, 설마 운디네의 왕을 만나러 가는 거야?"

"운디네는 왕이라고 하지 않고 족장이라고 불러."

"……족장?"

소피아가 되묻자 레핀이 「응」 하고 대답했다.

"우리 실프와 노움은 정령들을 통솔하는 장(長)을 왕이라고 불러. 하지만 운디네는 보통 개별적으로 활동하는 일이 많아서 왕이라는 동족을 총괄하는 중심적인 존재가 없어. 하지만 그럼 유사시에 정리가 안 되니까 외부와 흥정하는 역할로 족장을 정해."

"……뭔가 이름만 족장 같네."

내가 감상을 말하자 레핀이 쓴웃음을 지었다.

"실제로 그래. 정령의 거처에 인간이 깊이 간섭한 적도 없고, 역할을 완수하는 일 또한 드물어. 하지만 족장이기 때문에 숲에 사는 운디네들을 가장 잘 안다는 것은 틀림없어. 인사하면서 소피아와 계약할 정령에 관해 조언을 받으면 딱 좋을 거야."

"오, 그거 좋겠다."

족장이라……. 게임에서는 정령에 대해 자세히 나오지 않아서 몰랐다.

운디네의 생김새는 실프와 노움처럼 게임에 따라 다른데, 이 게임에서는 따뜻한 인상을 주는 것이 특징이었다.

내가 생각하는 운디네는 공손한 말투에 예의바른 느낌이지만, 이 게임에서는 달랐다. 예를 들어 실프가 레핀처럼 예의가 바른 것처럼, 제작자는 약간 성격 설정을 비트는 경향이 있었다. 그것이 좋은지 어떤지는 모르겠지만.

숲 안쪽으로 갈수록 점점 시선이 느껴졌다. 운디네임에는 틀림없는데…… 시선이 따가웠다. 경계하나? 레핀도 있으니 싸우지 않을 줄 알았는데, 그렇지도 않은가?

"우릴 보고 있군."

오르디아가 주위를 살피며 중얼거렸다.

"게다가 나를 보는 시선은 제법 적의로 차 있어."

즉, 마족의 피를 이은 그에게 주목하는 것인가.

"레핀, 소란이 일어나지는…… 않겠지?"

"……아마도."

불안한 대답에 마음속으로 좀 봐달라고 생각하던 때, 바로 앞에 정령이 나타났다.

"……기척을 느끼고 이쪽으로 온 모양이야."

레핀이 공중에서 멈췄다. 우리도 멈춰 서서 다가오는 이에게 주목했다.

"오랜만이야, 레핀."

말하는 목소리가 어딘지 나른한 운디네였다.

생김새는 10대 후반. 다른 게임에는 물을 연상시키려고 피부를 파랗게 설정하기도 하는데, 이 세계에서는 인간과 피부색이 같았다. 레핀의 머리카락보다 진한 색— 심해가 떠오르는 짙은 파란색의 긴 머리카락을 가졌고, 소피아 못지않은 기품이 있었다.

그리고 다른 운디네들은 하얀 로브를 입었는데 그녀는 파란색이 바탕인 의복을 입었다. 한눈에 알 수 있는 외양 차이로 눈앞의 정령이 어떤 존재인지 쉽게 상상할 수 있었다.

"자자, 이들은 적이 아니니까 경계하지 마."

그 정령이 주위를 설득하듯이 말하자 우리를 주시하던 기척이 사라졌다. 지시하는 존재— 족장이었다.

그것을 뒷받침하듯이 레핀이 그녀를 손을 가리키며 소개했다.

"이 정령의 이름은 아마리아. 운디네의 족장이야."

"잘 부탁해. 미안해, 원래는 환영해야 하는데……."

"나 때문이겠지. 신경 쓰지 마."

오르디아가 표정 하나 바꾸지 않고 말했다. 그에 아마리아가 다시 「미안해」라고 사과했다.

"한 발 늦게 왔으면 싸움이 벌어질 뻔했어……. 호전적인 아이가 많거든."

음, 게임에서도 덤비는 정령이 많았다. 설정은 현실과 다르

지 않나?

"그럼 다시…… 레핀이 데려왔으니 우리도 그에 걸맞은 대접을 할게."

아마리아가 안쪽을 가리키며 안내를 시작했다.

"일단 내가 사는 샘으로 가자."

망실이지 않고 앞으로 가는 정령을 따라 가자, 얼마 지나지 않아 샘에 도착했다.

아마리아가 사는 샘에 가까이 다가가니 상당한 마력이 차 있는 것이 느껴졌다. 물은 투명해서 아주 깊은 곳까지 보였다.

샘 안쪽에는 산이 숲을 지키듯이 자리 잡고 있었다. 우리는 둥글게 앉아 이야기를 시작했다. 아마리아가 먼저 입을 열었다.

"레핀, 네가 이렇게 동행한 데는 어떤 이유가 있는 거겠지?"

"응, 지금부터 설명할게."

레핀이 대표로 소피아의 정체와 마족에게서 빛을 얻은 것에 관해 설명을 시작했다. 그리고 앞으로 어떤 전투가 벌어질지…… 물론 소피아와 오르디아가 있으니 나와 신령에 관해서는 말하지 않았다.

"흐음, 그래…… 마왕을 토벌할 사람들이라……."

아마리아가 소피아와 오르디아를 힐끗 보고 중얼거렸다.

"레핀이 동행한 것도 이해가 되네."

"응. 현재 소피아가 계약한 것은 나와 노움인 로쿠토야. 우리와 어깨를 나란히 할 상성 좋은 운디네와 계약하고 싶어."

"그럼—."

레핀의 말에 아마리아가 자기 가슴에 손을 대로 입을 열었다.

"내가 협력할게. 족장으로서 마족과의 전투를 제대로 봐야 하니까."

레핀은 놀라지 않았다. 어느 정도 예상은 했나 보다. 그런데 실프와 다르게 정령들을 이끌 대표가 없어도 괜찮나?

"우리로서는 아주 고마운 제안인데, 괜찮습니까?"

소피아의 물음에 아마리아가 미소 지었다.

"계약하려면 누군가에게 족장 자리를 넘겨야 하지만, 잘 될 거야."

놀라울 정도로 대범한데…… 정말 괜찮나?

"족장은 귀찮은 일뿐인데도 하고 싶어 하는 아이가 있어서, 시간은 조금 걸리겠지만…… 하루만 기다려줘."

"아마리아가 이렇게 직접 말하는데, 맡겨보자."

레핀이 이어서 말했다. 우리로서는 고개를 끄덕일 수밖에 없었다. 소피아와 오르디아도 동의의 뜻을 보였다.

"그럼 바로 이야기하고 올게."

아마리아가 재빠르게 일어나 숲속으로 사라졌다.

괜찮을까, 하고 생각하는데 레핀이 다시 한 번 말했다.

"아주 가볍게 받아들였지만, 믿어도 돼. 실력은 내가 보장할게."

"그건 의심하지 않는데…… 상성은 괜찮아?"

내 물음에 그녀가 「문제없어」라고 대답했다.

"아마리아가 계약한다고 했으니까 괜찮겠지."

솔직히 상성 문제를 아는지 의심스러울 정도로 흔쾌히 대답하는데…… 뭐, 족장이니까 능력도 좋을 테고, 상성이 어떤지는 금방 판별되겠지?

"결국, 여기서 하루 묵는 거야?"

갑자기 유노가 물었다.

"설득이 금방 끝날 것 같지는 않아 보이고……."

"그러게, 사냥꾼 오두막이 어디 있는지 물어보고 거기서 쉬자."

소피아와 오르디아가 찬성했다. 그와 동시에 나는 이곳에서 해야 하는 또 하나의 일을 머릿속에 떠올렸다.

아마리아의 설득은 저녁까지 걸렸고, 우리는 사냥꾼 오두막에 자리 잡고 쉬기로 했다. 그러자 소식을 듣고 운디네들이 오두막에 몰려와 저녁 식사를 할 무렵에는 제법 소란스러워졌다.

"어디서 왔어?"

"다른 정령의 거처는 어떤 곳이야?"

"지금까지 어떻게 여행했어?"

질문이 연달아 날아왔다. 실프나 노움과 달리 각자 자기 마음대로 구는 인상이었고, 아마리아도 끼어서 작은 연회가 됐다.

그런 와중에 소피아는 친절하고 정중하게 대응했다. 피곤한 기색을 전혀 내보이지 않고 웃으며 응하는 그녀의 모습에 나는 대단하다고 감탄했다.

"우리한테 그렇게 공손하게 안 대해도 괜찮지 않아?"

갑자기 아마리아가 소피아에게 물었다.

"습관 같은 것이어서요."

"누가 가르쳐줬어?"

"네. 남을 대하는 법과 예법은 어머님께 배웠습니다."

어머님이라……. 그러고 보니 게임에서는 그녀에 대해 거의 서술되지 않았다. 게임 초반에 사라지는 캐릭터인 데다, 왕녀이지만 주인공 에이나의 방아쇠 역할뿐이니까. 그리고 왕은 게임에 등장하지만, 왕비는 나오지 않았다.

성에 머물 때도 못 보았다. 나는 그 이유에 대해 묻지 않았고…… 유노도 분위기 파악을 했는지 언급하면 안 되는 것처럼 끝내 묻지 않았다.

조금 신경 쓰였지만, 결국 왕비에 관한 화제는 올라오지 않았다. 그렇게 저녁 식사를 마치고…… 드디어 잘 시간이 되자 정령들도 해산했다.

"그럼 계약하자."

마지막으로 남은 아마리아가 소피아와 계약했고…… 새로운 동료가 늘었다.

아마리아가 소피아의 몸에 들어갔다가 나오자 유노와 레핀처럼 작아졌다.

"흠, 느낌이 그리 나쁘지 않네."

아마리아가 공중을 떠돌며 중얼거리자 레핀이 그녀와 대화하기 시작했다. 그 모습을 보는데 소피아가 다가왔다.

"저기, 루온 님……."

소피아는 눈을 살짝 위로 뜨고 내게 말을 걸었다.

"저 혼자 써도, 괜찮습니까……?"

"응, 괜찮아. 오르디아도 찬성했고."

사냥꾼 오두막을 누가 쓰느냐에 대해서였다. 오두막에는 침대가 하나뿐인데 작기까지 해서 한 사람이 눕는 게 한계였다. 오르디아는 소피아에게 미안하다며 밖에서 자겠다고 했고, 나 역시 오르디아와 함께 수납상자에 있던 텐트를 설치해서 자기로 했다. 참고로 텐트 안을 들여다보면 먼저 잠자리에 든 오르디아가 꼼짝하지 않는 모습이 보였다. 그 모습은 조금 섬뜩했다.

"소피아, 이제 들어가자!"

유노의 말에 소피아는 다시 망설였지만, 내가 계속 괜찮다고 하며 그녀를 오두막에 떠밀었다. 레핀과 아마리아도 오두막 안으로 사라졌고, 나는 바닥에 앉았다.

잠시 뒤, 오두막에서 레핀과 아마리아가 나왔다.

"잠깐 할 이야기가 있어서 나왔어. 루온, 먼저 사정을 설명할 테니까 유노와 함께 아마리아의 샘으로 와."

"알았어."

그들이 숲속으로 사라지는 모습을 지켜보고 잠시 더 기다리자 유노가 창문에서 날아왔다.

"루온, 소피아가 잠들었어!"

"그래. 그러고 보니 로쿠토가 안 보이는데……."

"소피아가 깨면 잘 수습해주지 않을까? 가자!"

"응."

나는 대답하며 일어났다. 아마 마물은 없겠지만, 일단 관찰용 사역마를 두고 아마리아의 샘으로 향했다.

수풀을 헤치며 묵묵히 나아가자 목적지에 도착했다. 그러자 아마리아가 호기심 어린 눈길을 보냈다.

"흐음, 쟤가 그렇단 말이지……."

설명을 마친 모양이었다.

"……내가 전생한 데에 관심이 생겼어? 아니면……."

"그것도 있는데, 가르크 님 때문에."

『놀랄 법도 하지.』

그때, 가르크의 목소리가 들렸다. 돌아보니 어느새 내 오른쪽 어깨에 손바닥만 한 강아지 아니, 작은 가르크가 있었다.

원래 모습의 축소판인데, 작아서 그런지 귀여웠다.

『이렇게 만나는 것은 처음이군.』

"그러게요. 소피아와 함께 여행하기로 했으니 잘 부탁드립니다."

『음. 아직 왕녀에게 자세히 말하지 않았으니 내 이야기는 이 자리에 있는 이들끼리 담아두지. 그리고 평소 말투로 말해도 괜찮다.』

"그럼 사양하지 않을게. 이렇게 대화 자리를 만든 것은 아즈아 님 때문이지?"

우리는 고개를 끄덕였다.

『내가 가진 정보에 의하면 거처로 쓰는 심해에서 모습을 감쳤다. 그리고 마족과 연관 있는 인간이 아즈아의 힘을 담은 도구를 가지고 있었다.』

"그건 나도 조사했어. 아즈아 님은 대륙 동부의 마족과 관련이 있는 것 같아."

동부…… 음, 어떤 마족일지 알겠다.

『루온 공, 의견 있나?』

가르크가 물었다. 마족에 관해서는 내 게임 정보가 가장 자세하기 때문이었다.

"동부라면 5대 마족 다크라이드를 후보로 꼽을 수 있겠어. 아마리아 씨."

"그냥 아마리아라고 해."

"……아마리아, 아즈아를 목격한 정보는 있어?"

"얼핏 본 정도라서 확증은 없어."

"그래도 괜찮아. 그곳, 호수 근처 아니야?"

내 질문에 아마리아의 눈이 휘둥그레졌다.

"응, 맞아."

"그럼 다크라이드가 분명해. 거점을 세운 마족과 손을 잡고 아즈아가 자신의 힘을 제공하고 있을 거야……. 목적이 뭐지?"

『가능성은 두 가지다.』

가르크가 말했다.

『하나는 마족에 영합하여 그 힘을 얻기 위해…… 다른 하나는 마족에 협력하는 척하며 목적을 살피기 위해…….』

"……가르크가 예전에 배신했다고 했는데, 그게 아니라 배신한 척하는 거라고?"

『어디까지나 가능성에 지나지 않는다. 진의는 아즈아에게 물어보지 않으면 알 수 없어.』

어느 쪽이든 직접 만나서 물어보는 수밖에 없었다.

5대 마족과 손을 잡았다면 우리로서도 조사하지 않을 수 없었다. 따라서 그곳을 수색하러 간다……고 하고 싶지만, 문제가 하나 있었다.

"아마리아, 마왕의 마법에 맞서려면 아즈아의 힘이 반드시 필요해. 그래서 우리는 협력하고 싶어. 하지만 지금부터 갈 곳은 남쪽에 있는 마을, 루나레이트…… 그에 반해 다크라이드가 있는 곳은 여기서 북쪽이야."

"갈 곳이 반대네."

"이동마법을 쓰면 여정을 앞당길 수 있겠지만…… 소피아의 마력양을 생각하면 여기서도 한 번에 가기 어려울 정도야. 무기는 포기하고 서둘러 가야할지 어떡할지……."

게다가 새로운 동료인 오르디아 생각도 해야 했다. 아즈아가 신경 쓰이지만, 무기도 만들고 싶었다. 어떻게 해야 하지…….

"……그래. 너라면, 그리고 마왕이 침공 중인 지금이라면 아무도 뭐라 하지 않겠지."

응? 고개를 갸웃거리자 아마리아가 이어서 말했다.

"우리 운디네는 다른 정령과 다르게 타인을 데리고 장거리를 이동할 방법이 있어. 그걸 사용하면 반나절도 걸리지 않아서 도착할 거야."

"오, 대단한데?"

유노가 감탄했다. 그에 아마리아는 쓴웃음을 지었다.

"하지만 장소가 제한되고, 원래는 운디네를 포함한 물의 정령만 써야 해."

"하지만 지금 쓰게 해준다고……."

레핀의 말에 아마리아가 「응」 하고 대답했다.

"딱히 이름은 없는데…… 『수령(水靈)의 길』이라고 하자. 지하수맥을 통해 한 번에 이동할 수 있어. 목적지와 수맥이 이어져 있지 않으면 못 쓰지만, 호수 근처에 길의 출구가 있으니까 쓸 수 있어."

아마리아가 우리를 힐끗 보고 다시 이어서 말했다.

"루나레이트 마을이 어디 있는지 알아. 그 근처에 길이 있으니까 준비를 마치고 호수로 갈 수 있어."

오, 좋은 소식이었다. 이동에 문제가 없다면…….

"내 사역마가 다크라이드의 거점 주변을 관찰하고 있어. 현재 적은 움직일 기척이 안 보여. 원래 그 마족은 스토리 주인공이 호수를 들르지 않으면 이벤트가 일어나지 않으니까, 적어도 주인공이 다가가지 않으면 아무 일도 일어나지 않을 거야."

『루온 공, 현재 스토리 주인공들은 어떡하고 있나?』

"필리, 에이나, 알트는 진로가 달라서 문제없어. 오르디아는 우리와 함께 있으니까 괜찮고. 다른 한 명…… 라디는 호수가 있는 나라, 지일다인 왕국 수도에 있어."

그는 수도에 머무는 듯했다. 그곳을 거점으로 삼은 건지,

장기 의뢰라도 받았나?

"현재 호수는 이상 없고, 그쪽으로 갈 가능성은 적어……. 그리고 이벤트가 일어나도 기한이 있으니까 루나레이트에서 준비를 마칠 시간은 있을 것 같아."

"그 마족에 의해 무슨 일이 일어나?"

유노의 물음에 나는 한 박자 쉬고 말했다.

"다크라이드는 마왕의 지시를 받고 대륙 붕괴 마법『라스트 어비스』실증 실험을 하고 있어."

갑자기 아마리아와 레핀의 표정이 무서워졌다.

"마왕의 마법은 대륙 규모로 이루어지기 때문에 제대로 성공할지 다크라이드에게 시험해 보라고 명령했어. 그리고 거점을 세운 호수 근처가 실험하기 좋은 곳이야."

"전쟁으로 발전하지는 않아?"

레핀이 확인했다. 나는 즉시 수긍했다.

"실험에 주력해서 성 안에 마물이 많지 않아……. 그래서 소수로도 갈 수 있어."

『그때까지 아즈아에 관해 할 수 있는 만큼 파악해두고 싶군.』

가르크의 말에 아마리아가 동의하는지 고개를 끄덕였다.

"맞아. 성에 들어갔다가 아즈아 님이 있어서 공격당하는 사태는 피하고 싶으니까."

"우선 현지에 가서 정보를 모아야 하나……. 아즈아에 관해 어떻게 조사하지?"

『사전에 마력을 포착할 수 있나 조사해보지.』

가르크가 제안했다.

『그러나 상대는 같은 신령이다. 자칫 잘못하면 들킬 수 있지……. 들키면 무슨 짓을 당할지 모르니 신중하게 대응해야 한다.』

"알았어. 그럼 부탁해. 그리고 여행 방침 말인데, 당초 예정대로 루나레이트로 가는 거지?"

"그곳에서 수령의 길을 쓸 수 있게 내가 처리해 놓을게."

아마리아가 이어서 말했다.

"그 주변, 해안 근처에 바다의 정령 네레이드가 관리하는 길이 있어. 무기를 만들려면 시간이 걸리겠지? 그동안 준비할게."

"좋아, 그럼…… 길을 쓰는 이유를 동료들에게 어떻게 설명할까?"

"그러게……, 내 동포 중에 거동이 수상한 자가 있으니 조사해달라고 하는 건 어떨까? 족장인 내가 계약하는 것과 맞바꿔서 부탁한다는 이유를 대면 괜찮을 것 같아."

"응, 그거면 되겠어. 거점을 세운 마족이 연관됐다는 말을 하면 동료들도 이해할 거야."

그렇게 계획은 세워졌다.

"그럼 내일부터 루나레이트로 가자. 아마리아, 잘 부탁해."

"응, 나야말로."

아마리아가 방긋 웃었다. 달밤에 어울리는 환상적인 모습이었다.

작전회의를 마친 다음 날, 우리는 루나레이트로 가고자 걸음을 옮겼다. 도중에 아마리아가 소피아에게 동포를 조사해달라고 요구하자 그녀는 주저하지 않고 흔쾌히 승낙했다.

　"마족과 관련됐다면 내버려둘 수 없죠."

　"부탁해, 소피아."

　"정령이 쓰는 길로 이동한다니…… 흥미로운데……."

　오르디아가 입가에 손을 대고 중얼거렸다.

　"의뢰를 달성한 뒤에도 쓸 수 있나?"

　"가능은 한데…… 우리의 비밀통로니까 세상에 알리지 말고 남한테 절대로 말하지 마."

　"잘 알았다. 그게 있으면 대륙의 그 어디든 단번에 갈 수 있겠다고 생각했을 뿐이다."

　편리한 것은 맞지만…… 어디든지 갈 수는 있는 것은 아니라서 너무 의지하면 안 좋은데…….

　"오르디아, 쓸 때는 아마리아와 상의하도록 하자."

　"그러지. 그런데 정령을 조사하려고 해도 어디 있는지 모르잖아?"

　"가령 마족에 협력했을 경우—."

　아마리아가 소피아의 어깨에 앉아 입을 열었다.

　"그 마족을 만나면 정령의 힘이 관여했는지 판별할 수 있어."

　"즉, 마족을 조사하면 된다는 건가?"

　"그래. 시간이 걸릴 수도 있지만, 너희 목적도 있으니까 만약 무슨 일이 있으면 내 일은 나중에 처리해도 돼."

사실은 5대 마족과 연관이 있으니까 반드시 만나게 되겠지.

자, 5대 마족과 싸우는 것도 이번으로 세 번째다. 5대 마족 네 명을 무찌르면 남부 침공 이벤트가 일어난다. 예전에 시간을 되돌리는 마법으로 마왕과의 전투를 반복한 마법사 리엘에게 앞으로 일어날 사건에 관한 자료를 받았다. 그 자료에도 네 명을 무찌르자 남부 침공이 시작됐다는 취지가 정확히 적혀 있으니 십중팔구 틀림없으리라.

그리고 이 자료는 내가 관리하고 있고, 본 사람도 나뿐이었다. 다른 동료가 괜히 정보에 집착하면 위험할 것 같았다. 이 점은 동료들도 동의했다. 그래서 지금은 물어보면 제시하는 식이었다.

현재 가장 큰 문제는 남부 침공 타이밍이었다. 마왕과의 전투는 서서히 인간 쪽으로 형세가 기울었다. 그러나 예단은 금물이다. 잇따라 5대 마족을 공략해 남부 침공이 일어나면 위기에 내몰릴 수 있었다.

주인공들에게 마족과 엮이지 말라고 알려야 하나……. 아니, 아무리 그래도 5대 마족 쪽도 사정이 있고, 주인공들을 막고 움직일 가능성도 없지 않았다. 실제로 베르나는 주인공 세력이 엮이는 바람에 일어났다고 단언할 수는 없고 말이다.

나 역시 『주인공이 없어도 이벤트가 발생한다』고 해석해야 할지도 모르겠다. 아무튼 형세가 유동적이라서 나도 어떻게 해야 할지 똑똑히 생각해야 했다.

그런 와중에 실험하는 5대 마족 다크라이드는 잘못 대응하면 희생자가 생기기 때문에 반드시 계획을 막아야 했다. 참고로 자료에는 다크라이드에 관해 『호수로 향한 사람이 대처했다』 정도로만 적혀 있었는데…… 그가 겪은 경험 중에는 피해가 없었던 모양이지만, 방심할 수 없었다.

"그곳은 어디입니까?"

그때, 소피아가 아마리아에게 물었다.

"정령이 쓰는 길을 쓴다는 것은 거리가 꽤 된다는 말이죠?"

"여기서 북쪽— 지일다인 왕국이야."

아마리아의 대답에 소피아가 움찔했다.

"소피아, 왜 그래?"

소피아의 반응을 눈치 챈 유노가 물었다.

"아, 아뇨. 정보가 있는 건 아니에요. 그저 지인…… 친구가 있어서……."

흐음, 친구라…… 게임에는 왕비처럼 소피아의 친구도 나오지 않았다. 성에 머물 때도 묻지 않았다.

"친구? 귀족이야?"

"왕족입니다……. 리젤레이트 피아랑 지일다인……. 지일다인 왕국 제1왕녀이자 제 언니 같은 분이에요."

게임에는 이름도 나오지 않은 인물이었다. 애초에 지일다인 왕국은 다크라이드의 거점인데도 불구하고 호수 근처 마을만 나오고, 수도에는 가보지도 못했다.

하지만 여행하며 정세는 알 수 있었다.

"들은 바에 의하면 지일다인 왕국은 마족의 침공을 물리쳤대."

내 말에 소피아와 오르디아의 시선이 나를 향했다.

"하지만 마족이 어슬렁거린다는 말도 들었어. 그리고 분명 나라도 엮였을 테니 국내는 어수선할지도 몰라."

"만약 왕녀와 엮일 기회가 있으면 에이나 때처럼 잘 대처해야겠어요."

소피아가 중얼거리며 입가에 손을 댔다.

"제가 여행하는 게 알려지면 큰 소란이 벌어질 테니까요."

"그렇지."

"리젤레이트 왕녀가 앞으로 어떻게 되는지 알 수 있겠습니까? 리엘 씨의 자료에 뭔가 적혀있던가요?"

소피아가 조금 불안해하며 물었다. 친구라서 불안한가?

분명…… 뭔가 적혀있었던 것 같은데…….

"잠깐만. 수납상자에 보관해놨으니까 꺼내볼게."

나는 수납상자를 소환해 안을 뒤적였다.

잠시 뒤, 리엘의 자료를 발견했다. 지일다인에 관한 정보는…….

"왕녀는 마족을 토벌하러 갔다가 다쳤대."

"다쳤다고요?"

소피아가 미간을 찌푸렸다.

"응. 남부 침공 때도 치료 중이었는데, 결국 모습을 드러내지 않았어."

내 말이 이어질 때마다 소피아의 얼굴이 어두워졌다. 마음에 걸리는 것이 있는 듯했다.

"……왕녀는 저처럼 기사 훈련을 받았습니다. 마족과 싸우면 진두에 서겠죠."

소피아가 단언했다.

"왕녀는 군의 사기를 높입니다. 리젤레이트 왕녀도 그것을 알고 있을 테고, 다쳤더라도 병사의 사기와 관련됐다면 싸우지 않아도 군과 동행했을 겁니다."

"가능성은 두 가지인가."

오르디아가 말했다. 눈빛이 아주 예리했다.

"일어날 수 없을 정도의 중상이거나…… 나라가 세간에 그렇게 공표했을 뿐, 사실은……."

죽었다. 어느 쪽이든 심각했다. 소피아의 얼굴이 더 어두워졌다.

으음, 나 역시 사역마로 라디를 관찰하고 있지만, 왕녀님은 확인할 수가 없었다. 게임 범위 외의 일이라 무시했는데…….

"자료 날짜를 확인해보니까 왕녀가 움직이는 전투는 조금 나중에 벌어져. 이전 전투처럼 흘러가면 루나레이트에 들른 뒤에도 갈 수 있어."

그 전투에 아즈아가 관련됐을지는 모르지만…… 왕녀를 구하면 소피아처럼 마왕과의 전투에 플러스가 될 것이 틀림없었다.

"일단 남쪽으로 가서 무기를 얻고…… 지일다인 왕국으로 가자. 괜찮지?"

내가 확인을 위해 묻자 소피아와 오르디아가 고개를 끄덕였다.

루나레이트는 게임에도 등장한 대륙 남부의 규모가 큰 마을 중 하나다. 루온도 내가 전생하기 전에 이 마을에 들러서 검을 샀다.

대장간도 게임에 나왔다. 재료를 제공하면 강력한 물건도 만들어줬다. 뭐, 게임에서는 결과적으로 내가 만드는 게 더 나아서 후반으로 갈수록 이용할 기회가 적어졌다. 그러나 현실에서는 애초에 대장일을 못하기 때문에 대장장이에게 부탁해야 했다.

그런 연유로 운디네가 있던 숲에서 더욱 남쪽— 경치가 매우 아름다운 해안선에 있는 마을에 도착했다.

"오, 예쁘다."

유노가 감상을 말했다. 마을 입구부터 하얀 건물이 이어졌다. 산을 깎아 만든 마을로, 산 표면을 따라 건물을 지어서 바다에서 보면 아주 아름다운 광경이리라. 대장간이 많은 마을이지만, 풍경은 그야말로 관광도시였다.

입구 주변에 경비병이 많은데도 분위기는 평온했다. 남부는 역시 마족의 영향이 희박한 게 눈에 확연히 보였다.

"여기 온 적 있나?"

그때 갑자기 오르디아가 물었다. 나는 고개를 끄덕였다.

"예전에 이 마을에서 검을 산 적이 있어……. 소피아는?"

"옛날에 한 번……. 하지만 행사에 참석하러 온 것이라 마을 상부에 있는 성에 들어간 뒤로는 아무것도 못했습니다. 루온 님, 바로 가게로 가나요?"

"응, 따라와."

내가 앞장서서 마을 안으로 들어갔다. 유노는 이제까지 들른 마을과 다른 양상에 계속 눈을 굴렸다.

소피아는 말없이 뒤따랐고, 오르디아는…… 유노처럼 신기해했다.

시간이 있으면 관광이나 할까……. 그런 생각을 하면서 대로 중심에 가까운 곳에 도착했다. 게임에는 분명히 이 근처에…….

"찾았다. 저기야."

손가락으로 가리키며 가게로 다가갔다. 나는 간판을 확인하고 문을 열었다.

"실례합니다."

가게 안으로 들어가자 깡깡, 쇠를 두드리는 소리가 들렸다. 밖으로는 소리 하나 새어나오지 않았는데, 방음 마법이라도 썼나?

"어서 오세요."

소리와 함께 우리에게 말을 건 사람은 안경을 쓴 30대 여자였다. 서글서글한 모습에 앞치마가 무척 잘 어울렸다.

"검을 사러 오셨나요?"

"제가 아니라 뒤에 있는 두 사람의 검을 사려고요."

소피아와 오르디아를 손으로 가리키자, 여자는 「알겠습니다」라고 대답하고 두 사람을 보았다.

"두 분……. 남자 분은 이도류군요. 바로 시작할 수 있어요."

"그럼 부탁드립니다."

부탁과 동시에 쇠를 두드리는 소리가 멎고 안에서 흑발 남자가 나타났다.

"어서 오쇼."

조금 무뚝뚝한 말투. 여자와 비슷한 나이에 턱에 살짝 수염이 났다.

여자는 사모님인가? 가만히 있으니 그녀가 남자에게 의뢰 내용을 말했고, 남자는 소피아와 오르디아를 슬쩍 보았다.

"만들기 전에 몇 가지 물어보지. 원하는 디자인이 있나?"

"아뇨, 특별히는……."

"마찬가지다."

두 사람이 고개를 저었다. 대장장이가 그럼, 하고 운을 뗐다.

"지금 쓰는 검과 비슷한 사양으로 하겠나? 손에 익었으면 그에 맞추는 편이 위화감도 없겠지."

"가능하다면 그 편이 낫다."

오르디아가 제일 먼저 반응했다.

"모양은 바꿔도 상관없지만, 무게는 비슷하게 해줬으면 좋겠다."

"소재에 달렸지만, 노력해보지."

"저도 그렇게 부탁할 수 있겠습니까?"

이어서 소피아도 반응했다. 가게 주인은 즉시 고개를 위아래로 끄덕였다.

"그럼 기존의 검에 가깝게 하지. 검을 맡겨야 하는데, 괜찮나?"

"괜찮습니다."

소피아가 대답하고 검을 넘겼다. 이어서 오르디아가 검을 건네자 가게 주인이 말을 이었다.

"그럼 작업에 들어가기 전에 검사 좀 해볼까?"

"검사?"

유노가 되묻자 여자가 대답했다.

"둘 다 마력이 상당해 보이네. 그리고 당신은 정령 계약자죠?"

"아, 네. 그렇습니다."

바로 간파 당하자 소피아가 당황했다.

"무기를 제공하려면 그런 면도 고려해야 해요. 검사는 제가 합니다. 이래 보여도 아카데미아를 졸업한 마법사거든요."

나 역시 그녀 덕분에 이곳에서 마법검을 만들 수 있었다. 소피아가 「그렇구나」 하고 감탄하며 내가 이곳으로 데려온 이유를 깨달은 듯했다.

두 사람은 안으로 들어갔다. 마력 등을 검사한 후, 그것을 기초로 대장장이 부부가 무기를 만든다. 검사가 끝나기를 기다리는데 남자가 말을 걸었다.

"나는 가나크 바론트. 안으로 들어간 건 아내인 론네다. 그쪽은?"

"루온 마딘입니다."

악수와 함께 통성명을 했다. 가나크는 손을 놓고 다시 내게 물었다.

"아무래도 평범한 모험가는 아닌가 본데?"

그 말에 나는 살짝 고개를 끄덕였다.

"동료와 함께 대륙 각지를 돌고 있습니다. 마족과 마물 토벌이 목적이에요."

"이곳에는 검을 구하러 왔나?"

"네. 운디네와 계약하고 이곳에 들렀습니다."

"정령 계약자도 쉽게 볼 수 있게 됐군."

가나크가 머리를 벅벅 긁으며 말했다. 나는 질문을 해보기로 했다.

"이 마을에도 마왕 침공의 영향이……?"

"하루이틀 머물면 별로 안 느껴지겠지만, 물론이야. 피난민이 밀려오는 것도 크지만, 무엇보다 너 같은 모험가들이 많이 오지."

그가 자조적인 한숨을 흘렸다.

"가게 평판을 듣고 검을 구하러 온 건 기쁜데, 마물과 싸우는 게 이유라니 마음이 복잡해."

그럴 만도 했다. 바쁘다는 것은 마족과의 전쟁이 계속 되는 것을 의미하니까.

"피난민 말고 다른 영향은 없습니까?"

"마족이 쳐들어 왔다는 이야기는 없지만, 마을과 조금 떨어진 곳에 있는 해안 동굴에 마물이 살고 있어. 마을 사람들 중에 우려하는 사람도 있고."

조금씩 위기가 엄습했다. 남부 침공은 루나레이트에서 떨어진 곳에 상륙해 그대로 북으로 진군한다. 이 마을에 영향은 없겠지만…….

그때, 소피아와 오르디아가 돌아왔다. 부인의 설명에 의하면 두 사람의 마력 조사에는 하루가 걸리며 그 뒤에 검을 만드는 데 다시 시간이 든다고 했다.

"평범한 대장일과는 달라서 소재에 따라 기간이 바뀌어."

"소재는 이쪽에서 제공해도 되겠습니까?"

내 제안에 가나크가 「상관없어」라고 대답했다.

계속 여행하다보면 더 강력한 마족과 싸우게 되므로 그에 걸맞은 소재가 필요했다. 그럼 답은 하나—.

나는 소환마법으로 수납상자를 불러냈다. 가나크와 부인이 놀라는 와중에 꺼낸 것은…….

"이건 어떻습니까?"

"……호오, 아주 재미있는 걸 가지고 있는데?"

가나크의 호기심 어린 시선이 느껴졌다. 부인도 흥미롭게 바라보았다.

내가 꺼낸 것은 퇴마성 힘을 가진, 『영강(靈鋼)』이라고 불리는 이 세계의 특이한 금속이었다.

무기 소재 중에 영강은 강력한 부류였다. 그밖에도 『성철(聖鐵)』이나 퇴마성을 보유한 물건이 있지만, 이 영강에는 아주 우수한 특성이 있었다.

"알았다. 그걸로 검을 만들어주마."

"시간이 얼마나 걸릴까요?"

"급한가?"

그의 물음에 나는 조금 미안해하며 고개를 끄덕였다.

"원래는 일주일 정도 걸리지만, 추가 요금을 내면 검사를 포함해 나흘이면 돼."

"그렇게나 줄일 수 있습니까?"

"방법이 있지. 마법을 쓰면 가능해. 단, 마법에 소재가 필요해서 그만큼 돈이 들지."

그리고 제시한 금액은, 상당히 비쌌다. 돈으로 시간을 사는 건가? 뭐, 지금은 단축할 때지. 나는「그렇게 하죠」라고 말하고 소재와 대금을 건넸다.

"그나저나 영강이라니, 미래를 생각했나?"

"응? 무슨 말이야?"

그의 물음에 유노가 고개를 갸웃거렸다. 내가 소재에 대해 설명하지 않아서였다.

"영강은 마력을 주입하면 주입할수록 강도와 베는 맛이 좋아져. 마력 허용량에 한계가 있지만, 특성상 다른 소재에 비해 꽤 높아. 더 강해지면 두 사람의 실력을 유감없이 발휘할 수 있을 거야."

게임은 마력에 따라 공격력이 증감하는 구조였다. 마법전사 계열에 힘과 마력이 높은 인간은 강하지만, 마법을 쓰지 않는 캐릭터는 이용가치가 없었고 애초에 강력한 무기를 직접 만들기 때문에 영강을 사용할 일이 없었다.

그러나 전사도 마력장벽을 쓰는 현실에서는 게임보다 마력을 이용할 기회가 많아서 유용했다. 따라서 이 소재가 가장 좋다고 판단했다.

"어머, 그럼 무기 말고도 다른 것들이 필요하지 않을까?"

그때 갑자기 부인, 론네가 제안했다.

"영강을 다룬다면 강한 마물과 싸우겠지? 그럼 옷도 강화해야 하지 않을까?"

부인이 웃으며 말했다. 상냥한 말투와 다르게 분위기는 어쩐지 임전태세에 가까웠다. 무기 추가 비용을 쉽게 내서 중요한 고객이라고 해석했는지도 모르겠다.

"강화할 수 있습니까?"

소피아가 묻자 부인이 즉시 고개를 끄덕였다.

"방어구는 갑옷과 의복 전부 마법으로 강화할 수 있어. 당신이 입은 건 마력장벽을 사용했을 때, 효력이 밑돌지? 나는 영강 특성처럼 밑돌지 않고 증폭효과를 부여할 수 있어."

……앞으로 전투가 격렬해질 것이 필연적이라 방어 쪽도 제대로 준비하고 싶은 것은 사실이었다. 검과 함께 방어능력도 향상하면 더할 나위 없었다.

"참고로, 얼마예요?"

가격을 묻자…… 세상에, 검 세 자루를 만드는 것과 별반 다르지 않았다.

예산은 명목상 예전에 마족을 토벌한 보수라고 설정해놓았고, 동료들에게도 그렇게 말했다. 그러나 옷까지 강화하면 적자였다.

"저기, 루온 님."

소피아도 눈치 챘는지 입을 열었다. 그러나 나는 소피아를 말렸다.

"괜찮아요, 부탁드립니다."

"알았어요."

나는 소피아에게 신경 쓰지 말라고 눈으로 대답하고 공격, 방어를 함께 강화하기로 했다. 돈은 쓸어 담을 만큼 있고, 앞으로 강화할 타이밍이 있을지 알 수 없었다. 지금 하는 것이 최선이었다. 동료들에게는「다른 일로 번 돈」이라고 하면 되겠지?

"기일은 검과 같아. 아, 갈아입을 옷은 여기서 제공할게."

부인이 영업용 미소를 지었다. 뭔가 상술에 넘어간 듯하지만, 동료들을 강화할 수 있으면 됐지.

검 제작과 의복 강화를 의뢰한 다음 날. 우리는 가나크의 가게를 들러 강화할 의복을 건네고 자유행동에 들어갔다.

"그럼 나는 숙소로 돌아간다."

아주 평범한 옷으로 갈아입은 오르디아가 말했다. 검은 옷을 입은 모습이 눈에 익어서 그런지 위화감이 들었다.

한편, 소피아는 발을 덮을 정도로 긴 치마를 입었다. 이 옷도 아주 평범한데…… 무엇을 입어도 잘 어울리는 이유는 역시 왕녀님이라서 그런가?

"소피아, 오늘은 어떡할래?"

"특별한 예정은 없습니다만…… 검이 없으니 마법 훈련을 할까요?"

으음, 성실한데. 여기서 놀자고 하지 않는 것이 소피아다웠다.

"그럼!"

그때, 소피아 옆에 정령이 나타났다. 레핀이었다. 뒤를 잇듯이 로쿠토와 아마리아도 나타났다.

"소피아, 우리 하루만 따로 움직이고 싶어. 오늘 하루쯤은 모처럼 루온과 놀지 그래?"

"응?"

"이런 기회는 앞으로 없을 테니까 둘이서 하루 정도 느긋하게 보내."

"오, 찬성, 찬성."

유노가 달라붙었다. 이거 훔쳐볼 생각이 가득하군.

나는 천사의 반응에 한숨을 내쉬었다. 그때 갑자기 아마리아가 유노를 뒤에서 붙들었다.

"……어?"

"유노는 우리가 어떻게든 할게."

레핀이 말했다. 반면 유노는 몸을 버둥거리며 날뛰기 시작했다.

"자, 잠깐?! 이거 놔!"

"우리는 다른 데서 이야기하자~."

"놓으라니까!"

"도망칠지도 모르잖아."

아마리아가 태평하게 대답하면서도 유노가 날뛰든 말든 구속은 절대 풀지 않았다.

이윽고 힘이 빠졌는지 유노가 축 늘어졌다. 이렇게 떼어놓

자니 가엾지만…….

"유노, 지금 상황을 한마디로 표현할 수 있어."

"……뭔데?"

"자업자득."

아, 낙담했다. 레핀이 「그럼」 하고 인사와 함께 유노를 데리고 어디론가 사라졌다.

아마 바다의 정령을 만나러 간 거겠지? 그 부분은 내가 할 수 있는 것이 아무것도 없으니 믿고 맡기자.

"……어떡할까요?"

소피아가 물었다. 나는 머리를 긁적였다.

"우선 마을을 돌아다녀 보자……. 레핀의 말대로 하루쯤은 쉬면서 기분 전환하는 것도 좋겠지."

"네."

놀자는 말에 착실하게 대답하는 소피아를 보고 살짝 웃으며 걸음을 뗐다.

그때 문득 생각났다. 이거 설마 데이트인가……? 으, 왠지 긴장됐다.

이제 어떡하지? 마을에 대해 아는 것도 없고, 어떤 가게가 좋은지도 몰랐다. 애초에 데이트를 해본 적이 없었다. 안 돼, 당황했어!

어, 어떡하지……. 새삼 단둘이 남으니까 무엇을 해야 할지 모르겠다. 게다가 상대는 왕녀님이다. 뭐가 정답이지…….

"루온 님."

갑자기 소피아의 목소리가 들렸다. 시선을 옮기니 쓴웃음을 짓는 모습이 보였다.

"저는 마을을 돌아다니는 것도 재미있습니다."

"……얼굴에 드러났어?"

"네, 어떻게 해야 하나 망설이는 모습이 언뜻언뜻……."

신경 쓰게 할 줄은…… 뭐, 생각한들 소용없나.

"건물 구경도 재미있을 것 같으니 큰길을 산책해 볼까?"

"네."

우리는 주위를 둘러보며 걸었다. 그나저나 마을이 참 평화로웠다. 가나크의 말로는 크고 작은 소동이 있었던 모양이지만, 마을에서는 아무것도 느껴지지 않았다. 아이들이 노는 모습이 보였다. 소피아가 안도한 표정을 지었다.

"이곳은 마족 침공의 영향이 적은 것 같네요."

"피난민도 있고, 완전히 없는 건 아닌 모양이야."

"그렇군요……. 남부에서 마물들이 밀어닥칠 때, 이곳도 공격당합니까?"

걱정하는 게 당연하겠지.

"리엘의 자료에 의하면 상륙 지점은 여기서 떨어져 있어……. 그리고 북부의 군을 괴멸시키려고 한눈팔지 않고 돌진한다고 하니 무사하지 않을까?"

"돌진……이요?"

"인간의 전력이 더 많으면 적도 더 전격적으로 움직이겠지."

그 말에 소피아도 이해한 듯 했다.

"즉, 인간의 전력이 증강할수록 피해가 줄어든다는 말입니까?"

"어디까지나 가능성이지만."

그때 젤라또를 파는 노점이 눈에 들어왔다. 구경만 하기도 뭣하니 뭔가 먹는 게 낫겠지?

"소피아, 아이스크림 파는데 먹을래?"

"네? 아, 네."

"무슨 맛?"

"그럼 오렌지로……"

"여기서 잠깐만 기다려."

나는 노점으로 갔다. 냉장고가 없는 세계라서 셔벗 같은 제품은 기본적으로 마법을 이용했다. 참고로 노점 주인의 말에 의하면 마법을 거는 방법 하나에 맛이 달라진다고 했다. 그렇게까지 고집하는 것이 마치 장인 같았다.

오렌지맛으로 두 개를 사서 소피아에게 돌아가는데…… 아, 헌팅당하고 있네.

"여행왔어? 어때? 내가 명소나 여기저기 안내해줄까?"

"아, 아뇨, 저는 됐어요……"

이런 사람은 시도 때도 없이 나타나는구나, 하고 이상한 데서 감탄했다. 이 마을이 평화롭다는 증거인가?

"이봐."

나는 남자 등 뒤에 서서 목소리를 살짝 깔았다. 뒤돌아본 남자가 살기를 느꼈는지 뺨이 경련했다.

"아, 일행이세요……? 실례했습니다."

깨끗하게 물러났다. 별다른 문제가 생기지 않아서 다행이었다.

"루온 님."

"자, 여기."

나는 젤라또를 건넸다. 소피아가 「감사합니다」라고 인사한 후 젤라또를 한 입 먹었다.

"……맛있어요."

"여행하면서 이런 걸 입에 댄 일이 거의 없었지. 그러고 보니 소피아는 음식에 호불호를 안 가리네?"

"호불호가 없으니까요. 가리지 말고 먹으라고 어머님이 가르쳐주셨고요. 그리고……."

"그리고?"

내가 되묻자 그녀가 살짝 눈을 피했다.

"단 건 되도록 먹지 않으려고 하는지라……."

살이 찔까 봐 그러나? 이런 말을 들으니 그 나이대의 소녀답다는 생각이 들었다.

"편식해서는 안 되니까요. 건강한 몸을 유지하려면 올바른 식사가 필요합니다."

앞서 한 말을 물릴 정도는 아니지만, 역시 보통 사람과는 달랐다. 뭔가 말끝마다 자신에 대한 엄격함이 묻어났다. 이것은 왕녀님이라기보다는 기사의 자세인가?

나는 「그렇구나」 하고 넘기고 젤라또를 먹었다. 그리고 주위 경관에 위로 받으며 큰길을 걸었다.

"……왠지 시선이 느껴지네요."

소피아가 말했다. 나도 동의했다. 그녀도 성장해서 기적을 알아차리게 됐다. 아니, 그 이전의 문제인가?

이유는 분명했다. 시선은 명백히 소피아에게 집중됐다. 십 중팔구 마을 남자들이 보는 것이었다. 멀리서 봐도 기품 있고 예쁘니 당연하다면 당연한 일이었다. 허리에 검을 차지 않아서 말을 걸기 쉬워 보이는 것도 이유 중 하나인가. 나와 떨어지면 당장 말을 걸어 보려는 의도가 설핏 느껴졌다.

이러면 한시도 떨어지면 안 되겠는데…… 떨어질 생각도 없지만.

"소피아, 싫지 않아?"

의도를 알면 불쾌해할 줄 알았는데 소피아는 고개를 가로 저었다.

"아닙니다, 시선이 쏟아지는 건 익숙하니까요."

왕녀이기 때문인가? 아직 공식적으로 왕녀로 공표되지는 않았지만, 사교계 비슷한 곳에서 주목을 받았을 테니 일반 여성과 크게 다르다는 생각이 들었다.

그런 답답한 그녀의 긴장을 조금이라도 풀어주고 싶다는 생각을 하며 우리는 산책을 계속했다.

내가 옆에서 가드해서 그런지 결국, 첫 헌팅 외에는 누구에게도 간섭받지 않고 오후를 맞았다. 우리는 점심을 먹으려고 큰길에 설치된 간판을 보고 가게에 들어갔다.

내부 인테리어가 깔끔한 가게였다. 소피아도 「좋은 가게네요」라며 높이 평가했다. 창가 자리에 마주앉자 그녀가 의문을 던졌다.

"루온 님, 지루하지 않으십니까?"

"전혀. 지금까지 고생했잖아. 소피아도 이렇게 기분 전환하는 거 괜찮지?"

"그러네요."

왕녀로서 나라를 개방한다는 목표와 더불어 마왕을 무찌를 자격을 받았다. 밀려드는 압박감이 상당할 테니 이렇게 풀어주는 것도 필요했다.

그런데 문제가 하나 있었다. 식사 자리에서 나눌 잡담으로 적합한 공통 화제가 별로 없었다. 서로 통하는 이야기는 기본적으로 전투와 관련된 것뿐이고, 그래서는 기분 전환하는 의미가 없었다. 그렇다고 머리에 떠오른 것은 폐하와 왕비님, 아니면 루나레이트로 오기 전에 잠깐 언급한 리젤레이트 왕녀에 대해서였다.

왕비님에 대해 물어봐도 되나……. 소피아가 즐거워하니 분위기를 깨고 싶지 않았다. 어떡하지…….

"루온 님, 괜찮아요."

그때, 갑자기 소피아가 입을 열었다. 무슨 말인가 한순간 침묵했다가 그녀의 간파한 표정을 보고 깨달았다.

"……대화 소재가 없는 거 말이야?"

"네."

그녀가 살짝 고개를 끄덕였다. 음, 엄청 배려해준다…….

"루온 님, 배려해주시는 듯하지만, 관심이 있으시다면 무엇이든 대답하겠습니다. 대충 내용도 예상이 되고요."

그렇게까지 말하니 정말 면목이 없었다. 이것을 기회 삼아 물어볼까. 생각해 보니 나는 소피아에 대해 아는 게 적었다.

"음, 그럼…… 운디네와 이야기하다가도 나온 말인데, 어머니…… 왕비님에 대해서……. 내가 머물렀을 때는 성에 안 계셨지?"

"병으로 요양 중이셨습니다. 루온 님이 떠난 뒤, 성으로 돌아오셨죠. 조금 아쉬워하셨어요."

아쉬워하셨다고……? 이 부분은 건드리지 말자.

"혹시, 고인이라고 생각하셨어요?"

"아, 응, 맞아."

게임에서도 전혀 언급되지 않았으니까.

"병이라니?"

"어머님은 지일다인 왕국의 궁정마술사이셨는데, 대규모 마물 토벌 때 무리하셔서 후유증으로 가끔 마력이 폭주하십니다……. 마열(魔熱)이에요."

마열이란 마법이 존재하는 이 세계만의 병으로, 몸에 깃든 마력이 보유자를 상처 입혔다. 아주 드물게 발병하는데, 사람에 따라 완치되기까지 시간이 걸렸다. 소피아의 어머니가 그런 모양이었다.

"아버님과 결혼하고 제가 태어난 뒤로는 마법을 쓸 기회가 없어서 일상생활에 문제가 없었습니다. 그런데 지금으로부터

약 3년 전, 몸 상태가 안 좋아져서 요양에 들어갔습니다. 마왕 침공 전에는 요양과 성으로 돌아오기를 반복하셨어요."

"마왕 침공 때, 왕비님은 무사하셨어?"

"습격 당시, 이미 수도를 탈출하셨습니다. 지금은 아버님과 같은 곳에 계세요."

"말했으면 도왔을 텐데……."

"더 이상 폐를 끼칠 수는 없다고 생각해서……."

나를 배려했구나. 폐하가 잘 하고 계신다면 내가 나설 기회는 없겠다.

"그래……. 그런데 궁정마술사? 소피아가 마법을 습득한 데는 왕비님도 관련이 있나?"

"네. 어머님께 많은 지식을 주입받았습니다."

"궁정마술사와 국왕이 결혼했다니 어떻게 만나신 거야?"

"마열로 어쩔 수 없이 은퇴하게 된 어머님은 불만스러워도 귀족 영애로 살아가기로 결심하셨는데, 그때 아버님을 처음 뵈었다고 합니다. 그것을 계기로 제가 태어났으니 세상일은 알 수가 없네요."

병을 계기로……. 경위가 경위인 만큼 힘든 일도 있었겠지.

"지일다인 왕국의 왕녀님과 친분이 있는 건 왕비님 때문이야?"

"네, 지일다인 왕국을 몇 번 방문할 기회가 있어서 종종 같이 놀았습니다."

소피아가 즐겁게 말했다. 말투로 봤을 때, 어린 시절의 친구…… 루온과 사라 같은 관계인가? 리엘의 자료를 읽고 얻은 정보를 듣고 불안할 법도 했다.

"지일다인 왕국 말고 아는 왕족이 더 있어?"

"나이가 비슷한 사람과는 친분이 두텁죠. 아라스틴 왕국의 카난 왕자와 지일다인 왕국보다 더 북쪽에 있는 나테리아 왕국의 제크에스 제2왕자는 나라를 방문했을 때, 나이가 비슷해서 자주 대화를 나누었습니다."

"그 외에 가까운 사람은 없어?"

"로베일 왕국의 왕자는 저보다 훨씬 나이가 많고, 루온 님의 고향인 피스일리아 왕국의 왕녀는 반대로 나이가 어려서 얼굴을 마주하고 대화한 적이 거의 없어요."

……왕족에게도 여러 가지 사정이 있구나.

"그 와중에 지일다인 왕국의 리젤레이트 왕녀와 가장 친했구나?"

"네. 리엘 씨의 자료에 의하면 앞으로 소동이 벌어진다고 하니, 가능하면 무사한지 확인하고 싶습니다."

"응, 아마리아의 부탁도 있으니까 주의하며 움직이자."

"네……. 더 강해져야겠어요."

창밖을 보며 그녀가 중얼거렸다. 정말 성실했다. 그것이 그녀의 장점이지만…….

그런데 이제야 알아차린 건데 어느새 화제가 전투 쪽으로…… 아니다, 됐다.

"응, 나도 더 정진해야겠어."

"루온 님은, 필요 없지 않습니까?"

소피아가 농담처럼 말했다. 예전에 5대 마족 레드라스를 눈 깜짝할 사이에 죽이는 광경을 보았으니 그렇게 생각하는 것도 이상하지 않았다.

"현 단계에 요란하게 행동하면 무슨 일이 벌어질지 모르니까."

"……백작의 저택에서도 똑같이 경계하셨습니까?"

허를 찌르는 질문에 눈을 마주 보았다. 소피아의 눈빛은 진지했다.

아자크 백작과 싸우며 마지막에는 전력을 다했다. 그녀가 직접 목격하지 않아서 넘겨짚은 거라 생각했는데…….

"……내가 무엇을 했는지 알아?"

"상상은 되네요."

부드러운 미소— 그러나 곧 무언가를 호소하는 듯한 표정을 짓고 고개를 숙였다.

"왜 그래?"

"아뇨, 저기……."

"하고 싶은 말이 있으면 해."

소피아의 어깨가 움찔 하고 떨렸다. 나는 황급히 말을 고쳤다.

"미안해, 따지는 거 아니야. 나를 배려하는 모양인데, 그냥 말해줬으면 좋겠어."

소피아가 고개를 들었다. 내 눈치를 살피는 표정이었다.

"……루온 님이 강한 것은 저도 잘 압니다. 걱정하지 않아도 루온 님이 잘 판단하고 행동하리란 것도 압니다."

"응."

"하지만, 마왕과 싸우면…… 무슨 일이 일어날지 모르는 것 또한 사실입니다. 그, 절대 루온 님의 힘을 부정하는 것은 아닙니다만……"

"무슨 말인지 알았어."

내 말에 소피아가 「네」 하고 맞장구를 쳤다.

"그러니까, 저기…… 무리해야 할 때도 있겠죠. 하지만 무조건 괜찮을 수는 없으니……"

말이 점점 횡설수설해졌다. 하지만 무엇을 주장하고 싶은지는 이해했다.

"그래도 무리하지 말라고는 안 하네?"

"종자인 저는 그런 말을 할 권리가 없습니다. 그리고……"

소피아의 눈동자가 나를 꿰뚫어보듯 바라봤다.

"분명, 루온 님은 제가 말려도 듣지 않을 테고요."

사실이었다.

예전에 나에 대해 말할 타이밍을 레핀에게 일임했다. 이 자리에서 내가 내 입으로 전생한 이야기를 하면 그녀의 기분이 풀어질까 생각했지만…… 타이밍이 중요하고 레핀이 한 말이 있으니 경솔하게 이야기하면 위험할지도 몰랐다.

그녀는 순수하게 걱정했다. 설령 내게 마왕에게 맞설 수 있는 실력이 있어도 그 생각은 바뀌지 않으리라.

"……하다못해 위험하다고 판단되면 피할게."

그 말에 소피아는 눈을 마주쳤다.

"나도 아직은 죽고 싶지 않아……. 지금은 이 말밖에 못하지만."

"충분합니다. 고맙습니다."

감사는 무슨…… 그렇게 대답하려던 때, 음식이 나왔다.

예쁘게 담은 양고기 향초구이를 먹으려는데 소피아의 질문
이 날아왔다.

"그런데 루온 님의 힘이 제한된 와중에 움직이면…… 앞으
로 마족과의 싸움이 격렬해질 텐데 힘들지 않을까요?"

"힘을 억누른 상태로 공격력을 강화하는 방법도 개발 중이야."

아즈아가 배신한 것을 보면 마족이 급속하게 강해질 가능
성도 부정할 수 없었다. 그러니 이쪽도 힘을 억제한 상태……
즉, 가르크에게 받은 리본이 뜨거워지지 않는 수준에서도 마
족을 무찌를 수 있는 결정타가 필요했다.

여행 도중에 시도해봤으나 상급 마법은 아직 쓸 수 없었다.
그러나 여기 루나레이트에 오면서 쓸 수 있을 것 같은 기술을
하나 고안했다.

"어떤 수법입니까?"

"기술과 마법을 조합하는 거야. 상성이 좋으면 상승효과로
위력이 세지는 거지."

내 설명에 소피아의 눈이 휘둥그레졌다.

"기술과 마법을요? 하지만 루온 님은 예전 전투에서도……."

"동시에 운용하지 않았냐고? 그것과는 조금 달라. 예를 들
면 기술과 마법을 융합해서 위력을 높이는 듯한……."

"훈련에 따라 그것이 가능해진다는 말씀입니까?"

"맞아."

여행 중에 상성이 좋아서 조합할 만한 것을 찾아냈다. 공부해야 하고 상당한 노력도 필요하지만, 해도 손해 볼 것은 없었다.

"저도 하는 게 좋을까요?"

"아니, 조합보다 상급마법과 기술의 위력이 세니까 하던 대로 훈련해."

"그렇군요…… 쓸 수 있을 것 같은데요."

"최상급 마법을 그렇게 조합할 수 있게 되면 대단한 일이지만, 아무리 나라도 그렇게 무리할 수는 없어."

상급 이상은 나도 유지하는 데 벅차니까…… 뭐, 고위 기술과 마법을 시도한다고 손해 보는 것도 없으니 계속 단련하자.

"그런고로, 나도 이것저것 해볼게."

"알겠습니다…… 저도 요 며칠 동안 제가 무엇을 할 수 있는지 정리하겠습니다."

소피아는 끝까지 진지했다. 솔직하게 그녀답다고 느꼈다.

점심 식사 후에도 여전히 눈길을 받으며 우리는 마을을 거닐었다. 그러다 문득 들른 노점에서 해안을 한눈에 볼 수 있는 장소를 추천 받아 저녁이 되어 그곳으로 향했다.

"오, 이거 대단한데."

입에서 자연스럽게 감탄이 나왔다. 붉은 빛이 비추는 바다가 반짝반짝 빛났다.

나와 소피아밖에 없어서 마음만 먹으면 고백도 할 수 있을 것 같았다.

　"정말입니다. 아름다워요……."

　중얼거리는 그녀의 옆얼굴을 바라보았다. 바닷바람에 나부끼는 은색 머리카락 사이로 보이는 표정이 무척 아름다웠다. 계속 함께 여행한 나까지 넋을 잃을 정도였다.

　"……이렇게 오로지 즐기기 위해서 산책한 것은 아주 오랜만이에요."

　소피아가 중얼거렸다. 나는 그녀에게서 시선을 떼고 바다를 응시했다.

　"오랜만이라면, 얼마나?"

　"루온 님과 만나기 전이네요……. 실은 성을 몰래 나와서 마을을 산책하곤 했습니다."

　"에이나와 다른 사람들이 경을 쳤겠네?"

　"네, 그랬어요."

　그녀의 웃음소리가 퍼져나갔다. 마을을 가볍게 돌아다닐 수 있는 신분이 아니니까.

　"참고로 내 고향에 있었을 때는……."

　"매일 훈련하며 보냈죠."

　"그 훈련의 절반 이상은 가사와 요리이고?"

　"네. 루온 님에게 도움이 되기 위해서요."

　면목이 없었다. 몸을 돌려 사과하려고 하자 소피아가 알아차리고 손으로 말렸다.

"제가 좋아서 한 것이니 신경 쓰지 마세요."

"그래도…… 애초에 무늬만 종자니까 그렇게까지 안 해도……."

"저를 강하게 키우기 위해 여행해주시니 헌신하는 것이 예의입니다."

나는 조금 난처하게 머리를 긁적였다. 무슨 말인지는 아는데…….

"그리고 루온 님은 거대한 적에 오로지 홀로 맞서고 있습니다. 그것은 지울 수 없는 사실이고, 저는 아주 자랑스럽게 생각합니다. 그래서 저는 종자의 역할을 다하고 싶습니다."

……자랑스럽게―.

"자랑스럽게 생각한다니까 왠지 기분이 이상해."

"루온 님은 대수롭지 않게 생각하세요?"

"그렇지."

"그렇기에 다른 사람은 할 수 없는 일입니다."

소피아가 나를 이렇게 칭찬하다니 별일이네……. 어? 잠깐만.

"소피아."

"네."

"동료들 앞에서는 일부러 그런 말을 삼가는 거야?"

문득 떠오른 의문에 소피아가 쓴웃음을 지었다.

"저기, 그게, 유노와 정령들이 착각하는 것 같아서요. 지금도 분위기가 좀 그렇습니다."

이미 다 들켰다고 말하고 싶지만, 아무리 그래도 직접 말하는 건 좀 아니지?

소피아는 나를 배려하고 있었다. 이제 와서 돌이켜보니 고향에서 공을 세웠을 때, 그래서 언급하지 않은 모양이었다.

"항상 자랑스럽게 생각한다는 것은…… 사실입니다."

소피아가 나를 똑바로 바라보며 주장했다. 흥분한 기색이었다. 단둘이 남아서 감정이 드러났다는 생각을 했을 때, 우리는 그 자리에 멈춰 섰다.

저녁노을로 물든 그녀의 얼굴은 동작을 멈추고 넋을 잃을 정도로 아름다웠다. 갑자기 심장박동이 빨라졌다. 바로 지금이 소피아에게 모든 것을 털어놓을 때라는 느낌이 들었다.

파도소리, 저녁노을, 뺨을 어루만지는 바람. 세상이 우리를 에워쌌다. 계속 소피아와 눈을 마주 보았다. 자기감정을 전할 기회는 쉽게 오지 않았다. 그렇다면 지금 여기서—.

"아……."

그때, 소피아가 중얼거렸다. 동시에 뚝, 하고 실이 끊어지는 소리가 똑똑히 들렸다.

세상이 움직이기 시작했다. 갈매기 울음소리가 귀에 들어옴과 동시에 그녀가 내게 등을 돌렸다.

"저, 저기……."

"왜?"

"죄, 죄송합니다."

나는 왜 사과하느냐는 말을 집어삼키고 뒤돌아선 그녀를 끝없이 바라보았다.

절호의 기회를 잃은 기분이 들었지만, 아직 괜찮지 않을까……. 한순간 그런 생각을 했을 때, 그녀 앞에 벽이 나타나 말을 방해하는 느낌이 들었다.

당사자인 소피아는 여전히 등을 돌린 채, 사과한 뒤로는 아무 말도 꺼내지 않았다. 곰곰이 무언가를 생각했다.

"소피아, 괜찮아?"

"네? 아, 네, 괜찮습니다!"

목소리가 살짝 뒤집어졌다. 어? 왜 이렇게 당황했지?

머릿속이 물음표로 가득한 와중에 보이지 않는 벽을 응시하듯이 저녁노을로 물든 그녀를 관찰했다.

그것은, 뭐라고 할까. 절대로 혐오하지는 않으나 그 이상은 말하지 말아달라고 하고 있었다. 여기서 말하면 안 된다는 식으로도 느껴졌다.

"……소피아."

"아, 네."

드디어 진정했는지 소피아가 돌아보았다. 얼굴은 지는 해 때문에 확인하기 어려웠지만, 왠지 빨개진 것 같았다.

"사과할 필요 없어."

"네, 네……."

아무튼 고백할 타이밍을 완전히 놓쳤으니 여기까지만 하자.

"……하나 물어봐도 될까?"

"네."

"오늘 하루, 재미있었어?"

그 물음에 소피아가 해맑은 미소를 지었다.

"물론입니다. 함께 해주셔서 감사합니다."

그림 같은 광경이었다. 불어오는 바람에 그녀의 머리카락이 나부꼈고, 자줏빛 세상의 중심에 그녀가 서 있었다.

"……그래."

나는 더 말하지 않고 나란히 걸었다. 분위기는 나쁘지 않았다. 그뿐만 아니라 소피아의 옆모습에 가득한 충족감이 똑똑히 느껴졌다.

기분 전환은 성공했다. 아마 내일부터는 훈련 모드에 들어가서 평소처럼 돌아오겠지만, 하루라도 즐기며 피로를 푼 것 같아서 다행이었다.

그 후, 우리는 숙소로 돌아갔다. 방 근처 복도에 도착하니 정령들과 유노가 소피아의 방 앞에서 눈싸움을 하고 있었다.

"……무슨 일이야?"

"여기 있으라고 해서."

유노는 불만이 가득했다. 그 태도에 소피아가 씁쓸하게 웃었다.

"레핀, 이제 괜찮아요."

"그래. 유노, 앞으로 조심해."

"으으……."

유노가 끙끙대자 레핀과 아마리아는 모습을 감추었다. 순간 가여웠지만…… 가끔은 따끔한 맛을 봐야, 하나?

"유노, 방으로 가죠."

"알았어. 그런데 진전은 있었어?"

"유노가 기대하는 일은 없었어요."

소피아가 적당히 대꾸하며 유노와 함께 방으로 들어갔다. 그 모습을 배웅하고 나는 오르디아와 묵는 방으로 들어갔다.

"……어?"

방 안으로 들어서니 오르디아는 침대에서 자고 있었다. 낮잠……?

"오르디아."

이름을 부르자 그가 꾸물꾸물 상체를 일으켰다.

"루온 씨잖아……. 햇빛을 보니, 저녁인가?"

"설마 지금까지 계속 잤어?"

"응, 그런데?"

오르디아가 아무렇지도 않게 말했다. 아니, 저기, 헤어지고부터 잤다면 아침부터 저녁까지 잔 건데…….

"혹시 일 없는 날에는 자기만 해?"

"응. 예전에 레드라스와 싸우고 루온 씨 일행과 헤어져 잠복했을 때도 잤어."

저기요…….

"설마 검이 완성되는 날까지 계속 잘 거야?"

"응, 그런데?"

아까와 똑같은 톤, 게다가 왜 그런 당연한 것을 묻느냐는 얼굴이었다.

"……오르디아."

"응."

"마왕과 전쟁이 끝나면 은둔자가 되겠어."

"음, 확실히⋯⋯."

부정하라고! 나는 마음속으로 태클을 걸며 침대에 앉았다.

"무슨 일 있었나?"

"딱히⋯⋯ 아, 하나 알아낸 게 있어."

내 말에 「그래?」 하고 냉담하게 반응한 오르디아는 다시 자리에 누웠다. 나와 소피아에 대해 캐물을 생각은 없는지 다시 식사시간까지 자려는 모양이었다.

나는 한숨을 내쉬었다. 오르디아의 장래가 걱정되지만, 노을에 비친 소피아를 떠올렸다.

나를 거부하는 것은 아니었다. 그러고 보니 예전에 고향의 소꿉친구가 그런 말을 했다. 소피아와 사귀려거든 그녀의 신분에 뒤지지 않는 무공을 세우면 된다고.

사귀고 말고는 차치하고 그녀와 가까워지기 위해 세간에 대등하다고 인정받으려면 그 방법이 제일이었다. 그러나 아까 그녀의 태도를 보면 그것만으로는 부족하지 않나?

나와 소피아는 단단한 신뢰관계를 쌓았다. 그리고 그녀는 나를⋯⋯. 그러나 그녀는 왕녀라서 쉽게 받아들이지 않았다. 그것이 보이지 않는 벽이었다. 그때, 내가 무슨 고백을 해도 거부하지 않았을까? 왕녀라는 입장이 마지막 보루가 되어 앞을 가로막았다.

"⋯⋯일시적인 감정의 힘으로 고백하면 안 된다는 건가."

그녀의 입장은 무거웠다. 그렇기에 소피아와 사귀려면 그에 상응하는 각오가 필요하고…… 사귀고 말고는 내버려두자.

"이건 전쟁이 끝난 뒤에 생각할 일이야……."

지금은 자칫 잘못하면 신뢰관계가 어긋날 수도 있으니 그냥 두자. 그러기로 마음을 정하고 저녁식사 때까지 빈둥거리기로 했다.

이벤트는 첫날에만 있었고 이후에는 별다른 일이 없었다. 소피아는 정령 아마리아와 수행을 시작했다. 새로 계약했으니 그것이 최선의 선택지인가?

그 외에는 나도 수행한 정도…… 그러다 마침내 기일이 왔다.

"실례합니다."

가게로 들어서자 바로 부인이 마중을 나왔다.

"어서 와요. 옷과 검이 완성됐어. 먼저 옷부터 갈아입어요."

그녀는 소피아와 오르디아를 안으로 데려갔다. 잠시 기다리자 두 사람이 장비를 갖추고 돌아왔다.

"아, 오르디아. 소매도 고쳐졌네."

너덜너덜했던 소매와 옷자락도 수선됐다. 그러자 오르디아가 부인에게 감사를 표했다.

"됐어요. 그 정도는 서비스해줄 테니까."

"알겠습니다. 그런데 검은……?"

내가 묻자마자 안에서 가나크가 나왔다.

"완성했다. 이야~, 오랜만에 일 좀 했네."

웃는 얼굴에 성취감이 가득했다.

"자, 여깄다."

그가 먼저 예전에 사용한 검 세 자루를 건넸다.

"소피아, 오르디아, 검은 내가 맡아둔다?"

"네, 괜찮습니다."

"상관없어."

두 사람의 승낙을 받고 수납상자를 소환해서 건네받은 검을 넣었다.

"바라던 대로 중량을 거의 똑같이 했다. 소재가 달라서 꽤 고생했지만."

그리고 이어서 가나크가 우리 앞에 새로운 검을 내보였다.

"장식으로도 중량 변화가 생기니까, 결과적으로 아주 비슷하게 생겼지만."

……세세한 부분은 여기저기 조금씩 다르지만, 외관은 거의 똑같았다.

소피아와 오르디아가 각자 검을 손에 들었다. 감촉을 확인하더니 제일 먼저 오르디아가 입을 열었다.

"위화감이 거의 없군. 이렇게 손에 익을 줄은……."

"사용자에 따라 검에 습관이 배어 있지. 잡는 방법도 쉽게 알 수 있을 정도로 말이야."

가나크가 두 사람의 검을 가리켰다.

"전처럼 싸울 수 있게 그것도 조정해놓았다. 강도와 베는 맛은 보장하지. 오랫동안 잘 써줘."

소피아도 새로운 검을 허리에 차고 검집에서 뽑아서 날을 응시했다. 생김새는 거의 바뀌지 않았는데 장비가 싹 바뀌었다. 왠지 기분이 묘했다.

"옷은 마력장벽 외에도 가호를 받을 수 있게 조정했어."

이어서 말한 부인이 왠지 모르게 들떴다.

"몸 안에서 끌어낸 마력을 잘 증폭할 수 있게 해놓았으니 마법 위력도 오를 거야."

"옷을 가공하면 마법 위력도 오릅니까?"

소피아가 감탄하자 부인이 싱긋 웃었다.

"어떻게 응용하느냐에 달렸지. 두 사람의 활약상을 들을 수 있기를 바랄게."

"감사합니다."

우리가 감사를 표하자 두 사람이 고개를 끄덕였다. 우리는 가게를 나왔다.

"자, 당장 새 무기와 방어구를 시험해보고 싶은데…… 소피아, 아마리아를 불러줄래?"

"전에 말한 수령의 길을 쓰는군요?"

"맞아."

"이미 연락은 해뒀어."

아마리아가 대답하며 모습을 드러냈다.

"그런데 한 가지 문제가 있어. 아무래도 마물이 자리를 잡은 모양이야. 해안에 있는 동굴에 있다고 해."

그러고 보니 가나크도 그런 말을 했었다. 예상치 못하게 마물을 퇴치하게 생겼다.

"즉, 그 녀석을 무찌르지 않으면 길을 못 쓴다는 거지?"

"그런 것 같아. 이 마을에서 그리 멀지 않아. 지금부터 가도 정오 전에 도착해."

"알았어. 그럼 서두르자. 소피아, 오르디아."

"문제없습니다."

"응, 나도 괜찮아."

두 사람의 말에 나는 「그럼」하고 운을 뗐다.

"여행을 재개한다. 목표는 수령의 길이 있는 동굴."

그렇게 우리는 루나레이트를 뒤로했다.

제19장 친우

지금부터 갈 곳은 바다의 정령인 네레이드가 살고 있다는, 마을 사람들이 신성시하는 동굴이었다.

"저기, 네레이드라는 정령과는 계약 안 해?"

이제 곧 도착할 쯤에 유노가 물었다.

"정령이니까 소피아와 계약해도 되지?"

"어려울걸."

아마리아가 소피아 옆에 나타나 대답했다.

"속성이 동일한 정령과 여러 번 계약하면 단점이 있어. 다른 속성보다 계약한 수가 많아지면서 힘이 그 속성으로 쏠리거든."

"균형을 유지해야 한다고?"

"맞아. 그 속성을 극대화할 거면 복수로 계약해도 되지만…… 정령의 능력에 차이가 생기면 다른 정령의 힘을 제대로 다루지 못하게 되기도 하니까 신중히 계약해야 해."

"흐음, 계약만 하면 되는 게 아니구나."

유노가 이해하고 이어서 질문했다.

"능력 차이라는 말이 나와서 말인데, 운디네와 네레이드에 차이가 있어?"

"응. 대부분의 인간은 실프, 노움, 운디네, 샐러맨더― 이렇게 4대 정령과 계약하는데, 그건 우리가 각 속성 중 가장 강하기 때문이야. 인간에게 우리는 상급 정령이고 나머지는 하급 정령이라고도 하지."

"하급이라는 말은 정령이 들으면 화내겠어."

내 말에 아마리아가 어깨를 으쓱했다.

"우리는 인간이 어떻게 분류하든 신경 안 써. 자…… 네레이드에게 수령의 길을 쓰고 싶다고 했더니 바로 허락해줬어. 단, 마물을 쓰러뜨려야 하지만 말이야."

"원래는 정령만 쓸 수 있는 길을 쓰게 해주는 거니까, 그에 상응하는 일은 해야지."

내 말에 소피아와 오르디아가 찬성하듯이 고개를 깊이 끄덕였다.

그렇게 이야기를 나누는 동안 동굴 앞에 도착했다. 아마리아가 미리 네레이드에게 물어본 바에 의하면 조수간만의 차로 인해 입구가 닫히는 경우도 있다고 했다. 지금은 일단 괜찮은 것 같았다.

위치로 따지면 곶 아래였다. 동굴 입구 주변에는 마물이 한 마리도 보이지 않았다.

"아마리아, 주변에 네레이드 있어?"

"동굴 앞에서 만나기로 했는데…… 아, 왔다."

고개를 돌리니 그곳에 열네다섯 살 정도의 소녀가 있었다. 간소한 옷에 머리카락이 에메랄드 색이었다. 얌전한 인상을 받았다.

"아마리아 님, 죄송합니다."

"사과하지 마. 마족 침공의 영향이니까 어쩔 수 없잖아?"

정령들은 장기(瘴氣)에 약하기 때문에 마물이나 강력한 적이 나타나기만 해도 위험하다. 그렇기에 당연히 피해야 했다.

"들어가기 전에 상황을 확인해주겠어?"

내 물음에 네레이드가 조용히 고개를 끄덕였다.

"네. 우리가 쓰는 길은 이 동굴 안에 있습니다. 그곳에 마물의 주인인 장기를 가진 무언가가 둥지를 틀었습니다. 죄송하지만, 마물에 대해 자세히는 모릅니다."

"길이 있다는 것을 알고 마물을 파견했을까요?"

소피아가 의문을 제기했다. 아즈아가 배신했다면 불가능한 이야기는 아니었다. 신령이라면 수령의 길에 대해서도 알 테니까.

아마리아도 분명히 같은 견해일 테지만…… 굳이 동료들 앞에서 말하지는 않았다.

"글쎄? 아무튼 우리의 목적은 동굴에 있는 마물들을 무찌르는 거야. 마족이 마물을 만들어 내는 건 아니니까 동굴에 있는 마물들을 전멸시키면 해결될 거야."

"동굴 규모는 그렇게 크지 않으니 안에 있는 마물들을 전부 무찌르기 그리 어렵지 않을 겁니다."

네레이드가 우리를 살피며 말했다.

"저희는 밖에서 다른 마물이 들어가지 않도록 대처하겠습니다. 여러분, 잘 부탁드립니다."

"맡겨주세요."

소피아가 대답하고 검을 뽑았다. 내가 빛을 만들자 그녀는 동굴 안으로 발을 들였다. 오르디아가 뒤를 따랐고, 제일 뒤에는 내가 섰다. 서늘한 공기가 피부에 닿은 순간, 유노가 내 주머니에 들어갔다.

아마리아는 소피아의 몸속으로 들어갔고, 네레이드도 입구를 떠났다. 자, 새 무기와 방어구를 얻고 처음 맞는 전투다. 예전과 성능이 완전히 다르니 이 동굴에서 익숙해지길 바랐다.

나는 두 사람을 엄호하기 위해 후방에 있기로 했다. 지팡이로 할까? 아니면 활? 그런 생각을 하며 안으로 조금씩 들어갔다.

동굴 안은 기온이 낮고 발밑이 축축해 미끄러져 넘어지지 않도록 주의해야 했다. 그렇게 생각했을 때, 좌우로 길이 갈라지는 분기점에 도착했다.

어디로 갈까? 하고 물어보려던 때, 동굴 안쪽에서 찰박찰박 하고 발소리 같은 것이 들렸다.

방향은 왼쪽— 오크나 고블린 종류는 아니었다. 이윽고 우리 시야에 녹색 비늘로 뒤덮인 반어인 같은 두 다리를 가진 마물이 나타났다. 이 녀석은 『사하긴』이었다. 총 세 마리였는데 더 있을 가능성이 컸다.

공격 수단은 물갈퀴 같은 손을 이용한 구타나 몸통박치기로, 지금의 동료들이라면 어렵지 않게 무찌를 수준이었다. 얼른 지시하려던 순간, 오른쪽에서도 발소리가 들렸다.

"수가 꽤 되나본데."

오르디아가 단정했다. 그때, 오른쪽에서도 왼쪽과 동일한 수의 사하긴이 나타났다. 흠, 적이 더 있어도 두 사람의 실력이라면……

"소피아, 오르디아. 좌우로 나뉘어서 공격해. 나는 엄호할게."

나는 그렇게 지시하며 마법으로 활을 만들었다.

"위험하면 내가 화살로 지원할게."

"엄호 없이 무찌르고 싶네요."

적의 역량을 깨달았는지 소피아가 중얼거렸다.

"시작하죠."

동시에 사하긴 한 마리가 달려들었다. 움직임을 보니 몸통박치기로 추측됐으나 소피아는 망설이지 않고 정면으로 맞섰다.

사하긴의 체격은 성인 정도였다. 몸통박치기를 한 방 제대로 맞으면 날아갈 정도인데…… 그에 소피아는 검에 바람을 둘렀다. 마도기 『질풍검』이었다.

적이 다가오자 그녀는 검을 휘둘렀다. 그 결과, 사하긴을 마치 종이 베듯이 반으로 갈랐다!

"앗……?!"

소피아가 놀란 소리를 냈다. 위력이 예상 밖이었나?

놀라는 사이에도 사하긴은 몰려왔다. 소피아는 즉각 검을 고쳐 잡고, 이번에는 바람을 싣지 않은 채로 달려드는 사하긴의 몸뚱이에 검을 횡으로 휘둘렀다.

그러자 아까처럼 검이 쉽게 들어가며 사하긴의 몸을 위아래로 분리했다.

"소피아, 검에 마력을 실었어?"

"조금요……. 놀랄 정도로 베는 맛이 좋아졌네요."

가나크의 솜씨가 대단한데……? 똑같이 새 무기를 받은 오르디아도 종횡무진으로 사하긴을 베었다.

"오르디아, 그쪽은 어때?"

"마력을 조금 주입하면 감촉이 느껴지지 않을 정도로 쉽게 베이는군."

일단 무기는 문제없이 다뤘다. 영강은 사용자의 마력에 따라 공격력이 크게 달라지니, 나머지는 두 사람에게 달렸다.

사하긴이 계속 몰려왔으나 소피아와 오르디아는 단독으로 쉽게 대처했다. 두 사람의 손에 걸리면 사하긴은 한 방에 끝—싸움이 안 된다고 표현해야 했다.

그야말로 무쌍이었다. 숫자만 많은 사하긴은 닥치는 대로 쓰러져서 연계공격도 하지 못했고…… 이윽고 덤벼들던 모든 마물들이 사라졌다.

"예전 검과 감각이 비슷해서 특별히 고려하지 않고 쓸 수 있네요."

소피아가 검을 가볍게 휘두르며 감상을 밝혔다. 오르디아도 비슷한 의견인지 「그렇군」 하고 동의하며 검을 검집에 넣었다.

두 사람은 단독으로 마물 열두 마리를 쓰러뜨렸다. 이번에 새 무기를 사용하면서 박차가 가해진 모양이었다.

이런 상태라면 가장 안쪽에 있는 마물도 쉽게 이기려

나……? 나는 두 사람에게 이만 가자고 지시했다. 좌우로 나뉜 길을 두고 의논한 결과, 왼쪽으로 가기로 했다.

앞으로 나아가는 우리 앞에 사하긴이 산발적으로 나타났지만, 문제없이 대처했다. 그러나 안쪽으로 갈수록 서서히 장기가 짙어졌다.

"아무래도 길이 가장 안쪽까지 이어진 모양이야. 먼저 이곳에 진을 친 마물부터 처리하자."

"네."

소피아가 대답했다. 그때, 마침내 강한 장기가 느껴지는 지점에 도착했다. 빛을 비추어보니 정면에 파도치는 물가가 보였다. 후미, 라고 하나? 눈앞에 일렁이는 바다에서 장기가 흘러나왔다.

"루온, 바다 속에 있다는 말이야?"

"맞아."

유노의 의문에 대답하며 나는 바다 속을 주시했다.

그 아래는 암흑처럼 어두웠다. 물이 투명하게 비쳤지만 마물은 확인되지 않았다.

"어떻게 싸울까."

오르디아가 경계를 늦추지 않고 조심스럽게 바다로 다가갔다. 그때, 갑자기 해수면이 잘게 떨렸다.

곧바로 오르디아와 소피아가 검을 든 순간, 해수면에서 거대한 오징어의 하얀 다리가 나타났다.

"앗?!"

소피아의 작은 비명과 동시에 오징어 다리가 해수면에 가장 가까이 있던 오르디아를 끌고 들어가려고 했다!

"불이여!"

내가 얼른 개입했다. 『파이어 랜스』의 열기가 허공을 갈랐고, 타는 냄새가 피어올랐다.

오징어 다리의 절반은 불타 사라지고, 나머지는 바다로 돌아갔다. 오르디아는 바로 물러난 뒤 내게 「고마워」라고 한마디 덧붙였다.

동료들이 해수면을 주시하는 동안, 나는 생각했다. 오징어 다리라고 하면 전생에 『크라켄』이 유명했다. 거대한 바다 괴물로 수생 마물 중 톱클래스의 지명도와 능력을 갖췄다. 그러나 여기 『엘더즈 소드』에서는 등장하지 않는 마물이었다. 게임에서는 바다와 관련된 마물이 적었는데, 그 역시 등장하지 않는 이유에 들어가리라.

그리고 이 세계의 크라켄에게는 전생에서 알던 신화에 나오는 힘이 없는 것 같았다. 그렇게 생각한 이유는 내 『파이어 랜스』로 다리가 사라졌기 때문이다. 하급 마법이 통한다는 것은 물속으로 끌려들어가지만 않으면 소피아와 오르디아도 무찌를 수 있다는 의미였다.

"마법으로 다리를 불태웠어."

나는 그렇게 말한 후 활을 들고 마법을 쓰기 위해 마력을 모았다.

"거물 같지만, 소피아와 오르디아도 충분히 대처할 수 있을 거야⋯⋯. 본때를 보여줘."

"알겠습니다."

"분부대로."

두 사람이 곧바로 대답하자마자 해수면에서 다리가 나타났다. 우리를 물속으로 끌고 가려는 것이 분명했다.

"그렇게는 안 됩니다!"

소피아가 외치며 마법을 발동했다. 바람 마법 『에어리얼 소드』— 만약 위력이 충분하다면 다리를 도려내는 정도가 아니라 관통할 것이었다.

그리고 내 예상은 적중했다. 다리 중간에 정확히 꽂힌 바람의 칼날이 바람소리를 내며 다리를 날려버려 움츠러들게 했다.

한편, 나도 화살을 쏴서 다른 다리를 날려버렸다. 접근하면 어떻게 될지 모르기 때문에 원거리전이 메인인데, 오르디아가 나설 때는 없으려나?

그렇게 생각을 했을 때, 오르디아가 오른손에 든 검을 바닥에 꽂았다.

"흡!"

그러자 빛이 땅을 내달렸다. 장검 하급기인 『유지검(流地劍)』인가!

마력으로 만든 칼날이 바닥을 내달리는 원거리 기술로, 초반에 습득하는 기술이라 위력도 그 정도였다. 숙련도가 오르면 적을 날려버릴 정도는 되는데, 그렇게 되기까지 다른 기술을 배우기 때문에 갈아타고 두 번 다시 쓰지 않는 일이 허다

했다.

다리 하나에 마력이 닿자, 마력이 팽창해 수면이 일시적으로 안 보일 정도로 하얀 충격파가 퍼져나갔다.

"오, 대단한데?"

유노가 재미있어하며 말했다. 이거면 적을 막을 수 있겠다 싶어서 오르디아를 바라보자, 조금 놀란 모습이 보였다.

"왜 그래?"

"……조금 기합을 담아 공격한 정도인데……."

아, 위력이 예상 이상이었나 보다. 이러면 중급 이상의 기술은 위력이 상당하겠는데?

"루온 님!"

그때, 소피아가 외쳤다. 시선을 옮기니 그녀는 왼손에 마력을 모으고 있었다.

무슨 공격이지 곧장 알아차렸다. 이건 『라이트닝』이다!

그녀의 손끝에서 섬광이 일었다. 지금까지와는 크기가 달랐다. 순간적으로 보인 번개는 예전과 비교해 배는 굵었다. 검과 옷을 강화해 마법 위력도 향상됐다. 대장장이 부부에게 감사해야겠다.

하얀 섬광이 후미를 에워싸고 전격이 다리를 아무렇지 않게 꿰뚫었다. 거기에 바다 속에 있을 본체를 향해 바다 전체를 자극한 순간, 콰광! 하고 터지는 소리와 함께 벼락이 물속에 작렬했다!

벼락 소리가 높은 마력과 함께 내 오감을 자극했다. 크라켄은…… 큰 파도가 이는 것을 보니 물속에서 날뛰고 있었다.

위력을 보고 나는 결단을 내렸다.

"소피아, 한 번 더 같은 마법으로 부탁해. 오르디아, 나와 함께 덤벼드는 다리를 없애자!"

내 작전에 오르디아가 동의했는지 『유지검』을 발동했다. 수면이 폭발하며 바닷물이 우리 근처까지 튀었다.

그의 공격이 효과를 발휘해 마물의 다리가 순간적으로 멈췄으나 계속해서 여러 개의 다리가 날아왔다.

그에 나는 활과 마법 『홀리 랜스』로 맞섰다. 푸르스름한 빛이 날아가 칠흑으로 가득한 후미를 일시적으로 메웠다.

오징어 다리는 끝 부분이 날아가며 움츠러들었지만, 단속적으로 덤비며 빠른 속도로 재생했다. 본체만 공격할 수 있다면 단번에 승부가 갈릴 것이었다.

공방을 벌이며 소피아가 마력을 모았다. 왼손에 휘몰아치는 마력이 전과는 확연히 달랐다.

그 공격으로 승패를 정할 수 있을지 생각하며 다리를 날렸을 때, 소피아가 외쳤다.

"갑니다!"

외침과 함께 나와 오르디아가 화살과 베기로 눈앞의 다리를 날려버렸다. 충격파가 벽이 되어 다리의 진로를 방해했다.

이제 소피아의 앞을 막는 것은 없었다.

"거대한 우레여!"

『라이트닝』은 아까보다도 컸다. 그야말로 그녀의 온힘을 쏟아 부은 공격이었다.

번개가 무시무시한 기세로 대기를 찢으며 수면에 부딪힌 순간, 해수면 전체가 하얗게 빛났다.

귀청이 찢어질 듯한 소리에 유노가 자기도 모르게 귀를 막았다. 오르디아도 빛이 눈부신지 팔을 뻗어 눈가를 가렸다.

그리고 당사자인 소피아는 눈을 가늘게 뜨고 마력을 유지하며 전력을 다한 공격을 끝까지 관통시켰다. 그 용맹한 모습이 마물을 지나 마왕을 무찌르겠다는 결의처럼 느껴졌다.

이윽고 빛이 사라졌다. 다리는 나오지 않았다. 고요해진 후미만 남았을 뿐……. 나는 활을 겨누고 해수면을 주시했다.

"……해치운 모양이야."

"훌륭한 공격이었어."

그때, 아마리아가 등장했다. 그녀는 소피아 앞에 떠올랐다.

"장기도 사라졌어. 후미 바닥에 있던 마물이 이 동굴의 리더였나 봐."

"그렇군. 하지만 전투는 아직 끝나지 않았어. 다른 길을 조사하지 않았으니까 지금부터는 잔당을 처리해야 해."

"그래."

"소피아, 할 수 있겠어?"

"괜찮습니다."

그녀가 대답하며 옷을 둘러보았다.

"대단하네요, 이거……. 마력장벽뿐만 아니라 마법 위력도 올랐습니다."

"나도 절실히 느꼈어. 오르디아도 기술 위력이 올라서 놀랐지?"

"응, 이러면 마족과 대치해도 지지는 않겠어."

확신에 찬 목소리에 나는 두 사람을 보며 고개를 끄덕였다.

"좋아, 그럼 다시 돌아가서…… 남은 마물을 처리하자."

동굴 규모는 네레이드의 말대로 그렇게 넓지 않아서 우리는 남은 마물을 한 시간도 안 돼서 처리했다. 게다가 적은 사하긴뿐이라 다치지도 않았다. 우리는 쉽게 처리하고 후미로 되돌아갔다.

"여기서 수령의 길을 통해 목적지로 갈 거야."

"지일다인 왕국이죠?"

조금 긴장한 목소리— 언니라며 따르는 왕녀를 생각하는 모양이었다.

"우선 마을에 가서 정보부터 모으자."

내 말에 소피아와 오르디아가 연달아 고개를 끄덕였다.

"그럼 아마리아…… 부탁해."

"응."

"정말, 고맙습니다."

근처에 있던 네레이드가 말했다. 주위에 있는 그녀의 동포들이 우리에게 감사를 표했다.

우리는 미소로 대답했고…… 다음 순간, 아마리아가 마법을 썼다. 그러자 거품이 우리를 감쌌다. 막처럼 생긴 마력장벽인가?

"출발할게. 흔들리지는 않겠지만, 무서우면 말해."

그와 함께 거품이 움직였다. 우리는 아무것도 안 했는데 거품은 저절로 지면을 미끄럽게 나아가기 시작했다.

손을 흔드는 네레이드들의 배웅을 받으며 우리는 물속으로 들어갔다. 물속 동굴 안은 당연히 깜깜했기에 아마리아가 마법으로 빛을 만들었다.

"중간에 한 번 쉴까? 인가와 떨어진 샘에 이어져 있어."

"응, 그렇게 해줘."

"좋아, 그럼…… 간다!"

이동 속도가 올랐다. 우리는 서 있었으나 충격은 없었다. 물속을 돌진하며 수맥을 지나는 광경은 마치 제트코스터를 탄 것 같았다.

"우와아아……."

유노가 작게 탄성을 지를 정도로 비주얼이 대단했고…… 풍경이 바뀌지 않자 점점 차분해졌다.

"정령들은 이 길을 얼마나 사용해?"

아마리아에게 물어보자 그녀가 손을 내저었다.

"보통 한곳에 머무는 정령은 거의 안 써. 사실 나도 이 길을 아주 오랜만에 쓰고."

"그래?"

"참고로 이건 우리 힘을 이용한 길이라서 마족도 들어오기 어려워. 그래도 만약을 위해서 하는 말인데 이 길은 비밀로 해줘."

"그건 걱정하지 마. 자, 이참에 도착할 때까지 작전회의를 할까?"

나는 소피아와 오르디아를 보았다.

"아까 전투로 무기가 바뀌어도 문제없다는 걸 알았어. 마족과 싸울 때는 지금까지처럼 나는 뒤에서, 두 사람은 앞에서 싸우기로 할까?"

"저는 상관없습니다."

"나는 루온 씨의 말을 따르지."

두 사람이 동의했다. 좋아, 그럼…….

"전쟁 중에 동료가 늘어나면 그때그때 어떻게 할지 검토하자. 그리고 누군가와 함께 싸울 때는…… 상대 편성이 어떤지 고려해서 대응해야겠지? 이건 임기응변으로 나가자. 어떤 형태가 되어도 불평하지 않기야."

이 두 사람이라면 누구와 함께 싸우든…… 예를 들어 게임 동료와 손을 잡더라도 알력이 생기지 않으리라.

현재, 지일다인에 있는 주인공 라디와 함께 있는 한 동료는 막가파라서 우리가 굽히지 않으면 귀찮아진다. 만날지는 모르겠지만, 만약 만나도 소피아와 오르디아는 내 말을 따라줄 테니 불안할 건 없으려나?

"루온 님, 앞으로 누가 동료가 될 가능성이 있습니까?"

갑자기 소피아가 물었다. 나는 뺨을 긁적였다.

"글쎄. 사람 수로는 네 명이나 다섯 명 정도는 있어도 괜찮을 것 같고, 인원이 그 정도는 돼야 어떤 상황에도 대응할 수 있을 것 같은데……."

게임에서는 네 명이 한 팀으로 싸웠으니 네 명이 좋지 않을까 싶었다. 대기인원을 포함해 동료로 삼을 수 있는 최대인원은 여덟 명이었는데, 그렇게까지 늘어나면 움직이기 힘들었다. 소피아와 오르디아의 전투능력에 내가 커버할 수 있는 범위를 고려하면 네 명 전후가 제일 낫나?

"무조건 동료를 늘리려는 건 아니니까, 앞으로 누구를 만나느냐에 달렸지."

결론을 정리했을 때, 거품이 크게 길을 꺾었다. 시야는 흔들리는데 우리는 아무렇지 않아서 조금 위화감이 들었다.

"이 상태라면 다른 마법보다 훨씬 빠르게 도착하겠어."

아마리아가 말하고 웃었다.

"그 뒤는 너희에게 달렸어……. 무리하지 않아도 돼. 그쪽이 하고 싶은 걸 우선해도 되니까 잘 부탁해."

휴식을 한 번 취한 뒤, 우리는 숲속에 있는 작은 샘에 도착했다. 저녁을 지나 밤에 접어든 시간이었다. 나는 밤하늘을 올려다보며 툭 중얼거렸다.

"반나절도 안 걸렸네……. 이동마법으로도 이런 속도는 무리야."

"힘 좀 썼어."

아마리아가 거품을 없애며 말했다.

"나는 조금 피곤해서 들어갈게. 뒤를 부탁해."

그리고 소피아의 몸속으로 들어갔다.

"루온 님, 어떡하시겠습니까?"

"우선 제일 가까운 마을로 가자. 시간이 이래서 숙소를 잡을 수 있을지 애매하지만."

동료들이 제안에 동의하고 밤의 숲을 걷기 시작했다. 주위에 마물은 없었다. 그것이 오히려 기분 나쁠 정도였다.

"이 나라는 대륙 중앙에서 동쪽에 있어."

문득 생각난 듯이 오르디아가 중얼거렸다.

"침공을 막아서 마물이 그렇게 나오지 않는 걸지도 몰라. 아니면 마왕 쪽에 생각이 있어서 일부러 공격하지 않거나……."

"왕녀 일이 있으니 아주 간섭하지 않는 건 아니야."

나는 그에게 의견을 말했다.

"리엘의 자료에 적혀 있지는 않았지만, 왕녀가 다쳐서 성에 틀어박힌 뒤로 공적이지 않은 부분에서 마족이 방해했을지도 몰라. 남부 공격 때도 군이 지원을 나갔지만, 나라를 지키기 위해 상당한 전력을 남겨둔 모양이고."

"가령 성 안에 배신자가 있다거나."

이번에는 소피아가 말하기 시작했다.

"그런 존재가 마음에 걸려서 많은 원군을 보내지 못했을…… 가능성은요?"

"있을 법해. 내부 문제를 안고 있으면 군을 대규모로 움직이기 어렵고…… 남부 침공 때, 인간이 패배하면 아무리 지일다인이 강국이라 해도 싸우기 힘드니까. 그 뒤의 전말은 상상에 맡길게."

"직접 어떻게 하기보다, 방해해서 파병을 제한한다, 이 말이군."

오르디아가 말에 나는 「그럴지도 몰라」라고 대답했다.

게임에 지일다인 왕실이 등장하지 않아서 이 이야기는 어림짐작할 수밖에 없겠는데…… 이윽고 숲을 나왔다. 가만히 보니 앞에 마을 불빛이 보였다.

"저기서 쉬자. 숙소를 못 잡으면 어떡할지 다시 생각하고."

그렇게 걸음을 떼는데 갑자기 말 울음소리가 귀에 들어왔다.

"응?"

곧바로 유노가 반응했다. 이어서 말발굽 소리에 갑옷을 입은 사람 특유의 절그럭거리는 발소리가 들리기 시작했다.

게다가 소수가 아니었다. 이것은…….

"이런 시간에 행군?"

소리가 점점 가까워졌다. 이윽고 시야에 해당 인물들이 들어왔다.

예상대로 말을 탄 기사가 앞장선 행군이었다. 빛을 밝힌 병사가 있어서 수를 헤아릴 수 있었는데…… 수가 꽤 됐다.

아무래도 우리가 가려는 마을로 가는 것 같았다. 행군 속도가 빠른 것을 보니 마물을 토벌하고 돌아가는 분위기는 아니었다. 지금부터 목적지로 가는 것이 명백했다.

"삼엄한데."

오르디아가 감상을 말했다. 그때, 라디 일행을 관찰하던 사역마가 보고했다. 수도에 변화가 생겼다.

행군하는 다른 무리가 수도 안으로 들어갔다. 눈앞에 있는 병사들도 목적지가 같겠지.

"무슨 일이 생긴 걸까요……?"

소피아가 중얼거렸다. 밤, 빠른 행군. 의심스러운 것이 당연했다.

"……정보를 모으자."

이때, 내가 입을 열었다.

"밤이라서 얼마나 할 수 있을지는 모르겠지만, 상황을 파악하고 당장에라도 움직일 수 있게 준비해야겠어."

"네."

"그렇군."

소피아와 오르디아도 동의하고 이동을 개시했다. 도중에 병사들이 마을로 들어갔으나 멈추지 않고 마을을 떠났다.

우리는 그 뒤에 마을 안으로 들어갔다. 규모는 그냥저냥. 길에 있는 역참 마을 중 하나인 모양이었다.

"응?"

그때, 나는 밖을 돌아다니는 병사에게 시선을 뒀다. 뭔가 어수선했다.

"행군하던 병사는 마을을 떠났을 텐데……?"

"이 마을에 있는 경비병이겠죠."

소피아가 나와 같은 방향을 보며 말했다.

"말과 무장을 확인하고 있네요. 마을을 떠나려는 모양입니다."

"이 역참 마을은 사람이 그리 많지 않을 텐데? 전력이 될까?"

"병사를 긁어모으는지도 몰라."

오르디아가 의견을 냈다. 인근 마을 병사를 수도로 보내라는 지령이 떨어졌나……. 그것도 이런 밤중에……?

"몹시 서두르네. 마치 당장에라도 전쟁을 벌일 것처럼."

유노가 말했다. 성급한 모습이 우리의 불안을 부추겼다.

"……아무튼 일단 숙소부터 잡고 상황을 확인하자."

우리는 후다닥 여관에 들어가 어찌어찌 방을 빌렸다. 그리고 여관이 경영하는 술집으로 갔다. 심야가 안 된 시간인데 손님은 카운터석에 한 명, 병사로 보이는 남자뿐이었다. 일단 식사를 하고 싶었지만, 우선은…….

"실례합니다."

오르디아에게 자리 잡기를 맡기고 나와 소피아는 카운터에 있는 병사에게 말을 걸었다. 가까이에서 보니 그 앞에는 가벼운 음식과 물이 놓여 있었다. 휴식 중인가?

"음, 왜 그러십니까?"

정중한 대응에 나는 이때다 싶어 물었다.

"마을에 들어오기 직전에 행군하는 군대를 봤는데 무슨 일 있습니까? 수도로 가는 것 같은데, 사정을 모르니까 불안해서요."

"아, 그거요? 마족 토벌입니다. 수도 동쪽에 마족이 나타나서 그렇습니다."

"마족이요?"

옆에 있던 소피아의 어깨가 살짝 떨렸다.

"저기, 여기 마을 분들도 수도로 가시죠?"

그녀가 물었다. 그러자 병사가 뺨을 긁적였다.

"그렇죠, 몇몇은……. 죄송하지만, 자세히는……."

만약 사정을 알더라도 모험가에게는 가르쳐주지 않겠지.

그럼 다른 질문을 하자.

"여기서 수도까지 얼마나 걸립니까?"

"동이 틀 때 출발하면 오전 중에 도착해요."

"그렇군요. 감사합니다."

감사를 표하고 나와 소피아는 병사와 헤어져 오르디아가 기다리는 자리로 갔다.

"어땠어?"

"마족이 수도 동쪽에 나타났대. 리엘의 자료대로라면 왕녀가 가서 토벌해."

"그리고 부상을 입지. 우리도 참전해서 왕녀가 다치지 않게 행동해야 하나?"

"……정말, 그럴까요?"

그때, 소피아가 말했다.

"마족이 나타나 수도 방비를 견고히 하고 토벌하기 위해 병사를 모은다……. 그런데 이런 역참 마을에서도 병사를 모은다. 조금이라도 전력을 늘리기 위해……."

"징발이라고 해도 성급하군."

침묵이 내려앉았다. 그러나 모두의 마음은 일치했다.

즉, 그만큼 서둘러야 할 정도의 무언가가 일어났다.

"소피아, 리엘의 자료를 봐도 이 전투에 왕녀가 얽히는 것은 확실해. 그런데 이렇게 서두르는 이유가 뭐라고 생각해?"

"……마족 습격이 갑작스러워서 방비를 갖추는 것일 가능성도 있습니다. 하지만 인근 마을에서 병사를 불러들이다니 역시 이상합니다."

소피아가 심각한 표정으로 말했다.

"적 중에는 날개 달린 악마도 있습니다. 게다가 밤에는 마족이 움직이기 쉬워지죠. 그런데 병사 이동이라니…… 주변 마을이 허술해지면 그곳을 공격당할 위험성이 커집니다."

"그런 모험을 해서라도 병사를 모아야 하는 이유가 있다, 라……."

내가 받아치자 소피아가 살짝 고개를 끄덕였다.

"리엘의 자료에 의하면 이 전투에 리젤레이트 왕녀가 관여하는 것은 확실해. 최악의 상황이라면……."

"왕녀가 마족의 손에 넘어갔고, 그런 왕녀를 구하기 위해 병사를 모으고 있다."

오르디아가 결론을 말했다. 나는 한 가지 제안을 했다.

"사역마로 성의 상황을 살펴볼게. 저 병사가 말한 거리라면 사역마가 금방 수도에 도착할 거야."

"루온 님……. 부탁드려도, 되겠습니까?"

"맡겨줘."

나는 대답하고 일단 술집을 나갔다. 그리고 밖에서 사역마를 풀고 자리로 돌아왔다.

"저기, 무슨 일이 벌어진 거라면 바로 행동하는 게 좋지 않을까?"

유노의 제언에 나는 고개를 가로저었다.

"아직 추측 단계에 지나지 않아. 그리고 수도가 동동거리고 있으면 우리가 접촉해봤자 문전박대만 당하고 무슨 사정인지 묻지도 못할 거야. 괜히 혼란스럽게 할 수도 있으니 섣불리 움직이면 안 돼."

"최악의 경우, 제 정체를 밝힐 생각도…… 했습니다."

소피아의 어깨에 힘이 들어갔다. 아직 대륙은 인간 쪽이 불리한 정세다. 그녀의 정체가 공식적으로 밝혀지면 위험할 수 있었다. 지금은 참아야 했다.

"소피아, 만약 군이 마족 토벌을 하는 것뿐이면 리젤레이트 왕녀가 군을 이끌까?"

"그럴 겁니다. 사기도 오를 테니까요."

"군이 심야에도 준비하는 것을 보면 왕녀가 있는 것일 수도 있어. 소피아, 왕녀의 특징은? 되도록 멀리서 확인할 수 있는 특징이 있으면 가르쳐줘."

"무기는 마법으로 만들어서 없습니다. 평상시 투구를 쓰지 않으니 금발이 눈에 띄는 정도일까요……. 눈동자 색이 짙은 보라색인 것도 큰 특징인데 멀리서 확인하기는 어렵겠죠."

"알았어. 비슷한 사람이 있으면 보고할게."

"부탁드립니다."

그때, 움직임이 있었다. 군이 아니라 게임 주인공 라디였다. 수도에 있는 그와 동료가 성에 들어갔다. 이런 한밤중에 입성하다니 아무리 생각해도 이상했다.

"……아무튼 오늘은 쉬고 내일을 대비하자. 해가 뜨자마자 숙소를 떠나기로 하고, 사역마로 밤사이 군이 움직이면 그때그때 대응할게. 소피아, 오르디아."

나는 두 사람에게 다시 물었다.

"마족과의 전투가 다가오고 있어……. 개입한다. 알겠지?"

"네."

"좋아."

동료들이 수긍했다. 소피아의 얼굴이 끝없는 불안으로 가득했다.

사역마가 성에 도착해 외부에서 관찰하기 시작했으나 결과적으로 상황 파악은 하지 못했다. 그러나 안팎으로 동동거리며 준비에 쫓기는 것을 확인한 우리는 다음 날 바로 출발하기로 했다.

그리고 다음 날 아침, 날이 밝음과 동시에 수도를 향해 출발했다. 도중에 우리는 군이 진군을 시작한 것을 확인했다.

"멀리서 관찰했을 때, 왕녀로 보이는 사람은 없어."

"루온 님, 그녀가 군을 따라가지 않았다는 말씀입니까?"

"멀리서 확인한 바로는."

나는 다른 사역마에게 보고를 받았다. 라디와 그의 동료가 성을 나와 수도를 떠났다. 게다가 군과 같은 방향이었다.

역시 수상해……. 뭔가 걸려.

"소피아, 하나만 물어볼게."

"네."

"소피아를 아는 사람이 지일다인 왕국에 얼마나 있어? 갑자기 마주치면 위험하니까 얼마나 얼굴이 알려졌는지에 따라 행동이 달라져."

"일개 병사까지 제 얼굴을 알지는 않지만, 상층부…… 왕족과 대신급, 나아가서 기사단장과 궁정마술사장 정도까지는 알려졌습니다. 그리고 행사에 한 번 참석한 적이 있어서 귀족 중에 기억하는 사람이 있을지도 모릅니다."

"성과 엮이지 않는 게 낫겠어. 군과 거리를 두자."

문제는 토벌 내용을 모른다는 것이다. 수도에 들어가도 만족스러운 정보는 얻지 못할 테고, 가장 효율적인 방법은 소피아를 모르는 라디 일행에게서 사정을 알아내는 건가.

우연을 가장해 그들과 접촉해서 어떤 상황인지 확인한다. 라디 일행이 군과 같은 방향으로 향하는 것, 그리고 어젯밤 성에 들른 것을 봐도 핵심 정보를 안다고 판단해도 될 테니 그것이 최선이군.

다만, 첫 만남이라 문제가 생길지도…… 아무튼 일단은 가까워져야 했다.

"좋아, 수도는 들르지 않고 곧장 마족의 거점으로 가자."

내 결정에 동료들이 고개를 끄덕였다. 수도 동쪽은 숲과 곳곳에 낭떠러지가 있는 천연 요새였다. 그 안에 있는 요새에 마족이 침입한 모양이었다.

"왜 그런 곳에 요새가 있어?"

유노의 물음에 소피아가 대답했다.

"옛날에 지일다인 왕국 동쪽에 약탈을 일삼는 야만족의 영역이 있었어요. 수도를 습격당해 피폐해지자 당시의 왕이 그들을 정벌하기 위해 숲속에 튼튼한 요새를 세웠고 긴 전투에 대비해 진을 쳤어요. 몇 년에 걸친 전쟁 끝에 그들은 승리했고, 이 토지에 수도를 세웠습니다."

"이곳을 수도로 삼은 이유가 있어?"

"몇 년 동안 싸우는 사이에 사람과 물건, 상업이 몰렸기 때문이에요. 수도가 불타버린 이유도 있고요. 그 뒤로 구역 정리를 하고 지금의 수도가 생겼다고 해요."

"호오, 그렇구나."

소피아가 설명하는 사이, 우리 옆에 수도가 나타났다. 소피아에게 들은 경위로는 생각할 수 없을 정도로 아름다운 도시였다.

그런데 성벽이 없었다. 아니, 필요 없다고 해야 하나? 조금 떨어진 곳에 산이 수도 동쪽을 제외하고 에워싸고 있어서 통로가 한정됐다. 지리적으로 방어하기 쉬운 땅이었다.

마족도 침공 당시, 이 요새 때문에 고생한 것일지도 모른다. 그래서 동쪽에서 공격하기로 한 것이다. 요새를 점거하면 수도가 코앞이었다. 지일다인으로서는 목에 칼이 들이밀어진 상황이었다.

지일다인도 요새를 이용해 방어했을 텐데…… 어쩌다 빼앗겼을까? 이건 자세한 사정을 듣지 않으면 모르겠지?

아무튼 우리는 전진했다. 숲에 들어갔을 때는 드디어 군이 요새로 접근하기 시작했다.

라디 일행과는 아직 거리가 있었다. 정보를 얻기 위해서라도 그들과 접촉해야 하는데, 우리는 적의가 없다는 것을 어떻게 밝히지?

리젤레이트 왕녀에 대해 말하거나……. 왕녀를 아는 소피아도 있으니 어떻게든 되려나?

그렇게 이런저런 생각을 하고 있을 때, 요새에서 마물이 나타났다. 구릿빛 피부와 인간보다 체격이 두 배는 큰, 곤봉을 든 괴물처럼 생긴 적—.

틀림없는 『오거』였다. 게임에서는 HP가 높고 공격력이 세며 곤봉으로 날려버리는 기술도 있었다. 그러나 전반적으로 마법에 약했다.

게임 중반 이후에 나타나는 적임에는 분명했다. 군의 능력이 어느 정도인지 모르지만, 일반적인 병사라면 상당히 고전할 것이 틀림없었다.

사역마로 상공에서 관찰하는데 군에도 변화가 생겼다. 창병을 선두로 그 뒤에 갑옷을 입고 지팡이를 든 사람들이 보였다.

"소피아, 지일다인 군을 관찰하는 사역마가 지팡이를 들고 갑옷 입은 사람을 포착했어."

"궁정마술사단이로군요."

병사만으로는 어렵다고 판단한 듯했다.

숲속이라서 총 인원수를 파악하기 어렵지만, 인간 쪽은 상당한 인원을 배치했다. 지일다인 군은 어쩌려는 거지?

그때, 사역마가 다른 군을 포착했다. 요새에서 조금 떨어진 곳에 소대 정도의 병사와 궁정마술사가 있었다. 숲 여기저기에 그런 사람들이 있었다. 마물에 포위되지 않게 견제를 맡은 소대가 여럿 보였다. 라디 일행도 그 중 하나인가? 아니, 그들은 소대는커녕 고작 셋이서 숲속에 있었다. 다른 사람들과 역할이 다른가?

그때, 숲속에 폭발음이 울려 퍼졌다. 마법을 쓴 모양이었다.

"……이 소리는?"

"전투가 시작됐어."

유노의 말에 오르디아가 반응했다.

"숲속이라 본군 주위에 부대 전개했고, 본군이 옆이나 뒤에서 공격받지 않게 보조하는 사람들이 전투를 시작했어."

정답이었다. 본군은 소리가 들려도 반응하지 않았다. 그리고 마물들도…… 전초전 같은 느낌이었다.

이 와중에 우리는 어떻게 해야 하나……. 그때, 라디 일행도 마물과 조우했다.

라디가 손에 든 지팡이를 치켜들었다. 그는 게임 주인공 중 유일한 마법사다. 지팡이 끝에서 발동된 공격은 하급 마법인 『썬더 볼트』였다. 퍼엉! 성대한 소리가 울렸다. 비교적 가까웠기 때문인지 소피아가 그쪽을 가리켰다.

"저쪽, 이네요."

"갈까."

오르디아도 중얼거렸다. 나도 「그래」라고 동의하고 유노가 주머니에 들어감과 동시에 숲속을 달렸다. 라디 일행과의 만남— 과연 어떻게 될까.

얼마 지나지 않아 전장에 도착했다. 두 검사와 한 마법사가 싸우고 있었다.

목표가 명확해진 순간, 소피아와 오르디아가 속도를 올렸다. 마물은 오거가 아닌 고블린 종류, 피부가 검은 『블랙 고블린』으로 게임 중반에 나오는 졸개였다. 동료들이라면 어렵지 않게 상대할 수 있는 수준이었다.

그래서 나는 마법으로 지팡이를 만들며 전황을 관찰했다. 두 검사, 한쪽은 20대 중반으로 철갑옷을 입고 방패를 든, 여기서 가장 키가 큰 남자였다. 검은 머리카락은 뾰족하게 설 만큼 짧았고, 전투 중에 엿본 옆모습에서 또렷한 삼백안이 조금 무서운 인상을 줬다.

반면, 다른 검사는 키가 작고 선도 가늘었다. 칼날 내성으로 보이는 갈색 옷을 입었는데 회피를 우선한 장비였다.

머리카락 색은 금색, 정확히는 노란색 머리카락에 가까웠다. 그것을 뒤로 대충 묶었고 중성적인 인상이었다.

그리고 남은 한 사람, 검사에게 보호받으며 서 있는 파란 머리카락의 남자 마법사— 그가 바로 라디였다. 입고 있는 법의는 하얀 색이었고, 나이는 10대 후반 정도였다. 외모는 아주 시원시원했고 애교가 있다고 해야겠다.

그들이 고블린과 마주보고 싸우고 있었다. 검술 기량이 어떤지는 모르지만, 동료들이라면 순식간에 해치울 것이 틀림없었고, 마력을 살린 전투에서는 우리보다 못할 듯했다.

라디와 두 검사가 우리의 출현을 눈치챈 것 같았다. 그러나 적이 앞에 있어서 돌아보지는 않았다.

소피아와 오르디아가 그들과 교대하듯이 앞에 섰고, 오르디아는 검 두 자루로 고블린을 가로 베었다. 소피아도 재빠르게 검을 뽑아 세로로 공격했다. 고블린은 공격당하고 순식간에 소멸했다.

뒤에서 또 고블린이 덤벼왔지만, 동료들이라면 낙승이었다. 명확한 기술과 마법을 쓰지 않고 둘 다 검으로만 마물을 해치웠고, 몇 분도 지나지 않아 습격한 고블린을 전멸시켰다.

요새에 있는 마족이 마물을 얼마나 뿌렸는지는 몰라도…… 주변에서 싸우는 소리가 나지 않으니 근처에 적이 없다고 생각해도 될 것 같았다.

"괜찮아?"

라디에게 다가가 물었다.

"……옷차림을 보니, 정규군은 아니지?"

그가 놀란 눈빛을 보내며 도리어 되물었다. 나는 고개를 끄덕이고 어떻게 설명할지 잠깐 생각했다.

"소동이 벌어졌대서 달려왔어."

그렇게 대답하자 라디가 놀란 표정을 지었다.

"일부러 왔다고?"

"이유가 있어. 이 나라의 높으신 분에게 신세진 적이 있거든."

"그거, 왕족과 얽힌 거야?"

왕족, 그 단어가 나왔다는 것은 역시 왕녀와 관련됐다는 뜻인가.

"그렇게 해석해도 상관없어."

"알았어. 그리고 고마워. 내 이름은 라디 디어몬드야. 이번에 군과 함께 전투에 참가한 보잘 것 없는 마법사야."

그가 감사를 표하며 자기소개를 했다.

"저쪽은 동료인 네스톨 이바츠와 실비 에크아스."

삼백안 전사가 네스톨이고 금발 검사가 실비였다. 둘 다 동료들에게 감사를 표하며 주위를 경계했다.

"나는 루온 마딘. 동료인 소피아 라톨과 오르디아 타게이트."

"그리고 나는 천사 유노야."

유노가 기다렸다는 듯이 내 주머니에서 튀어나왔다.

"……루온? 그리고 천사……."

응? 뭐지? 의아해하는데 실비가 말을 꺼냈다.

"루온 마딘이라고? 대륙 중앙부 전투 후에 이리로 온 건가?"

목소리는 중성적이지만…… 사실은 여자다. 게임에서 실비는 처음에 실트라는 이름을 쓰며 남장을 했다. 라디가 실비라고 소개한 것을 보면 여자임을 들키는 이벤트가 이미 지나간 모양이었다.

그리고 방금 한 말을 보면 내 이름을 들은 적이 있는 모양이었다. 고향에서 마물을 토벌했으니까, 그 소문을 들었나?

"응, 마족과 전투를 마치고 이리로 왔어."

"흐음, 그래?"

실비가 흥미를 보이며 우리를 슬쩍 보았다.

"상상과 다르네. 『하늘의 검사』라는 이름만큼 더 호화찬란할 줄 알았어."

"……잠깐."

그 말을 듣고 나는 그녀의 말을 가로막았다.

"잠깐만. 『하늘의 검사』라니 그게 뭐야?"

"뭐? 왜 당사자가 자기 별명도 몰라?"

도리어 질문을 받았다. 아니, 아니, 잠깐만. 대체 어느 틈에 별명이 생긴 거야?

"호오, 별명이 생겼구나. 유명해진 증거인가?"

유노가 태평하게 반응했다. 그에 라디가 몰아붙이듯이 웃으며 말했다.

"한번 만나보고 싶었어. 마족에게 덤비는 담력과 무엇보다 마를 쫓는 빛의 검…… 그리고 곁에 있는 천사님. 응, 맞아. 진짜가 틀림없어."

"어? 나에 대해서도 알아?"

"너는 함께 하는 파트너잖아? 그래서 『하늘』이라는 말이 붙은 거야."

그 말에 유노가 미간을 찌푸렸다.

"파트너……라기보다는 내가 주인인데."

"너, 봉인돼 있던 유적에 다시 보내버린다?"

내 태클에 천사가 혀를 내밀었다. 나는 한숨을 내쉬고 하던 이야기로 돌아갔다.

"여기까지 하자. 라디 씨, 우리는 끼어든 상황이긴 하지만, 마족을 타도할 의지가 있어. 괜찮다면 힘을 보탤게."

나에 대해 안다면 쉽게 동의해주려나……?

내 제안에 라디는 침묵했다. 그 모습을 보니 이번 전투가 심상치 않게 느껴졌다.

"무슨 일, 있습니까?"

소피아가 불안해하며 물었다. 여기서 가장 리젤레이트 왕녀를 걱정하는 그녀는 라디의 언행에 곤란한 일이 있음을 직감했다.

그러자 라디가 그녀를 보았다.

"……어떤 곳으로 이동하는 동안 설명할게."

"그래도 돼?"

실비가 확인하듯이 물었다. 아직 우리를 의심하나.

"저들이 강한 건 아까 알았으니까. 그리고 우리끼리는 불안하다고 실비도 말했잖아."

"그렇긴 한데, 믿을 수 있어?"

"루온 씨를 알고 가짜 흉내를 내더라도 천사님까지 흉내 내기는 어려워."

사역마를 쓰면 어떻게든…… 아니, 그래도 재현은 어렵나? 실비도 「뭐, 그런가?」라며 받아들이는 모양이었다. 그리고 네스톨도 라디의 뜻을 따르려는 듯했다. 일단 내 이름과 유노

덕분에 믿음은 얻었다.

라디가 숲 한쪽 방향을 가리켰다.

"그럼 가자. 우리는 군과 다른 지시를 받았어. 협력을 부탁할 테니 따라와 줘."

라디 일행과 함께 숲속을 걸었다. 아무래도 요새 오른쪽을 향해 가는 것 같았다.

"……우리의 목적 말인데, 먼저 입 밖에 내지 않겠다고 해줘."

라디의 요구에 우리는 고개를 끄덕였다.

"응, 약속할게. 유노도 괜찮지?"

"왜 나한테 물어?"

"못 박지 않으면 깜빡하고 말할 것 같으니까."

"루온이 말 안 해도 안 할 거거든? 그래서 라디 씨, 무슨 일인데?"

"저 요새에, 리젤레이트 왕녀가 있어."

그 말에 옆에서 걷던 소피아가 숨을 멈췄다. 예상한 전개였다.

"즉, 이 토벌은 왕녀 탈환 작전이야. 국가로서는 무슨 일이 있어도 이겨야만 해……. 그러던 중에 몇 가지 일을 받아 마물로 공적을 세운 우리에게 의뢰가 들어왔어."

나는 라디를 사역마로 관찰하고 있었지만, 어디까지나 멀리서 살펴본 정도라 어떻게 활동했는지는 몰랐다. 그는 지일다인 왕국에서 일하며 결과적으로 왕녀 탈환 작전에 다른 사람과 다른 역할을 받을 정도의 신용을 얻었다.

"왜 왕녀가 이 요새에?"

오르디아가 묻자 라디가 차례로 설명을 시작했다.

"우연히 왕녀가 있을 때 습격당했다고 해석해야겠지? 원래 마족이 침공했을 때쯤 요새에 병사가 다수 있었어. 왕녀는 그들을 위문했고."

그때, 마족이 습격했다는 말인가. 우연이 아니라 성에 스파이가 있어서 정보를 들었을지도 모른다.

"왕녀가 방문한 동안 마물들이 집중공격을 했고…… 나라에서 소식을 듣고 바로 준비를 마쳐서 오늘 공격을 시작한 거야……."

그가 주먹을 틀어쥐고 요새가 있는 방향을 보았다.

"왕녀 구출은 시급한 일이고 극악무도한 마족을 반드시 심판해야 해! 루온 씨, 비열하기 짝이 없는 놈들의 폭거를 막자!"

아…… 생각났다. 이 숨 막히는 열렬함이 그의 특징이었다.

마법사이면서 열혈한(熱血漢). 이것이 그의 성격이었다. 이것은 게임에서 다른 주인공과 다른 성격을 부여하려는 뜻과 시나리오 요소와 관련 있었다.

게임에서 라디 외의 주인공들은 시나리오 과정에서 마족과 싸우는 이유를 찾아내는데, 그는 그런 것이 몹시 희박하고 정의감이 제일 큰 이유였다.

원래 주인공 다섯 명의 시나리오에는 각각의 콘셉트가 있었다. 필리의 기본 방침은 『정통 시나리오』, 에이나는 『비극적인 히로인』을 상상한 것으로부터 시작했다고 설정자료집에 적혀 있었다. 알트는 『원치 않게 휘말리는 주인공』이고, 오르디아는

『종족 사이에 사는 존재』였던가? 그리고 라디는 콘셉트가 없었다. 아니, 일부러 만들지 않은 모양이었다.

다른 주인공들과 달리 그는 『자기 의지로 마음대로 여행할 수 있다』는 특징이 있었다. 메인 시나리오 때문에 제약이 있는 다른 주인공들과 다르게 모든 서브이벤트에 관여할 수 있고, 사건이 있으면 그는 타고난 정의감을 발휘해 끼어들었다. 그것이 기본적인 흐름이었다.

참고로 이런 캐릭터는 싫어하지는 않지만 조금 어려웠다. 하물며 현실에서 그러니 더 했다.

"왕녀를 구하고 마족을 전부 무찌르는 것이야말로! 우리에게 주어진 사명이야!"

"진정해."

네스톨이 검 손잡이로 그의 머리를 약하게 쳤다.

"미안해, 루온 씨. 이 녀석은 한번 연설을 시작하면 멈출 줄을 몰라."

"아, 뭐, 별로 상관없어."

"라디, 서둘러야 하는 건 아는데 군과 호흡을 맞춰. 돌진해 봤자 실패하기만 한다고."

동료인 네스톨이 그를 제어하는 역할이었다. 옆에서 실비가 두 사람을 보며 쓴웃음을 지었다. 그녀는 한 발 물러난 위치인가?

네스톨은 원래 내 스승님인 일레이가 사는 가나이제에서 동료가 되는 캐릭터로, 방어에 뛰어난 수비 중시형 전사다. 마법

방어도 제법이라 마법공격이 많은 시나리오 후반에도 유용했
다. 게다가 고유 스킬 『방패회피』를 가졌다. 이것은 방패를 장
비했을 때, 일반적인 방어보다 피해를 줄이는 효과가 있었다.

한 방의 화력은 대단하지 않지만, 견실해서 애용하는 플레
이어가 많았다. 그리고 실비는 공격 중시였다. 라디가 후방에
서 마법을 쓰고 네스톨이 그를 지키면서 요격하면 실비가 유
격을 맡는, 각각의 특성을 생각하면 이런 역할이려나.

"습격당한 지 시간이 얼마 지나지 않은 것 같네요……. 라디
씨."

그때, 소피아가 라디에게 확인했다.

"아직 내부에 병사가 있습니까?"

"마물이 밖에서 군과 싸우고 있으니 요새는 제압됐다고 해
석해야 할 거야. 다만, 왕녀의 생존은 마법으로 확인했어."

생존을 확인했기에 군이 움직였다. 마족이 왕녀를 살려서
회유했을까? 아니면 살려두는 것 자체에 다른 목적이 있나?

상황은 이해했다. 그러나 한 가지 의문이 있었다.

"왕녀가 붙잡힌 것을 입 밖에 내지 말라고 했는데, 공식적
으로 발표하지 않은 모양이지?"

"사실이 알려지면 성이고 마을이고 동요에 빠질 거라고 판
단한 듯해."

과연……. 어쨌든 왕녀가 살아있다고 안 것만 해도 다행이었
다. 심신이 건강한 상태인지는…… 기도하는 방법밖에 없었다.

"우리는 요새 안에 있는 탈출통로를 거슬러 올라가서 왕녀

를 찾을 거야. 안쪽 구조는 머리에 들어있으니 걱정 없어."

"왕녀를 구출하고 빠르게 탈출?"

내 물음에 라디가 고개를 끄덕였다.

"일단은."

아까도 말했지만, 마족을 처리하고 싶은 눈치다. 현재 상황은 왕녀 구출이 우선이지만, 정의의 심판을 내리고 싶어서 좀이 쑤시는 모양이었다.

그 모습에 네스톨이 또 「진정해」라며 달랬다. 그도 고생이었다.

"만약 마족과 왕녀가 함께 있으면?"

이번에는 오르디아가 물었다. 그러자 라디가 강하게 말했다.

"당연히 마족을 때려눕혀야지."

왕녀를 도망치게 하는 게 먼저인 것 같지만, 함께 있다면 나도 마족을 쓰러뜨릴 것 같았다. 사람 수도 꽤 되니까 상황에 따라 움직이면 됐다.

아무튼 지금은 한시라도 빨리…… 그때, 갑자기 라디가 멈춰 섰다.

"여기야."

숲 한쪽— 요새와 조금 거리가 있고 주변에 마물은 없었다.

지면은 낙엽으로 덮여 있고 주위 나무에 수상한 점은 없었다. 그럼 물리적 장치가 아니라 마법을 쓰는 건가?

"어떻게 해?"

라디에게 묻자 그가 품을 뒤졌다.

꺼낸 것은 카드 한 장— 타로카드만 한 크기로 표면에 파란색 글자로 뭐라 적혀 있었다.

"부적술입니까?"

소피아의 지적에 라디가 천천히 고개를 끄덕이고 짧게 주문을 외웠다. 그러자 카드에 변화가 생겼고…… 한 마리 새로 변했다.

새는 날개를 퍼덕이며 하늘로 날아갔다. 연락용 사역마인가?

"있지, 있지, 루온의 사역마와는 달라?"

갑자기 유노가 물었다.

"그냥 사역마를 생성하는 방법만 달라. 능력 자체는 비슷하지 않을까?"

나는 게임에 등장한 마법을 중심으로 다루지만, 물론 그 외의 마법도 있었다. 부적술도 그중 하나였다. 미리 마력을 담은 카드를 준비해 여차할 때 꺼내 쓴다. 카드를 써서 마법 위력이 오르내리는 등 용도는 다양하지만, 기본적으로 마력을 보충하는 기술이라 나는 필요하지 않아서 쓰지 않았다.

라디는 사역마를 만드는 마법을 미리 준비해서 지금 사용했다. 그 역할은…….

그때, 멀리서 고함이 들리기 시작했다. 그것이 요새 정면에 있던 지일다인 왕국군 본대가 내지르는 소리라는 것을 상공에 있는 사역마를 통해 알았다.

"본대가 분전하는 동안, 왕녀를 구출하는 건가."

오르디아가 소리가 들리는 방향으로 고개를 기울이며 중얼거렸다.

"원래는 본군만으로 어떻게든 하고 싶었겠지."

라디가 대답하며 손에 든 지팡이를 휘둘렀다. 그러자 바닥 한쪽이 빛나며 무거운 소리와 함께 지하로 가는 계단이 나타났다. 라디가 계단을 한번 들여다보았다.

"좋아, 돌입하자."

그의 말과 함께 모두 내려가기 시작했다. 실비와 네스톨이 선두에, 이어서 라디가 빛 마법을 써서 주위를 밝혔다.

나는 계단을 내려가다가 멈춰 섰다. 빛이 아슬아슬하게 닿는 위치의 어둠 속에서 인간과 다른 존재를 확인했다. 고블린이었다.

"적이다!"

그렇게 외친 직후, 통로에 있던 블랙 고블린이 돌격했다. 그것도 한두 마리가 아니었다. 말 그대로 대거로 밀려와 라디 일행의 대응이 늦었다.

"빛의 검이여!"

나는 순간적으로 『뒤랑달』을 발동해 고블린에 반격했다!

선제공격이 앞에 있던 고블린을 베어 날렸다. 고블린을 베자 빛이 퍼지며 비명도 울려 퍼졌다. 이번에는 고블린 쪽이 당황했다.

그때, 소피아와 오르디아가 공격을 펼쳤다. 소피아는 『에어리얼 소드』로 안쪽에 있는 고블린까지 멀리 날려버렸고, 오르디아는 단칼에 적을 차례로 쓰러뜨렸다. 거기에 내가 『홀리

『랜스』로 추가공격을 날려 한 마리를 맞췄다. 푸르스름한 빛이 충격파를 일으키며 주변에 있던 적을 휩쓸었다.

빛의 창에 의해 한순간 마물 전체의 모습이 보였고, 유노가 외쳤다.

"자, 잠깐?! 아무리 그래도 너무 많은 거 아니야?!"

놀라는 게 당연할 정도로 어마어마한 숫자였다. 그러나 본질적인 문제는 그것이 아니었다.

이곳은 비밀 탈출로였다. 이런 곳에 대량의 마물이라니…… 아무리 생각해도 잠복이었다.

예를 들어 비밀 통로에 마물을 배치하더라도 이만한 수를 대기시키기는 불가능했다. 이 통로를 이용할 것임을 적이 알았던 것이 분명했다. 만약 그렇다면…….

그렇게 생각에 잠긴 사이, 소피아와 오르디아는 무리 없이 마물을 계속 무찔렀다. 라디 일행도 그제야 경직을 풀고 얼른 대처했다.

라디가 빛을 움직여 통로 안쪽을 밝혔다. 꽉 들어차지는 않았지만, 마물들이 상당한 대열을 이루고 있었다. 그에 라디가 외쳤다.

"일단 물러날까?!"

"라디 씨, 다른 길은?"

내 물음에 그가 고개를 가로저었다.

"가르쳐준 곳은 이 길뿐이야."

"그럼 방법은 하나뿐이군요."

소피아가 그렇게 말하며 고블린을 벴다.

"왕녀를 구하려면…… 나아가야 합니다!"

"뭐, 그렇지."

나는 지팡이를 쥐며 라디에게 말했다.

"우선 우리가 앞장서서 싸울게. 요새 안내를 부탁해."

"괜찮겠어?"

"여기밖에 길이 없잖아. 일단 해보는 수밖에."

절대 말도 안 되는 이야기는 아니었다. 새 무기를 얻은 소피아와 오르디아의 능력은 고블린을 상대로 압도적이었다. 오거가 상대여도 그러했다. 마물의 힘으로 요새에 있는 마족의 힘도 어느 정도 추측할 수 있으니, 이곳만 돌파하면 어떻게든 될 것이다.

"알았어. 네스톨, 실비, 괜찮지?"

"싸우는 수밖에 없어 보이네. 나도 따르지."

"나도 괜찮아."

라디 일행이 승낙했다. 어느 틈에 우리가 주도권을 잡아버렸는데, 나중에 도와줘야 하나?

아무튼 지금은 왕녀를 탈환해야 했다. 나는 소피아와 오르디아에게 지시했다.

"나는 엄호할 테니까 마음껏 공격해."

"알겠습니다."

"알았어."

두 사람은 앞으로 달려 나갔다. 그동안, 나는 빛에 비춰진 고블린으로 시선을 옮겼다.

아무리 마족이 만든다고 해도 무한하지는 않을 테고, 새로 만드는 데도 시간이 필요했다. 즉, 단번에 돌파하기만 하면 증원을 걱정할 필요가 거의 없었다. 왕녀를 포함해 시간과의 승부로군.

동료들도 그렇게 인식했는지 엄청난 속도로 고블린을 물리쳤다. 그야말로 일격필살— 고블린이 저항을 시도했지만, 반격할 기회조차 없었다.

나는 두 사람의 사각에 있는 마물을 노려 허를 찔리지 않게 대처했다. 산발적으로 마법을 쓰기만 해도 충분했고, 눈에 띄게 고블린의 수가 점점 줄어 갔다. 내심 두 사람의 능력에 놀랐다.

라디 일행도 참가해서 그 수를 더 줄여 갔다. 내가 생각한 대로 네스톨이 달려드는 고블린에 대응했다. 검과 방패로 막고 라디가 마법으로 처리했다.

멋진 연계였다. 라디는 전격과 화염의 창으로 고블린을 적확하게 노렸다. 하급 마법인데도 위력이 충분했다. 그가 기술적으로 능력을 갈고닦은 증거였다.

그리고 실비는 어쩔 때는 두 사람을 엄호하고, 어쩔 때는 홀로 고블린을 쓰러뜨리는 등, 그야말로 유격 역할이었다. 게다가 네스톨과 다르게 민첩해서 고블린이 그녀의 움직임을 따라가지 못했다.

소피아와 오르디아만큼은 아니지만, 요격 속도가 제법이었다. 그렇게 우리의 맹공으로 대열을 이루었던 고블린이 순식간에 사라졌다.

"오오, 빠른데."

유노가 감상을 늘어놓았다. 그녀의 말대로 통로에 들어선 이후로 시간이 얼마 지나지 않았다.

"좋아, 앞으로 가자. 아직 고블린이 있을지도 모르니까 경계를 늦추지 마."

내 지시에 오르디아가 고개를 끄덕이고 솔선해서 앞으로 나아갔다. 우리는 마물이 있는지 확인하며 통로를 나아갔다.

마물이 또 어딘가에 잠복해 있을 줄 알았으나, 습격한 적이 끝이었는지 우리는 쉽게 안쪽 벽에 도착했다.

"잠깐만 기다려."

라디가 오른손을 뻗고 주문을 외웠다. 그러자 마법진이 떠오르고 벽이 움직였다.

다른 이들은 무기를 들었다. 적이 더 있을 가능성이 아주 컸다. 그러나 벽 너머 작은 방에는 아무도 없었다.

"고블린으로 끝인가? 아니면 다른 데로 전력을 돌렸나……?"

"후자라면 운이 좋은데?"

내 중얼거림에 라디가 대꾸하며 작은 방에 있는 문을 가리켰다.

"내가 안내할게."

"왕녀는 어디 있어?"

"요새 중앙에 있는 감옥이나 위에 있는 회의실일 거라고 기사가 말했는데, 지금부터는 직접 탐색해 봐야 해."

"알았어. 우리가 선두에 서도 되지?"

"상관없어."

허락을 구했으니 오르디아와 내가 앞에 섰다. 나는 무기를 지팡이에서 검으로 바꾸고 문에 손을 대고 귀를 기울였다.

아무 소리도 들리지 않았다. 아무래도 마물은 없는 것 같았다. 주변에도 없나?

"라디 씨, 문을 열면 복도가 나와?"

"응."

"어디로 가면 돼?"

"음, 통로가 좌우로 뻗어 있으니까……."

"오른쪽이야."

실비가 대신 대답했다.

"왼쪽 통로는 밖으로 이어지고 오른쪽이 요새 안으로 가는 거야."

"외웠어?"

"라디보다는 잘 기억해."

……라디가 기억을 못한다기보다는 실비의 기억력이 좋다고 해석하는 게 낫겠지?

아무튼 오른쪽이구나. 나는 고개를 끄덕이고 문을 열었다.

앞으로 달려 나가며 검을 겨누었지만 문 너머에 마물은 없었다. 밖에서 군을 막느라 없나……? 폭발음과 고성이 왼쪽 통로 쪽에서 들리는 것을 보니 양동작전에 걸렸나 보다.

"마물은 없어."

"그럼 가자."

라디의 말에 나와 오르디아는 오른쪽으로 걸음을 옮겼다. 소피아가 이어서 뒤따랐고, 라디 일행도 따라왔다.

탈출로에 저만한 마물이 있었는데 이곳에는 없다니, 위화감이 들지만…… 전진하는 편이 나은 것은 명백…….

『그 많은 마물을 처리했나.』

그 순간, 뒤에서 목소리가 들렸다.

걸음을 멈추고 뒤를 돌아보았다. 하지만 아무것도 안 보였다……. 아니, 잠깐만!

"루온, 그림자가 움직여!"

유노의 지적에 벽 한쪽에 변화가 생겼다. 갑자기 그림자가 늘어나더니 형태를 이루며 검은 망토로 몸을 감싼 마족이 나타났다.

얼굴에는 검은색과 대조되는 흰 가면을 써서 한층 더 기묘한 인상을 주었다.

"나오셨나."

"침입한 병사를 매복해서 공격하는 역할이군."

오르디아가 날카롭게 중얼거리자 적, 마족이 어깨를 흔들었다.

『눈치가 빠르군. 그 말대로다.』

마족이 서 있는 주변 그림자가 살짝 늘어났다. 우리가 모두 경계에 들어가자 그림자 속에서 블랙 고블린이 모습을 드러냈다.

"이런, 쓰러뜨리지 않으면 끝까지 쫓아오겠어."

그때, 제일 빠르게 판단을 내린 사람은 라디였다.

"루온 씨, 먼저 가."

"우리가?"

"요새 안쪽에 있는 적이 더 강할 거야. 비밀 통로에서 싸운 것만 봐도 루온 씨 일행이 적임이야. 네스톨은 나와 함께 여기서 맞서자. 실비, 루온 씨네 안내를 부탁해."

"잠깐만, 둘이서 싸우게?"

고블린들이 점점 다가왔다. 숫자는 아까에 비해 많지는 않지만, 마족도 있었다. 둘이서 맞설 수 있을까…….

거기까지 생각한 나는 이내 결정했다.

"오르디아, 여기서 두 사람과 함께 싸워줄래?"

"나는 상관없어."

"괜찮아?"

라디가 물었다. 그러는 동안에도 적이 다가왔다.

"응, 그보다 라디가 걱정이야."

"……고마워."

마족과 대치하는 라디와 네스톨, 그리고 오르디아. 그 외 남은 사람들은 나를 포함해 라디 일행에게 등을 돌렸다.

"죽지 마."

"그쪽이야말로. 자, 마족아! 간다!"

대답하는 목소리를 들으며 앞으로 달렸다. 실비의 안내에 따라 우리는 요새 안을 내달렸다.

그와 동시에 요새 창가에 새 한 마리— 내 사역마가 내려앉았다. 전장을 관찰하던 것을 라디 일행의 전투에 보냈다. 만약 위기에 빠지면 바로 돌아올 수 있게…….

제일 먼저 공격한 사람은 라디였다. 지팡이 끝에 생긴 번개— 하급 마법『썬더 볼트』였다.

그것을 그림자를 향해 똑바로 쏘았다. 터지는 소리와 함께 번개가 직격했다. 그러나…….

『그 정도 공격이 통할 거라 생각하나?』

그림자 마족은 꿈쩍도 하지 않았다. 그러나 라디도 진심으로 공격한 것은 아니리라. 인사나 다름없는 공격이었다.

마족은 움직이지 않았고, 블랙 고블린만이 라디 일행에게 달려들었다. 이번에는 네스톨과 오르디아가 응수에 나섰다. 고블린은 총 여덟 마리……. 둘이서 이것을 처리할 수 있을까?

오르디아가 먼저 검을 휘둘렀다. 두 번의 번뜩임이 적을 붙들고, 마무리로 몸통을 베자 고블린이 쉰 목소리로 비명을 지르며 지면에 쓰러졌다.

마족이 조종하는 고블린도 비밀 통로에서 만난 것과 그 힘은 다르지 않았다. 그렇다면 오르디아의 검극이 아주 간단하게 마물을 돌파하고 마족을 무찌르리라.

그러나—.

『얕보지 마라, 애송이.』

그림자가 서서히 마족 주위를 침식했다. 바닥이 검게 물들고 가시가 돋아나기 시작했다.

밟으면 찔려 죽는다. 즉, 접근할 수 없었다. 그렇다면, 하고 오르디아가 지면에 검을 내질렀다.

장검기인 『유지검』이었다. 이 공격이라면 가능할 줄 알았으나 하얀 충격파가 검은색 바닥에 닿은 순간, 폭발해 사라졌다.

『내 어둠에는 통하지 않는다.』

마족이 내뱉었다. 그렇다면 라디의 마법을— 그러나 그에게 는 고블린이 쇄도했다.

"핫, 미안하지만 그렇게는 안 되지!"

갑자기 네스톨이 울부짖었다. 라디의 앞에 서서 방패로 막 는 태세에 들어갔다.

그는 라디를 지키는 역할이지만, 이렇게 고블린이 밀어닥치 는 상황에도 과연……. 그 직후, 달려들던 블랙 고블린 한 마 리를 방패로 튕겨냈다.

이어서 검극이 고블린의 복부를 직격했다. 이에 적이 당황 했으나 네스톨은 공격하지 않고 이어서 달려드는 고블린 두 마리를 방패와 검으로 밀어냈다. 위력도 어느 정도 있는지 고 블린이 충격으로 바닥에 쓰러졌다.

거기에 오르디아가 옆에서 블랙 고블린 무리를 베기 시작했 고, 네스톨은 방패와 검으로 고블린의 공격을 막았다.

그야말로 견고했다. 화려하지는 않지만 견실했고, 검과 방 패를 구사해 적을 막을 수 있는 것은 그에 상응하는 기술을 갖췄기 때문이었다. 라디와 함께 하며 그도 성장했구나.

오르디아가 블랙 고블린을 차례차례 격파해 갔다. 한편, 마족은 경계는 해도 전혀 움직이지 않았다.

얼마 지나지 않아 고블린을 섬멸했으나 마족은 라디 일행을 관찰하기만 했다.

"왜 그래? 겁나나 보지?"

라디가 물었다. 그의 지팡이 끝에는 마력이 모여 있어서, 마족은 그가 언제 마법을 쓸지 주의하고 있으리라. 고블린도 쓰러뜨렸고, 현재 아군이 우세했다.

그러나 섣불리 공격하지 못하는 것도 사실이었다. 마족의 그림자가 지면을 침식하는 광경은 무시무시했고, 오르디아와 네스톨은 접근하지 못했다. 장기전이 되면 더 침식할 테고, 적의 지원군도…… 혹시 그게 목적인가?

"도발에는 안 넘어가나……. 뭐, 어쨌든 끝났어."

라디의 선고에 마족이 반박하려고 했으나 그가 먼저 외쳤다.

"빛의 세계여, 대지의 사슬이 되어 적을 벌하라!"

다음 순간, 적의 발밑이 빛나기 시작했다. 이것은 빛 속성 중급 마법인『샤이닝 어스』로, 대상자를 중심으로 빛을 형성하는 공격 마법인데, 이번에는 다른 목적이 있었다.

『호오. 마법으로 내 그림자를 없앨 생각이었나.』

마족이 반응했다. 마법으로 그림자를 지우면 오르디아와 네스톨도 공격할 수 있었다. 그러나 빛이 그림자에 먹히기 시작했다. 힘에 밀렸나?

『알겠나? 그 마법으로는 내게 아무것도 할 수 없다.』

"그렇게 생각해?"

라디가 자신만만하게 웃었다. 빛은 그림자에게 침식당하며 힘을 잃어갔다. 그렇게 보였다.

그 순간, 그가 지팡이로 지면을 내리쳤다. 그에 마족의 발밑에 있던 빛이 한층 강해지며 이번에는 그림자를 뒤덮기 시작했다.

『이게 무슨……?!』

예상 외였는지 마족이 중얼거렸다. 그에 라디가 다시 지팡이를 내리쳤다.

"가! 두 사람!"

빛이 더 강해지며 그림자를 집어삼켰다!

『으윽!』

마족이 저항하려고 했으나 라디의 마법 효과가 더 강한지 꿈쩍도 하지 않았다. 마법에 마력을 단번에 주입해서 마족의 반격을 막았다.

거기에 오르디아와 네스톨이 달려들었다. 불을 당긴 것은 네스톨— 검이 아름다운 호를 그리며 위에서부터 마족의 몸에 닿았다.

『크윽!』

마족이 신음하는 사이, 한 번 더 검을 휘둘렀다. 거기에 대각선으로 공격해 마족을 크게 당황하게 했다.

지금 공격은 장검 중급기인 『3단 베기』였다. 위력이 그렇게 좋지는 않지만, 허점이 거의 없어서 네스톨은 마족에게 제대로 피해를 입혔다.

거기에 오르디아가 마족에게 달려들었다. 먼저 인사 대신 단칼에 공격해 마족의 움직임을 막았다.

이어서 그가 틀어쥔 양손의 검이 순식간에 마족에게 쇄도했다. 5연격『엣지 플러드』였다.

마족은 피하는 시늉도 하지 못하고 정통으로 맞았다. 아니, 조금 달랐다. 마족의 발밑에 하얀 빛이…… 라디가 구속했구나!

마족은 소리도 내지 못하고 오르디아에게 공격당했다. 이렇게 되면 이제 방법이 없었다. 마지막으로 적의 흉부를 찔렀다. 그러나 마족은 아직 쓰러지지 않았다.

"오르디아 씨!"

라디의 외침에 오르디아가 즉각 무언가를 깨닫고 한 걸음 물러났다.

다음 순간, 마족의 발밑에 있는 빛이 그 몸을 에워쌌다!

뭐라고 말하듯 소리를 낸 마족이 빛에 에워싸이고 한순간 시야에서 사라졌다. 청정한 빛이 그 몸을 꿰뚫고 지나갔을 때, 그림자가 사라지고 마족의 몸이 엉망이 되어 무너졌다.

"훌륭하다."

오르디아가 칭찬했다. 그러나 라디는 고개를 저었다.

"그쪽 공격이 제대로 먹힌 덕분이야. 나와 네스톨 둘이서는 못 막았을지도 몰라."

그렇게 말한 순간, 요새 입구 방향에서 달려오는 마물들이 보였다. 블랙 고블린인가. 게다가 수가 상당히 많았다.

"원군인가?"

"마족이 죽기 전에 불렀나 보다."

네스톨의 의문에 오르디아가 검을 고쳐 잡으며 대답했다.

"계속 오는데…… 처리하는 게 좋겠어."

"확실히, 도망쳐서 어떻게 될 숫자가 아니야."

라디가 마력을 모으기 시작했다. 네스톨도 전투태세에 들어가 마물을 응시했다.

그와 동시에 우리에게도 큰 변화가 생겼다.

라디 일행이 싸우는 동안에도 블랙 고블린과 싸웠지만, 전부 어렵지 않게 처리했다. 그런데 요새 안쪽까지 오자 이번에는 곤봉을 든 오거와 맞닥뜨렸다.

"세 마리인가."

실비가 경계하며 중얼거렸다.

"한 사람이 하나씩 맡을까? 아니면 힘을 합칠래?"

"일단은 한 마리부터 확실하게 쓰러뜨리죠."

소피아의 말에 실비가 「알았어」라며 승낙했다. 동시에 오거가 곤봉을 치켜들고 땅울림 같은 발소리를 내며 달려들었다!

두 사람은 즉각 반응했다. 소피아는 왼쪽, 실비는 오른쪽. 내리친 곤봉은 허공을 갈랐고, 소피아가 적확하게 오른팔을 검으로 베었다.

팔이 절단되지는 않지만, 오거가 비명을 질렀다. 이어서 실비가 왼쪽 다리를 베며 더 큰 비명을 쥐어짰다.

마지막으로 소피아가 도약해 오거의 목덜미에 검을 꽂았다.

오거의 머리가 몸에서 떨어졌다. 맥없이 오거 한 마리가 사라지고 실비가 「역시……」 하며 작게 중얼거렸다.

그 사이, 두 번째 오거가 그녀에게 달려들었다. 소피아는 아직 도울 수 없는 상황인데…… 실비가 첫 번째 오거를 공격한 기세 그대로 돌진했다!

처음에는 무모하다고 생각했으나 오거의 반응보다 빠르게 품으로 파고들었다. 이렇게 되면 곤봉을 들지 않은 왼팔 공격이 무섭지만, 덩치가 큰 만큼 동작이 느린 오거보다 먼저 공격하면 괜찮다는 생각인가.

아마 난무 기술 종류로 공격하지 않을까. 실비가 오거를 공격했다. 첫 공격이 성공하고— 그 뒤는 순식간이었다.

예를 들어 오르디아의 『엣지 플러드』는 연격을 확실하게 맞출 뿐만 아니라 위력을 충분히 실으려고 노력했다. 단발기에 비하면 당연히 위력이 떨어지지만, 일격이 대담하다고 할 정도로 기세가 있는 것은 분명했다.

한편, 실비의 공격은 위력이 아니라 속도를 중시했다. 질보다 양이라기보다 그녀가 속도를 중시한 결과, 위력이 늘어난 것처럼 느껴졌다.

바람까지 일으킨 그녀의 검이 오거에 박혔다. 소피아가 놀라서 응시할 정도의 호쾌함에 오거는 충격에 아무것도 하지 못하고 공격당했다.

그리고 마무리 내려치기에 오거가 쓰러지고 사라졌다.

남은 세 번째 오거는 내가 『홀리 랜스』를 날려서 대처했다.

푸른빛의 창이 오거의 정수리를 뚫고 머리를 날려버렸다.

이것으로 모두 격파— 곧바로 실비가 선두에 섰다.

"이제 곧 도착해. 나머지는…… 운이야."

실비가 중얼거렸다. 확실히 운에 달렸다. 리젤레이트 왕녀가 정말로 무사할지 어떨지는 나도 몰랐다.

다른 쪽 상황은…… 리디 일행은 블랙 고블린에 문제없이 대처했고, 밖에 있는 지일다인 왕국군도 우세했다. 마족을 격파하고 요새 안에서 마물을 무찔러서 적도 통제가 안 되는 모양이었다.

그때, 밖에서 더 큰 고성이 들렸다. 그런 와중에 우리는 실비의 기억을 의지해 돌진했다.

이윽고—.

"감옥이야."

갑자기 멈춰 섰다. 철문 하나—. 그녀가 귀를 기울여 안쪽 상황을 살핀 후, 손잡이를 돌렸다.

"열려 있어. 아무 소리도 안 나. 들어가자."

문을 열었다. 나와 소피아는 얼른 안을 살폈다. 빛으로 비춘 내부는 쭉 뻗은 통로 좌우에 쇠창살로 이루어진 감옥이 늘어섰다.

소피아가 긴장한 표정을 지었다. 당연했다. 어쩌면 이곳에 왕녀가 있을지도 모른다. 그리고 어떤 상태인지도 모른다. 마법으로 생존을 확인했다고 해도, 사실은 가짜고 왕녀는 이미……. 그런 최악의 가능성도 있었다.

나는 천천히 안으로 들어갔다. 발소리로 정적을 부수며 감옥 안을 확인해 나갔다.

적어도 장기는 없었다. 감옥 안에 한해서는 마족이나 마물이 없었다.

"……누구야?"

갑자기 말소리가 들렸다. 차분한 목소리에 소피아가 튀어오르듯이 달리기 시작했다.

나와 실비는 얼른 그녀를 쫓았다. 가장 끝에 있는 감옥 안에서 목소리의 주인을 발견했다.

기사가 입는 예복 같은 옷을 입었다. 색은 파란색, 아마도 사관복이리라. 나이는 20대 초중반이려나? 소피아가 언니 같은 사람이라고 했으니 나이는 일치했다.

한층 눈길을 끄는 윤기 나는 금발— 실비의 머리카락을 노란색이라고 표현한다면 그녀의 머리카락은 틀림없는 황금이었다. 태양 아래에서는 분명히 반짝반짝 빛날, 소피아와 대극을 이루는 아름다운 머리카락이었다. 그리고 목에는 그녀와 어울리지 않는 검은 초커가 둘러 있었다. 마법을 봉인하는 도구 같았다.

그리고 눈동자는 진한 보라색— 그 두 눈이 우리를, 아니, 소피아를 명확하게 꿰뚫어보았다.

"리제 언니!"

소피아가 외쳤다. 내가 잠금 해제 마법으로 문을 열자 그녀가 힘차게 안으로 들어가 리젤레이트 왕녀에게 다가갔다.

"다행이야, 무사해서……."

하지만 예상 밖의 전개가 기다리고 있었다.

소피아는 분명히 리젤레이트 왕녀를 끌어안으려고 했다. 그러나 그보다 먼저 반대로 소피아가 왕녀에게 안겼다.

"어……?"

"……다행이야."

몸속에서부터 쥐어짠 것 같은 목소리였다.

"소식을 듣고…… 이제 못 구할 줄 알았어……."

"리, 리제 언니……."

리젤레이트 왕녀도 에이나처럼 소피아가 붙잡힌 줄 알고 초조해했던 사람이었구나.

"왕녀님과 친하다는 건 그만한 신분이란 거야?"

그때 실비가 의문을 제기했다. 사정을 모르니 당연한 질문이었다. 뭐라고 대답하지?

일단 얼버무릴까……. 그렇게 입을 열기 직전, 감옥 입구에서 장기를 느꼈다.

얼른 몸을 돌렸다. 소피아도 느꼈는지 리젤레이트 왕녀와 떨어져서 감옥을 나와 문을 주시했다.

그리고 나타난 것은…….

"정말 귀찮은 일만 일어나네."

갑옷을 입은 긴 흑발의 기사였다. 마을을 돌아다녀도 마족으로 인식될 리 없는 생김새…….

『루온 공.』

그때, 내 몸속에 있는 가르크가 이름을 불렀다.

『마족에게서 명확한 기척이 느껴진다. 틀림없이 아즈아의 힘을 갖고 있어.』

이 전투도 수왕 아즈아가 관여했나.

『허나 눈앞의 마족에게서 그만한 위협은 느껴지지 않는다. 소피아 왕녀도 쓰러뜨릴 정도다. 원래 힘이 없는 마족이 아즈아의 힘을 이용해 강해졌는지도 모르겠다.』

가르크의 말을 듣는 동안, 왕녀도 감옥에서 얼굴을 내밀고 적을 확인했다.

"저게 이 요새를 습격한 마족이야."

"즉, 여기서 저 녀석을 무찌르면 일이 대부분 끝나는 거네?"

실비가 검을 겨누었다. 그러자 마족 기사가 추악한 미소를 지었다.

"왕녀를 구하러 온 모양이다만, 독 안에 든 쥐로군. 퇴로는 끊겼다. 여기서 죽어라."

"아쉽게도 그럴 수는 없습니다."

소피아가 선두에 섰다. 눈에 조용한 분노가 담겼다.

"여기서 당신을 죽이고 요새를 해방하겠습니다."

"……소피아."

가르크에게 들은 정보를 기초로 나는 그녀에게 조언했다.

"전력으로 나가. 엄호할게."

"알겠습니다."

"실비 씨, 미안하지만 왕녀님의 호위를 부탁해."

"나는 빠져도 돼?"

"응."

"여유만만이군."

마족이 말했다. 깔보았다고 화난 기색은 없었다. 우리를 우습게 여겼다.

이런 상대는 진심으로 나오기 전에 무찔러야 한다고 생각한 순간, 소피아가 달렸다.

나는 움직이지 않았다. 마족에게는 여검사 하나가 무모하게 돌격하는 것처럼 보였으리라.

"어리석긴."

마족이 검을 들고 맞서려던 찰나, 소피아의 마력이 해방됐다. 검이 심홍색으로 빛나자 마족의 여유로운 표정이 바뀌었다.

그것은 5대 마족 레드라스와 싸울 때 쓴 땅 속성 상급 마도기『새벽의 지룡』이었다. 전과 비교해도 검의 빛과 소피아에게 감도는 마력이 달랐다. 새 검과 옷 강화로 마법의 힘이 향상된 것이다. 마법과 조합된 마도기의 위력이 무기와 방어구의 진가를 발휘해 대폭 높아졌다.

"큭!"

동요한 마족이 검을 방패삼아 물러나려고 했다. 멍청하긴!

내 엄호가 들어갔다. 마족의 다리를 향해 하급 마법『홀리샷』을 쏘았다.

빛의 탄이 곧바로 마족의 다리로 날아가 직격하자, 마족이 멈춰 섰다.

지금의 소피아라면 이 정도 엄호로도 충분했다.

"끝입니다!"

선언과 함께 내리친 공격이 깨끗하게 마족의 몸에 들어갔다. 어깨부터 허리를 베자 심홍색 빛이 마족을 에워쌌다.

"크아아아악!"

짐승 같은 비명— 마족은 소피아의 공격을 막지 못했는지 그대로 바닥에 쓰러졌다.

마력이 퍼지며 주위 바닥과 쇠창살을 손상시켰다. 심홍색 덩어리가 마족이 쓰러진 곳을 중심으로 한동안 빛나다가 이내 사라졌다. 마족은 그림자도, 흔적도 없어졌다.

"한 방에……."

유노가 중얼거렸다. 나도 예상은 했지만, 이렇게 멋지게 해내니 아주 기분이 좋았다.

그러나 마족을 무찔러도 밖에 있는 마물은 사라지지 않았다. 5대 마족과 다른 생성 방법을 이용한 듯했다. 완전히 요새를 해방하려면 남은 적을 전부 무찔러야 했다.

문제는 리젤레이트 왕녀를 어떻게 하느냐……. 나는 그녀를 돌아보고 물었다.

"무사하셔서 다행입니다. 하고 싶은 이야기가 많겠지만, 지금은 탈출을 우선하죠."

"그래. 너희는 나를 구출하려고 요새 안에 잠입한 거니?"

그리고 실비를 보며 다시 입을 열었다.

"너는 성에 있었지. 실비 에크아스였나?"

"기억해주셔서 영광입니다."

"그럼 소피아는……."

"우리는 마족 토벌 소식을 듣고 왔습니다. 실비 씨 일행과 얽인 것은 우연입니다."

내 설명에 왕녀가 「그래」 하고 짧게 대답했다.

"탈출은 너희가 침입한 길로 하는 건가?"

"그렇습니다."

그때 리젤레이트 왕녀가 갑자기 생각에 잠겼다. 뭔가 걸리는 게 있는 모양이었다.

"왜 그러십니까?"

"……아마 이대로 성에 돌아간들 나는 살해당할 거야."

그 말에 소피아와 실비가 당황했다. 한편, 나는 그럴 가능성도 있다고 생각하며 비교적 냉정하게 그녀의 말을 들었다.

"내가 위문 온 타이밍에 습격당한 데다, 마물들은 무서울 정도로 주도면밀하게 요새를 제압했어. 구조가 복잡한 요새를 이렇게 빠르게 점령한 것은 틀림없이 누가 안내했기 때문이야."

"탈출로에 대량의 마물이 있었습니다. 본래는 필요 없는 곳에 배치되어 있었죠. 사전에 작전이 들킨 겁니다."

내 말에 리젤레이트 왕녀의 얼굴이 심각해졌다.

"맞아. 탈출로에 전력을 집중시켜 탈출부대를 쫓아낼 셈이었겠지."

계획은 반쯤 성공했다. 라디 일행만 있었으면 그만한 마물을 돌파하지 못했을 테니 우리가 없었으면 위험할 뻔했다.

"이런 일을 감안해서, 이대로 돌아가면 위험해. 적어도 마족과 손을 잡은 인간을 잡지 않으면……."

"이대로 행방불명된 걸로 할까요?"

실비의 의견에 리젤레이트 왕녀는 「그래」라고 동의했지만, 표정이 조금 떨떠름했다.

"하지만 모습을 감추면 나라에서 필사적으로 찾겠지. 요새를 해방했는데 내가 없으면 부자연스러우니까."

"그럼 위장할까요?"

내 제안에 왕녀가 눈살을 찌푸렸다.

"위장이라니?"

"마법으로 왕녀님 모습을 만들어서 사망한 것으로 하는 거죠. 원하신다면 실행하겠습니다."

여기서 사망한 것으로 만들면 리엘의 자료대로 전개될 가능성이 컸다. 도박이긴 하지만, 왕녀가 이대로 돌아가면 틀림없이 자료와 다르게 흘러갈 것이다. 그보다는…….

"왕녀님!"

그때, 감옥에 목소리가 울려 퍼졌다. 라디였다. 그와 함께 네스톨과 오르디아가 들어왔다. 마물을 전부 처리한 모양이었다.

"무사하셨군요."

"라디 디어몬드로군."

"네, 이번 전투에서 왕녀님을 구하라는 엄명을 받았습니다."

그러면서 그의 시선이 나를 향했다.

"루온 공의 조력이 없었으면 어려웠을지도 모릅니다."

"그래……."

그 순간, 리젤레이트 왕녀가 계획이 떠올랐는지 고개를 크게 끄덕였다.

"그래, 단순히 모습만 감추면 내통자를 붙잡기 어려울 거야."

"무슨 방법이라도?"

내 물음에 왕녀가 웃음을 지었다.

"먼저 약속하자. 내가 살아있다는 것은 여기 있는 사람들만 아는 비밀로 해줘."

제20장 수왕의 위협

　우리는 리젤레이트 왕녀의 지시를 받고 요새를 탈출했다. 그녀를 따라 요새를 떠난 사람은 나와 소피아와 오르디아. 도중에 군인과 마주치지 않게 주의한 끝에 전장 이탈에 성공했다.

　한편, 라디 일행은 왕녀에게 다른 역할을 받았다. 그녀가 말하길, 만약 자신이 죽더라도 공표하지 않을 것이라고 했다. 직접 무기를 들고 싸우는 그녀는 기사들에게 두터운 지지를 받고 있기 때문에, 만약 죽었다는 소식이 퍼지면 사기가 크게 떨어질 것을 고려해 아버지인 국왕이 은폐할 것이라고 말이다.

　왕녀는 라디에게 그렇게 되도록 잘 해달라고 부탁했다. 그후, 마족 토벌 지휘관인 기사에게만 그녀의 사망을 알리고 왕에게 보고했다. 그 결과는…….

　"후우, 꽤 머네."

　나는 숨을 내쉬며 숲속을 걸었다. 현재 우리는 왕도에서 벗어나 산으로 둘러싸인 산림지대에 있었다. 수도 서쪽에 있고 인기척이 거의 없었다. 예전에는 사냥꾼이 있었으나 마족 침공으로 피난을 떠난 모양이었다.

　이런 숲속에 있는 이유는…… 이내 탁 트인 곳이 나왔다. 그곳에서 캠핑 중인 동료들이 보였다.

"루온 님, 돌아오셨군요."

소피아가 제일 먼저 입을 열었다. 소피아 앞에는 모닥불 위에 올려놓은 냄비가 있었고, 그녀는 내용물을 휘젓는 중이었다.

"식사는 어떻게 하시겠습니까?"

"아직 안 먹었으니까 먹을래."

"그래서 상황은?"

"우리가 노린 대로 됐어. 수도에 왕녀님은 다쳐서 요양 중이라고 퍼졌어."

나는 소피아의 옆으로 시선을 옮겼다. 그곳에 진짜 리젤레이트 왕녀가 있었다.

장비가 싹 바뀌었다. 견갑이 없는 철제 흉갑과 흰 바탕의 옷은 활동성을 중시했고, 양팔에는 은백색 보호대를 찼다.

그리고 마법을 봉인했던 초커는 이미 풀어서 부숴 버렸다. 그것에도 아즈아의 힘이 쓰였다. 일련의 사건으로 왕도에 있는 내통자를 찾으면 틀림없이 아즈아를 찾을 수 있을 것이라 확신했다.

"왕녀님, 일단 작전이 성공했네요."

"그러게."

"이제부터 어떡해?"

내 어깨 위에서 유노가 왕녀에게 물었다.

"내통자 수색은…… 소피아의 정령이 해주고 있으니 지금은 기다리는 게 상책이야."

현재, 아마리아를 중심으로 내통자를 색출하고 있었다. 그

냥 배신만 했다면 힌트가 없어서 힘들지만, 이번에는 사정이
달랐다.

수왕 아즈아의 힘은 아마리아와 가르크가 감지할 수 있어
서 현재 그들에게 조사를 맡겼다. 표면적으로는 초커에 아마
리아의 동포의 힘이 담겨 있어서 그것을 근거로 행방을 찾고
있다고 했다.

그래서 우리는 이렇게 야영하며 기다리는 중이었다.

"그게 좋겠어요."

소피아가 동의하며 그릇에 수프를 따라 리젤레이트 왕녀에
게 건넸다.

"여기요, 리제 언니."

"……여행 중이라고 해서 놀랐는데 설마 요리를 할 수 있게
됐을 줄은 몰랐어."

왕녀가 미소를 지으며 말했다. 이렇게 소피아와 나란히 있
으니 제법 인상이 달랐다. 소피아가 달밤에 덧없이 사라질 것
처럼 아름다운 정령 같다면 리젤레이트 왕녀는 푸른 하늘 아
래 가득 핀 해바라기처럼 밝은 이미지였다. 어딘지 나긋한 느
낌이 들어서 함께 하는 사람을 밝게 하는 성질도 겸비했다.

"루온 님도, 여기요."

소피아에게 그릇을 건네 받았다. 나는 「고마워」라고 감사를
표하고 자리에 앉아 먹었다.

수프 재료는 채소와 고기 등, 야영하려고 구매한 식재료를
넉넉하게 썼다. 한 입 먹자 재료가 어우러진 맛이 긴장을 풀

어줬다.

"맛있어."

"감사합니다."

"요리를 어떻게 배웠는지 듣고 정말 놀랐어."

리젤레이트 왕녀가 입을 열었다. 순간, 소피아의 성장을 말하는 줄 알았다.

"주인의 고향까지 가서 그의 부모님 밑에서 요리를 배웠다니…… 그야말로 종자의 귀감이네."

"……왕녀님, 제가 그러라고 명령한 건 아닙니다."

"알아."

내가 말을 보충하자 왕녀가 미소를 지으며 대답했다.

우리가 대화하는 사이, 소피아가 오르디아에게 수프를 건넸다. 그는 조금 거리를 두고 주변을 경계 중이었다. 잠깐이라도 쉬라고 했지만, 「이러는 편이 진정돼」라고 주장해서 결국 맡기기로 했다. 아마 대기하라고 지시하면 텐트 안에서 자기만 할 테니 유용하게 써먹자.

그때, 수풀을 헤치는 소리가 들렸다. 누가 왔는지 예상이 돼서 그쪽으로 고개를 돌렸다.

실비였다. 그녀가 우리에게 손을 흔들며 다가왔다.

"성에서 드디어 풀려났어. 일반 기사와 병사, 마술사는 왕녀님이 죽은 건지 몰라."

"예상대로 공표할 생각은 없나 보군."

리제가 웃으며 중얼거렸다.

"라디는?"

"왕녀 탈환에 협력해 마족을 타도했다고 많은 상을 받았어. 라디는 상을 받고 임시이긴 하지만 궁정마술사로 성에서 일하려는 모양이야. 네스톨도 똑같이 고용됐어."

"너는 거부했어?"

"나는 사양했어. 솔직히 성처럼 딱딱한 곳은 싫어해. 할 일도 있고. 그리고……."

그녀가 그렇게 말하며 소피아를 힐끗 보았다.

"너희와 어울리는 게 더 재미있을 것 같아."

그녀는 소피아와 왕녀의 감동적인 재회를 목격한 뒤로 계속 관심을 가졌다. 결국, 실비에게만 소피아에 대해 알렸다. 라디와 네스톨에게는 아직 이야기하면 안 된다고 리젤레이트 왕녀가 당부했다.

"왕녀님, 라디와 네스톨에게 소피아에 대해 알리지 않은 게 잘한 일일까요?"

내 물음에 왕녀가 내 얼굴을 보고 다른 말을 꺼냈다.

"그러고 보니 너만 경어를 쓰네? 편하게 말해도 된다고 했잖아."

……참고로 실비는 요새를 탈출한 이후로 평소에 하던 대로 대했다. 왕녀가 제안했기 때문인데, 태도를 그렇게 쉽게 바꿔도 괜찮은지 태클을 걸고 싶었다.

하지만 뭐, 왕녀가 직접 그러라잖아?

"그럼 왕녀님."

"리제로 충분해. 나도 애칭이 좋고."

"그럼 리제."

실비가 나보다 먼저 말했다.

"루온도 말했다시피 라디와 네스톨에게 왜 소피아에 대해 알리지 않았어?"

"여러 사람의 말을 들어보고 그들은 무언가를 숨기지 못하는 사람이라는 걸 알게 됐으니까. 나에 대해서는 긴장하고 있는 상태이니 괜찮겠지만 말이야."

……음, 확실히 그는 거짓말을 못했다. 이 나라에 오래 머물러서 그런지 성격이 제법 알려졌군.

그가 알면 거동이 수상해질지도 몰랐다. 리제의 판단이니 따르자.

그때, 실비가 소피아에게서 수프를 받았다. 나는 빵을 뜯어 먹으며 물었다.

"리제, 정령들이 내통자를 발견하면 어떻게 할 거야?"

"상대에 따라 달라. 예를 들어 일반인이나 왕실과 연관이 적은 귀족일 경우에는 라디 씨를 통해 성에 정보를 전하면 조사를 할 테니, 상대가 반항하지 않으면 그걸로 끝낼 거야."

"반격에 대비해 나도 협력할게."

"든든하네. 하지만 만약 상대가 국가 중추이거나 왕실에 발언력이 어느 정도 있는 사람이라면 방식을 생각해봐야지. 내가 죽기 전에 메모를 남겼고, 라디가 아바마마께 넘긴다, 이런 식으로……. 그리고 혐의를 내세워 저택 등을 수색하고 증거를 잡는 거지.”

“저택 수사, 라…….”

“응.”

리제가 대답하고 입가에 손을 댔다.

“요새를 점거한 마족은 나를 붙잡아 어딘가에 이용하려고 했나 봐. 그래서 감옥에 갇히기만 했지.”

만약 구하지 않았으면 게임 속 소피아처럼 비참한 최후를 맞이했으리라.

“마법 실험체나 꼭두각시……. 내통자도 그 일에 한 몫 거들 었으면 정령들의 조사로 확실하게 알게 될 거야.”

꽤 억지스럽지만…… 뭐, 우리에게는 왕녀가 있었다. 약간의 억지는 통할 테니 사건 해결책으로는 최선인가.

“그렇게 됐으니 한동안 신세질게.”

“별 상관은 없는데…… 리제가 알려지면 위험하니까 이대로 야영하자. 문제없지?”

“기사로서 흙투성이가 되는 일은 빈번하다고.”

“아, 루온 님. 그건 걱정 없습니다. 리제 언니는 저보다 훨 씬 이런 데 익숙하니까요.”

소피아가 보증했다. 전혀 그렇게는 안 보이는데.

“기사로 산 기간도 길고 직접 마물을 토벌하러 장기간 성을 떠나 산속에서 싸운 에피소드도 있을 정도입니다.”

“이렇게 외모랑 안 어울리는 사람도 드물어.”

실비가 말했다. 그 말에 리제가 「그럼」 하고 그릇을 비운 후

일어섰다.

"시험 삼아 싸워볼래? 실력을 알면 기사로 단련했다는 증명도 되고."

"의심하는 건 아니지만, 싸우겠다면 좋아."

실비가 활짝 웃었다. 그녀는 투기장이 있는 마을 가나이제에서 매일 같이 싸우던 투사였다. 이럴 때 호전적으로 나서는 모습이 그녀다웠다.

두 사람은 텐트와 우리에게서 떨어진 곳에서 대치했다. 실비는 검을 뽑았으나 리제는 빈손이었다.

"리제, 무기는 어떡할 거야?"

"마법으로 만들 거야. 들고 다니기에는 크니까."

리제가 팔에 마력을 모으기 시작했다. 익숙한지 동작이 제법 유려했다.

그 순간, 양팔에서 빛이 뿜어져 나왔다. 그것은 순식간에 형태를 갖췄고, 그녀의 손에 거대한……

"……하, 할버드?"

"네, 맞아요."

내가 중얼거리자 소피아가 응답했다. 가는 팔에 어울리지 않는 중후한 무기였다. 날이 두껍고 길이는 그녀의 키를 뛰어넘었다.

"의외의 무기네."

실비도 약간 놀랐는지 할버드를 물끄러미 쳐다보았다.

게임에도 일단 할버드가 있긴 했다. 도끼 기술과 창 기술을 범용할 수 있어서 마음대로 쓰기 좋은 무기였으나, 그 편리함 때문에 강력한 버전을 준비하지 않았는지 이야기 후반에 쓸 수 있는 강한 위력을 지닌 것은 없었다. 쓰려고 해도 강화하지 않고는 기껏해야 중반까지였고, 강화해도 다른 유용한 무기에 소재를 쓰는 것이 낫기 때문에 결국 후반에는 쓰지 않았다.

그러나 현실에서는 그런 일도 없고, 애초에 리제는 마법으로 무기를 만들었다. 위력도 스스로 정할 수 있었다.

"나부터 간다?"

"오셔~."

리제의 말에 실비가 허리를 낮추고 자세를 잡았다. 정면으로 막을까, 흘릴까.

갑자기 리제가 땅을 박찼다. 무거운 무기를 든 것 같지 않은 민첩한 움직임으로 실비가 다음 동작으로 옮기기 전에 공격범위에 도달했다.

공격은 찌르기— 실비는 즉각 몸을 틀어 일단 피했다. 이어서 리제가 할버드를 횡으로 휘둘렀고 실비는 검으로 받아 넘겼지만, 자세가 무너졌다.

"윽……!"

짧은 신음이 들렸다. 움직임이 막혔다.

실비는 후퇴를 선택했고 리제는 추격했다. 할버드를 그야말로 나무막대기라도 휘두르듯이 다루며 공격을 쏟아 부었다. 과연, 소피아가 괜찮다고 말한 것이 이해가 됐다.

"흐아, 대단한데?"

박력 넘치는 광경에 유노가 감상을 흘렸다.

"루온, 리제처럼 쓸 수 있어?"

"신체를 강화하면 비슷하게 움직일 수 있을지 몰라도, 싸우는 것을 보니 리제는 할버드를 어떻게 쓰는지 상당히 숙지한 게 보여. 기술만 따지면 질지도 모르겠어."

대화 도중에 승부가 막바지에 접어들었다. 실비는 조금씩 물러나며 방어에 전념했고, 리제는 공격 기세를 줄이지 않았다. 이대로 가다가 실비의 검이 튕겨져 나가면 끝인가……. 아니, 그녀의 눈은 아직 포기하지 않았다.

실비는 리제에게 반격하지 못했다. 큰 이유는 무기 사정거리— 리제가 접근하지 못하게 하는 것을 보니 역시나 싶었다.

그러나 실비도 당하고만 있지는 않았다. 그녀는 게임 동료 중 『삼강(三强)』 중 한 명이었다. 그녀의 힘은 스테이터스가 아닌 강력한 두 가지 기술에 있었다.

가혹한 리제의 공격에 실비가 방어전을 펼치며 틈을 살폈다. 한순간 할버드가 멈췄을 때, 그녀가 든 검에 바람이 휘날렸다.

습득했구나……! 이것은 그녀의 고유기술 중 하나인 『돌풍검』이었다. 소규모 회오리를 일으켜 상대를 구속하는 기술로, 게임에서 이 특성은 장난이 아니었다. 회오리가 휘몰아치는 5초 동안 적을 완전히 경직시켰다.

게임 내의 5초는 무서우리만치 길었다. 아니, 현실에서는 5

초면 급소를 노려 즉사시킬 수도 있었다. 회오리의 영향을 받을 정도로 체중이 가벼우면 보스에게도 통하는 완벽한 기술로, 현실에서는…… 풍압으로 리제의 할버드가 둔해졌다.

그것은 실비에게 분명한 승기로 작용했고, 그녀는 곧바로 거리를 좁혔다. 리제의 할버드는 아직 움직이지 않았다.

다른 고유기술은 아직 습득하지 않았을 텐데, 그것은 난무 계열 대형기술로 요새에서의 전투를 봤을 때 익힐 준비는 된 것 같았다. 이제 다가가서 연속 공격을 하는 건가? 정통으로 맞으면 리제라고 해도 멀쩡하지 못할 텐데…….

그때, 생각도 못한 일이 일어났다. 갑자기 리제가 할버드를 놓았다.

"앗?!"

실비는 놀랐지만, 이제 와서 공격을 멈출 수도 없었다. 승부를 결정짓기 위해 공격을 가했다.

리제는 팔 보호대로 공격을 막았다. 요란한 소리를 내며 검이 닿자 마력으로 강화했는지 막아내는 데 성공했다.

그러나 무기가 없었다. 그런데도 리제는 실비의 품으로 파고들었다. 그리고— 정권지르기?!

"윽?!"

복부에 주먹이 꽂히자 실비가 당황한 표정을 지으며 신음했다. 몇 걸음 물러날 정도로 충격이 컸으나 전투에 있어서는 큰 허점이었다.

실비는 자세를 가다듬으려고 했으나 그보다 빠르게 리제가 할버드를 주워 그녀의 목덜미에 날 끝을 내질렀다. 승부가 났다.

"소피아, 마지막 공방은……."

"이야기 안 했던가요? 리제 언니는 창술, 도끼술, 체술, 단검술을 배웠거든요……."

무예 특화 왕녀님이구나. 그만큼 배워서 잘 쓰는 그녀도 보통내기가 아니었다.

"……마지막은 거의 기예나 다름없었지만."

리제가 입을 열었다. 실비는 어깨를 으쓱했다.

"체술로 맞설 줄은 상상도 못했어. 거리를 좁히면 이길 수 있다고 생각하게 만드는 거, 적의 허를 찌르기 위한 전술이야?"

"맞아."

"보기 좋게 당했다는 소리네. 재미있었어."

"별 말씀을……. 종이 한 장 차이었어. 무기를 조금이라도 늦게 버렸으면 네 검에 맞았을 테니까. 그런데 어떤 공격을 하려고 했어?"

"빠르게 연속으로 베는 기술인데 아직 미완성이야. 원래는 직전에 멈추고 전의를 상실시켜서 이기고 싶었어."

미완성이라고 말한 것은 고유기술인 『일찰나(一刹那)』로군. 이것이 바로 그녀가 『삼강』에 들어가는 가장 큰 이유였다. 게임에서는 눈에 보이지 않는 속도로 15연격을 날리고 위력도 범상치 않았다.

보통 연속 공격 기술은 일반 공격보다 위력이 떨어진다. 위력이 오르더라도 배가 되는 케이스는 말 그대로 최종 오의(奧

義) 수준이었다. 그러나 『일찰나』는 달랐다. 공격력이 무려 일반 공격력의 세 배로, 한계까지 강화하면 마왕도 세 번 정도의 공격으로 처리할 정도로 강했다.

난무계열 중 이렇게 강한 기술은 이것뿐이었다. 이 점에 관해서는 제작자 측도 전혀 언급하지 않아서 왜 이렇게 됐는지는 모른다. 개발할 때 설정치를 잘못 입력했다는 설도 나올 정도였으나 공지가 한 번도 없어서 그냥 원래 그런 걸로 마무리됐다.

완성해도 게임처럼 강하지는 않겠지만……. 그때, 소피아가 일어섰다.

"실비 씨, 잠깐 괜찮습니까?"

"응, 왜?"

"저도 참가해도 되겠습니까?"

"오, 싸우고 싶어졌어?"

"저도 조금 몸을 움직이고 싶어서요."

"좋아, 와."

소피아가 대치하며 검을 뽑았다. 요새에서의 전투와 조금 전의 대련을 보고 그 연속 공격을 받아쳐보고 싶다는 심경이 느껴졌다.

리제는 그녀와 교체하며 내 옆에 앉아 관전했다.

"자극을 받았나?"

"아마도."

그녀는 미소를 지으며 소피아와 실비를 바라보았다. 그 눈은 동생을 생각하는 눈이었다. 나는 잡담할 생각으로 이야기를 꺼냈다.

"……소피아와 얼마나 사귀었어? 친구라는 말은 들었는데."

"아기 때부터. 소피아의 어머님 일은?"

"들었어."

"나는 몰라."

유노가 그렇게 말하며 리제의 어깨에 올랐다.

"그래, 루온은…… 아, 루온이라고 불러도 될까?"

"상관없어."

"그럼 사양하지 않을게. 루온은 소피아의 어머님을 뵌 적 있어?"

"아니. 전에 성에 머문 이야기는 소피아에게 들었겠지? 그때는 요양 중이라 성에 안 계셨어."

"그래? 마열은 별일 없으면 목숨에 지장은 없지만, 성가신 병이라 불안해. 발크스 왕국이 무너져서 정신적 피로가 쌓였을 수도 있고."

"그건 폐하께서 도와주고 계셔."

"그래……. 지금의 소피아는 그분을 쏙 빼닮았어. 그분은 궁정마술사였으니 검은 들지 않으셨겠지만."

소피아와 실비는 자세를 잡고 움직이지 않았다. 둘 다 언제 치고 나갈지 살피는 모습이었다.

"소피아의 기품과 부드러운 행동거지는 그분께 물려받은 게 분명해."

"네, 저기요, 질문."

"해, 유노."

"한 번 정하면 요지부동인 성격은?"

"그건 분명 클로디우스 왕의 성격이야. 여하튼 소피아는 어머니의 영향을 크게 받았어. 그게 어릴 적부터 봐온 내게도 친절하고 정중한 원인이야. 예외는 에이나 정도?"

거기까지 들었을 때, 소피아가 달려 나갔다. 그야말로 전광석화— 실비와의 거리를 순식간에 좁혔다.

상대는 반응하지 못했다. 아니, 첫 공격을 막고 옆으로 미끄러지듯이 후퇴했다. 소피아도 쫓지 않고 멈춰 섰다.

"오, 잘하는데?"

"마족을 쉽게 물리칠 정도니까 아주 강해졌어."

유노가 중얼거리자 리제가 말했다.

"하지만 마족과 인간은 전투 방식이 달라서 어떻게 될지 몰라."

그녀가 말했을 때, 이번에는 실비가 질주했다. 나는 검과 양팔에 마력이 모이는 것을 알아차렸다. 『일찰나』 미완성판인가.

소피아는 정면에서 막을 자세를 취했다. 승부를 내려는 것 같았다. 마치 기다렸다는 듯이…….

다음 순간, 실비의 양팔에서 마력이 솟구치며 엄청난 속도의 검극이 펼쳐졌다.

과연 어떻게 될까. 나는 의식을 집중했다. 소피아가 마력 덩어리가 된 검을 쳐냈다. 한 번, 두 번, 세 번, 네 번, 차례로 검이 부딪칠 때마다 유노가 놀랄 정도의 금속음이 하늘 높이 울려 퍼졌다.

소피아도 마력으로 신체를 강화했다. 도저히 힘으로 밀릴 것 같지는 않은데…… 예측과 달리 소피아가 밀리기 시작했다.

"큭?!"

"이렇게 되면 소피아가 불리해."

리제가 결연하게 말했다. 검이 부딪칠 때마다 소피아의 얼굴이 고통스러워졌다.

"루온, 왜……."

"실비의 연속 공격에는 다른 목적이 있어."

나도 그제야 의도를 파악하고 대답했다. 바로 그때―.

지금까지 리듬감 있게 연주되던 소리에 변화가 생겼다. 소피아가 마침내 거리를 벌리고 일단 태세를 가다듬으려고 했다.

그러나 실비가 허락하지 않았다. 접근해서 마무리하려고 했다.

"만약 마족이라면 힘으로 뭉개버리려고 하겠지. 하지만 실비는 힘으로 누르는 게 통하지 않는다고 판단하고 검에 모은 마력을 어떻게 사용할지 궁리해서 팔을 마비시키는 효과를 부여했어."

"바로 그거야."

리제가 동의했다. 소피아는 팔이 생각대로 움직이지 않는지 이어지는 공격에 대처하지 못했다. 실비 역시 처음 보인 기세는 사라졌으나 계속 공격했다.

키잉, 메마른 소리가 울렸다. 소피아의 검이 튕겨져 날아가고 실비가 숨을 골랐다. 승부가 났다. 소피아가 이긴다고 예상했기 때문에 의외의 결과였다.

"내가 이겼어. 힘으로는 질 거라고 확신해서 조금 방법을 바꿔봤는데, 성공해서 다행이야."

지면에 떨어진 검을 응시하는 소피아에게 실비가 침착하게 말했다.

"소피아는 사고방식을 좀 느슨하게 바꿔야 해. 정면으로 부딪치는 건 그런 전법을 잘해서가 아니라 어떤 상대와도 정정당당하게 싸우겠다는 심리적인 문제지? 딱히 그걸 부정하지는 않겠지만, 내 전술처럼 오히려 안 맞을 때도 있어. 교활한 방식도 조금은 배우자."

소피아는 조언에 아무런 대답을 하지 않았다. 딱히 화가 나지는 않은 것 같은데…… 그러다 잠시 뒤—.

"……한 번 더."

"응?"

"한 번 더, 부탁합니다."

소피아가 요구한 순간, 갑자기 리제가 웃음을 터뜨렸다. 이게 무슨 일인가 생각하는데 리제가 소피아에게 다가갔다.

"자자, 소피아, 실비는 연달아 싸워서 조금 피곤할 테니 일단 쉬자."

"나는 괜찮아."

"리제 언니, 실비 씨가 그렇다는데요."

"말은 그렇게 하면서 이길 때까지 할 생각이잖아?"

소피아가 입을 다물었다. 그러자 유노가 말했다.

"지기 싫어하는 점도 있네."

"한번 정하면 앞만 보고 달리는 타입이니까 그럴 줄 알았어."

"나는 괜찮아."

대화 사이에 실비가 반복해서 말했다.

"그렇게 지치지도 않았어. 그런데 그쪽은 괜찮아? 마력으로 보호했어도 아직 저릴 텐데."

"문제없습니다."

소피아는 딱 잘라 말했다. 아니, 이건 약점을 보이지 않겠다는 말이었다. 나도 알겠다.

"소피아, 대련은 언제든지 다시 할 수 있으니까 지금은 그만하자."

"리제 언니, 저는 괜찮으니까 걱정하지 마세요."

완고한 주장에 리제는 소리 없이 웃었다. 소피아의 반응을 즐기고 있었다.

"……오랜만에 만났는데 나라에서 쫓겨나도 소피아는 소피아구나. 무척 안심했어."

"리제 언니……."

"그리고 성격과 기품도 여전해."

리제가 갑자기 뒤에서 소피아를 끌어안고 머리가 엉망이 될 정도로 쓰다듬기 시작했다.

"앗, 리제 언니?!"

"정말 귀엽구나, 소피아."

그 모습이 장난치는 새끼고양이 같았다……. 실비가 재미있

어하며 소피아에게 다가갔다.

"어? 실비 씨."

"조금씩 사정을 알게 되고 이렇게 검을 맞댔잖아? 나는 다툴 생각이 없고, 대련은 얼마든지 받아줄게. 잘 부탁해."

그리고 리제처럼 머리를 쓰다듬기 시작했다. 음, 즐기고 있군.

두 사람의 공격에 소피아는 당황한 표정만 지었다.

"저, 저기 두 분……. 리제 언니, 어린애 취급하지 마세요. 잠깐, 정신없는 틈을 타서 어딜 만지시는 겁니까?!"

"실비 씨, 만져 봐. 이 고운 피부. 도무지 여행하는 것 같지가 않다니까."

"음…… 아, 정말이네. 부럽다."

"몸매도 좋고, 정말 소피아는 완벽해……. 부러워라."

"음, 그건 리제도 그렇잖아? 키도 크고 기품도 있고. 더할 나위 없어."

"훈련해서 늘씬한 건 인정하는데 소피아처럼 아름답지는 않아. 그래서 소피아가 부러워."

"루온, 소피아가 놀림당하고 있어."

"리제 나름의 스킨십……이겠지?"

장난감이 된 소피아를 바라보며 나는 물통을 입에 가져갔다.

"소피아에게 가볍게 이야기할 사람과 함께 싸울 사람이 생겨서 다행이야."

"실비 씨가 함께 싸울 사람?"

"소피아는 아직 성장할 여지가 있어. 실전으로 강해지는 타입이라고 스승님도 말씀하셨으니 좋은 자극이 되지 않을까?"

나는 아직도 두 사람에게 시달리는 소피아를 관찰하며 말했다. 좋은 자극이 되겠지?

"뭐, 나는 재미있을 것 같으니 환영이야."

"이렇게 함께 싸울 수 있는 기간은 짧을 테니, 이참에 즐기면 돼."

그때, 아마리아가 돌아왔다. 이번에는 세 사람도 동작을 멈췄다.

"짐작 가는 곳을 찾았어."

『조금 고생했지만, 발견했다.』

머릿속에서 가르크의 목소리가 들렸다. 그도 돌아온 모양이었다.

우리는 획득한 정보로 다음 방침을 정하기로 했다.

모두 원을 그리고 앉자 아마리아가 입을 열었다.

"다시 설명하자면, 단서는 리제 왕녀의 목에 찼던 초커야. 거기에 정령의 힘이 담겨 있었어. 방법은 모르지만, 정령의 힘을 마족이 이용했으니 비슷한 짓을 내통자가 했을 가능성을 고려했어. 상황적으로 요새 제압은 인간의 도움이 있었다고 봐야 하니까 틀림없이 정령과 인간도 이어져 있을 테고, 실제로 후보가 있었어."

"그 정령이 배신자인가?"

오르디아의 물음에 아마리아는 고개를 갸웃했다.

"배신했는지는 직접 물어보지 않는 한은 진의를 알 수 없어. 내가 너희에게 수상한 움직임을 보이는 정령이 있으니 도와달라고 부탁했지만, 단순히 조종당하는 것일 수도 있고."

사실은 신령 아즈아라서 조종당한다는 생각은 하기 어렵지만, 아마리아의 말대로 이유는 직접 물어보는 수밖에 없었다.

"계속 설명할게. 그 정령의 힘이 마을에 있는지 조사하다가 결과적으로는 발견했어. 큰 저택 지하에서 말이야."

"그 저택은 어디에 있지?"

리제가 묻자 아마리아가 설명을 덧붙였다.

"음, 마을 북서부에 있는…… 붉은 저택이야."

이걸로 알 수 있을까. 그때, 리제의 얼굴이 갑자기 어두워졌다.

"붉은 저택…… 주변 저택 중에 색이 비슷한 건물은 없었지?"

"응. 무척 눈에 띄어서 가까이 가보니까 바로 알겠더라고."

"누구 저택인지 알아?"

내가 리제에게 물었다.

"……궁정마술사장."

"뭐?"

"궁정마술사장 아르바 제자일의 저택이야."

잠깐만, 궁정마술사장이라니…….

"그냥 귀족이라면 이야기가 빠르겠지만, 궁정마술사장이라면 아주 신중하게 움직여야겠어. 아마리아 씨, 그곳이 틀림없지?"

"응. 확실한 증거를 잡을 수 있을 거야."

"왜?"

"저택 아래에서 느껴지는 마력이 아주 강했으니까."

"그 말은, 즉……."

소피아가 심각한 표정을 지으며 말했다.

"그 마력을 이용해서 무슨 짓을 하고 있다고……?"

"실험일 거야."

리제가 표정 하나 바꾸지 않고 말했다.

"마족과 결탁해서 실험하고 있다고 생각하면 이해가 돼. 궁정마술사장의 저택은 부지가 넓은 만큼 지하실도 넓어. 아까한 추측대로 나를 잡아 실험체로 쓰려던 걸까?"

"거기서 증거를 잡으면 해결인가?"

내가 결론을 정리하자 리제가 입가에 손을 댔다.

"상대가 상대이니만큼 단순하게 정보를 흘리기만 해서는 위험해."

"문제는 리제에 대해 어디까지 파악했는지야. 상층부 인간이니까 당연히 전투 결과는 알겠지?"

"요새 전투에 대해 자세히 들었을 테니 내가 죽었다는 정보를 들었을 거야. 대놓고 뭔가를 하지는 않을 것 같은데……."

"리제 언니, 어떡할까요?"

"그러게……."

리제는 나와 실비를 보았다.

"내가 직접 나서면 거기도 움직이겠지만, 생존이 명확해지니 위험해."

소피아에게 시선을 보낸 리제는 리엘과 자료에 대해 알고 있었다. 소피아의 판단으로 알린 것이다. 이 사건과 소동이 해결되면 어떻게 움직일지 판단할 재료로 삼는 편이 낫다는 생각이었다.

따라서 죽은 것이 된 리제를 수면 위로 올리면 여러모로 귀찮은 일이 꼬인다는 것을 본인도 알고 있었다. 다시 그녀가 위험해질지도 몰랐고, 마족이 간섭할 수도 있었다.

"그래, 이건 라디 씨에게 맡기자."

"아까 말한 계획?"

실비의 물음에 리제가 살짝 미소를 지었다.

"루온, 메모할 거 있어?"

"응, 잠깐만 기다려봐."

나는 수납상자를 소환해 종이와 펜을 꺼냈다.

"여기."

"고마워."

그녀가 받아서 종이에 펜을 움직였다.

"내가 메모를 남겼다고 하고 궁정마술사장이 흑막이라는 것을 아바마마께 알리자. 실비, 라디에게 정보를 건네줄래?"

"그건 상관없는데, 정말 라디로 괜찮아?"

"내가 살아있는 걸 아니까. 이번 토벌로 신용을 얻었을 테니 궁정에서도 움직일 거야."

그 말과 동시에 리제는 펜을 힘차게 휙 미끄러뜨리고 작성을 마쳤다. 곱게 접은 메모를 실비에게 건네는 것을 보며 나는 입을 열었다.

"그럼 나와 실비도 도울게."

"이 사건에 끝까지 함께 해줄 거지?"

"물론."

"고마워. 하지만 소피아는 안 돼. 얼굴을 아는 사람이 있으니까."

"저는 대기해야겠군요. 오르디아 씨는요?"

"루온 씨를 따르지."

"그럼 대기해줘. 만약을 위해 소피아와 리제의 호위를 부탁해."

"알았어."

방침은 결정됐다. 실비가 자리에서 일어났다.

"그럼 빨리 가자. 루온, 잘 부탁해."

"나야말로. 아, 유노는 어떡할래?"

"당연히 따라가야지."

"……군이 매번 따라오지 않아도 돼."

"내 조언이 도움 된 적도 있잖아?"

"루온 님을 부탁해요, 유노."

"응! 주인인 내가 똑똑히 지켜봐야지!"

"또 그런 말하면 딱밤 놓을 거야."

"너무해!"

유노의 외침에 소피아와 리제가 웃었다. 뭐, 왕녀를 지키는 일이었다. 솔선수범해야지.

그렇게 나는 실비와 함께 수도로 향했는데…… 도중에 그녀가 몇 가지 질문을 했다.

"루온은 여행을 오래했어?"

"응. 지금은 마족 토벌이 목표지만, 그전부터 여기저기 대륙을 돌아다녔어."

"그렇구나…… . 나는 사람을 찾고 있어. 이름은 제르거 풀가이트야. 들어본 적 있어?"

실비가 실력을 갈고닦은 목적은 복수로, 그녀가 말한 이름은 그 복수의 상대였다. 최강 기술인 『일찰나』도 복수 중에 습득했다.

"아니, 몰라."

"혹시 듣게 되면 알려줘."

그렇게 대화가 끊겼다. 해당 인물은 마검에 매혹되어 그녀의 고향을 공격했다. 마왕 침공과 연관이 거의 없어 보이지만, 살인귀가 되어 마족이 관심을 가졌을 가능성은 부정할 수 없었다.

복수전은 게임 독립 이벤트로, 내가 적극적으로 행동하지 않으면 엮이지 않는데…… 아즈아가 마족과 협력하는 상황이니 무언가가 변했어도 이상하지 않았다.

그녀의 이벤트에 어느 정도 엮여야 하나 생각하며 걷다가 수도에 도착했다. 마을 자체는 평온해서 문제가 발생하지 않아 다행이었다.

"실비, 라디와 네스톨은 어디 있어?"

"지금은 성에 있을 텐데 부르면 달려올 거야."

우리는 길을 쭉 지나 성으로 갔다. 마족을 토벌해서 사람들의 표정이 밝았다. 대륙 동부는 마족이 침공해도 즉시 몰아내고 있어서 아직 여유로웠다.

말없이 계속 걸어서 이윽고 성 앞까지 다다랐다. 왕궁은 파란색과 흰색을 주로 배합해 사람들에게 권위를 보이기 위해서인지 중후한 인상을 줬다.

실비가 문지기와 이야기했다. 문지기가 그녀를 기억하는지 쉽게 대화가 통해 연락하러 성 안으로 갔다.

"꽤 신뢰받네."

"라디 덕분이야. 곤란한 일이 있으면 내버려둘 수 없는 성격이라 성에서 의뢰를 제법 받았어."

흠, 라디답다고 해야 하나. 이런 상황이라면 지일다인 왕국을 거점으로 활동하겠군. 그럼 5대 마족 다크라이드와의 전투에 끼지 않으면 마왕을 무찌를 자격을 얻기는 힘들겠어.

나는 각지를 날아다니는 사역마에 의식을 기울였다. 게임 주인공 중, 필리가 천천히 이 나라로 오고 있었다. 무슨 정보를 들었는지, 아니면 다른 목적지가 있는 건지……. 아무튼 다크라이드와 연관된 이벤트에 끼어들 것 같았다. 라디가 호수에 가지 않는다면 그와 연계해서 다크라이드와 싸울 것 같았다.

그렇게 잠시 생각에 잠긴 사이, 라디와 네스톨이 나왔다. 장비는 바뀌지 않았으나 임시로 고용된 상태이니 언젠가 모습이 달라지리라.

"실비, 성에 들어올 마음이 생긴 거야?"

"설마~. 이번에는 다른 일로 왔어. 장소를 옮길까?"

"좋아."

쉽게 승낙한 라디 일행과 우리는 마을로 돌아가 밀담을 나누기 위해 적당한 여관방 하나를 빌렸다.

내가 근처 침대에 앉자 실비가 문에 등을 기대고 이야기하기 시작했다.

"라디, 왕녀님을 죽이려고 한 인물에 관한 속보야. 루온 씨 일행과 함께 있는 정령이 수상한 인간을 발견했어."

"정말이야? 그럼 어서 심판해야지!"

라디의 눈초리가 달라졌다. 당장 여관을 뛰쳐나갈 것 같았다.

"진정해. 그 중요한 적은 왕궁과 밀접한 연관이 있는 인물이야."

"요새 습격을 고려하면 당연한 일이지."

네스톨이 의견을 말했다. 그도 추측한 모양이었다.

"적어도 왕녀님의 소재에 관한 정보를 가진 인간……. 왕과 왕비가 아니면 국가의 중추에 해당하는 인물 아닌가?"

"정답이야. 흑막은 궁정마술사장이야. 그의 저택에서 요새를 점령했던 마족이 갖고 있던 힘을 감지했어."

라디와 네스톨의 표정이 심각해졌다. 위험을 깨달은 모양이었다.

"병사를 움직이는 입장의 인간이 적이라니……."

말하는 목소리가 몹시 고통스러웠다.

"어떡할래?"

"보통 이런 일을 진술하면 어물쩍 넘어가는데…… 왕녀님은 라디와 네스톨이 적합한 사람에게 통고하면 일을 진척시킬 수 있다고 판단했어."

"내가……?!"

"왕녀님은 라디의 공적이 크다고 본 모양이야."

실비의 지적에 라디가 몸을 부르르 떨었다.

"왕녀님이 그렇게 말했다면 하는 수밖에 없지."

"궁정마술사장이 적이니 아무에게나 말하면 들킬 거야. 왕녀님은 그 사람이 흑막이라고 메모를 작성했어. 이걸 적에게 들키지 않게 폐하께 전달해주래."

"중대한 임무로군……."

라디가 메모를 건네받으며 중얼거렸다. 한편, 네스톨은 긴장한 그의 등을 퍽 쳤다.

"너답지 않아. 너는 늘 하던 대로 내달리면 돼."

"네스톨……."

"나도 동의해. 그리고 라디, 왕녀님의 필적을 확인하신 폐하는 궁정마술사장이 주모자라고 납득하겠지만, 우리가 잘못 대응하면 폐하께서 그에게 물어보는 것부터 시작할 거야. 들키면 일이 어떻게 굴러갈지 몰라. 당장 저택을 수색해야 한다고 폐하를 설득해."

"알았어……. 맡겨줘."

자신감에 찬 목소리— 사건이 큰 고비를 맞이하자 아까까지의 불안한 표정이 사라졌다.

성격이 열혈이라 이런 사태에 오히려 불타오르나? 이야기를 마치고 그들은 다시 움직였다. 그러나 나는 성에 면식이 없어서 저택으로 갈 때까지 여관에서 대기하기로 했다. 실비도 라디를 따라가서 방에는 나 홀로 남았다.

"기다리는 것만 남았나……."

궁정마술사장의 동향이 열쇠였다. 자칫 잘못하면 위험해진다. 지금은 성공을 기도하는 수밖에…….

『루온 공.』

갑자기 머릿속에 가르크의 목소리가 울렸다.

『야영하는 주변을 살펴봤는데, 적어도 주위에 마물과 루온 공 일행을 감시하는 존재는 없었다. 리제 왕녀의 생존이 알려졌을 가능성은 없다고 본다.』

"오, 그거 좋은 소식인데."

『음. 그리고…… 아마리아에게 말하지 않은 것이 있다.』

가르크의 말투가 왠지 불안했다.

『단정하고 말하지 않아서 사실을 숨겼다만…… 이 사건, 뿌리가 깊을지도 모른다. 저택에는 아즈아 이외에 다른 힘도 있다.』

"……아즈아의 힘만 연구한 게 아니라는 말이야?"

『아마도.』

사태가 더 심각한가. 어디까지 할 수 있을지는 모르지만, 힘이 닿는 한, 해결해 보도록 하자. 나는 마음속으로 다짐하며 계속 기다렸다.

약 두 시간 뒤…… 실비가 여관으로 돌아와 내게 말했다.

"왕의 친위대가 움직였어. 궁정마술사장은 현재 성에 있어. 그를 성에 발을 묶어두고 저택에 잠입해서 증거를 잡을 거야."

"화끈한데? 설득에 성공했어?"

"메모가 효과가 있었어. 왕녀가 왕에게 남긴 마지막 말이니까. 가자."

여관을 나와 실비의 안내를 받아 저택으로 가는 길을 걸었다. 그녀의 말에 의하면 친위대는 먼저 출발했다.

"실비, 내 이야기 한 거 있어?"

"아는 사이라고 해뒀어. 우연히 나라를 방문한 루온에게 협력을 부탁했다고."

"알았어. 나도 그렇게 맞출게."

얼마 지나지 않아 붉은 지붕 저택에 도착했다. 확실히 주위에 비슷한 색의 건물이 없어서 한층 눈에 띄었다.

저택 부지를 돌담으로 에워쌌다. 현관과 이어진 문 사이로 깨끗하게 손질된 정원이 보였다. 상당히 넓어서 나쁜 짓을 할 수 있는 환경이었다.

현관 주변에는 열 명 정도의 기사가 이미 도착해서 시녀와 이야기를 하고 있었다. 그중에는 물론 라디와 네스톨도 있었다. 우리가 다가가자 라디가 시선을 보내며 손을 흔들었다.

"루온 씨, 지금부터 수색할 거야."

"궁정마술사장은 괜찮지?"

"저택으로 못 오게 막아뒀어. 얼른 증거를 찾아서 붙잡자."

친위대 중 한 사람이 시녀를 설득해 안으로 들어갔다. 당황한 그녀를 곁눈질하고 우리도 저택으로 들어가 수색을 시작했다.

"지하 입구가 있더라도 대놓고 있지는 않겠지. 시녀도 있으니까."

『루온 공, 저택 내에 수상한 곳이 있으면 보고하겠다.』

머릿속에서 가르크가 말했다. 오, 그거 좋은데.

"라디 씨, 나는 어떡할까?"

"실비와 함께 따라와 줘."

저택 안은 깔끔했고 꼼꼼하게 청소해 먼지 한 톨 없었다. 아름다운 실내를 돌아다니며 방을 하나하나 조사했다.

저택이 넓어서 친위대와 함께 조사해도 시간이 걸릴 것 같았다. 주모자를 성에 얼마나 잡아둘 수 있을지 모르니 서둘러야 했다. 그 생각을 하자마자 어떤 방에서 가르크의 목소리가 머릿속에 울렸다.

『음, 장기가 느껴지는군.』

"라디, 잠깐만."

방을 나가려는 라디를 불러 세웠다.

"아주 약간 장기를 느꼈어. 여기를 좀 더 조사해보자."

"알았어."

라디는 바로 동의했다. 방은 서재인지 벽에 책장 여러 개가 놓여 있었다. 그런데 꽂힌 책이 많지 않았다. 책이 반도 안 되게 꽂힌 선반도 있었다.

혹시 지하로 가는 계단이 있다면 책장에 장치를 해놓았나? 일단 책장을 꼼꼼하게 조사하고는 있는데. 과연 우리가 알아볼 수 있을까?

『루온 공, 이 책장이다.』

고민하던 중, 가르크가 단언했다. 눈앞에는 책이 꽤 꽂힌 벽 가운데 책장이 있었다.

"여기가 수상해."

나는 책장을 콩콩 두드리고 라디에게 다가가며 말했다.

"장기가 느껴져. 어딘가에 이걸 움직이는 장치가 있을 거야."

"루온 씨, 여기가 분명해?"

라디가 확인했다. 나는 고개를 끄덕였다.

"응, 여기가 수상해."

"정말이지?"

라디가 거듭 확인했다. 내가 다시 고개를 끄덕이자, 그는 책장을 향해 지팡이를 겨누었다. 아니, 잠깐만?!

입을 열기 전에 그의 지팡이 끝에서 마력이 솟구쳤다. 빛 속성『홀리 샷』을 조금 응용했는지 사이즈가 내 것보다 배 이상으로 컸다.

마법이 사정없이 책장에 꽂히고, 이내 폭발했다. 빛과 굉음, 진동이 일었다. 마음속으로 이거 괜찮나 불안해졌다.

피어오르는 먼지 사이로 조금 부서진 책장이 보였다. 그 안에는 공동(空洞)…… 아니, 계단이 있었다.

"좋아, 맞췄어."

"지하를 발견하니까 명확하게 장기가 느껴지네."

실비가 계단을 들여다보며 중얼거렸다.

다만…… 음, 엉망진창이었다. 유노도 같은 심정인지 「어거지야……」라며 멍하니 중얼거렸다.

"그나저나 여전하네, 라디."

실비가 기막혀했다.

"무슨 일이 생기면 우리가 놀랄 정도로 질러버린다니까. 루온도 설마 이렇게 될 줄은 몰랐을 거야."

"루온 씨, 수상쩍었지?"

아니, 뭐……. 가르크가 그렇게 주장했으니까……. 앞으로 이런 일이 없도록 못을 박아야 하나 고려하던 때, 계단 아래에서 으르렁대는 소리가 들려왔다.

"……마물이 있나봐."

내가 경계하며 중얼거리자 라디 일행도 주목했다.

계단은 벽에 마법 빛을 밝히는 촛대가 있어서 걷는 데 지장이 없었다. 그리고 계단 아래는 보이지 않아서 목소리의 주인공은 내려가서 확인하는 수밖에 없었다.

"그런데 요란하게 마법을 썼는데도 마물이 안 오네."

실비가 의문을 표하자, 나는 추측한 내용을 말했다.

"명령을 받았겠지. 이 통로를 지키라고."

"궁정마술사장이 마물을 사역한다고?"

"마족에게 받았는지 스스로 만들었는지는 모르지만, 아마 그럴걸."

그때, 노크도 없이 방문이 열렸다. 눈을 돌리니 친위대가 있었다.

"라디 공, 역시 당신이었나."

"아니, 뭘……."

라디가 머리에 손을 대며 얼버무리듯이 대답했다. 성에 있는 사람들도 라디가 이런 인물이라고 인지하고 있구나……. 이렇게 보여도 신뢰를 쟁취했으니 대단하다고 해야 하나, 의아해야 하나.

"됐다. 입구를 지키며 내려가지."

친위대가 솔선해서 계단을 내려갔다. 유노도 주머니에 들어갔고 모두 긴장한 얼굴로 내려가자…….

성인이 나란히 다섯 명 정도 걸을 수 있는 직진 통로가 나왔다. 천장은 전생의 터널처럼 아치 형태에 제법 높았다. 이 통로만 해도 규모가 꽤 됐다.

조금 앞에는 큰 문이 하나 있었다. 그런데 문을 가로막듯이 용병으로 보이는 한 사람이 서 있었다.

고개를 숙이고 있어서 얼굴은 안 보이지만, 오른손에 검을 드리우고 흑발에 철갑옷을 입었다. 그런데 상태가 이상했다. 우리가 왔는데 우뚝 선 채로 우리 얼굴을 살펴보려고 하지도 않았다.

그리고 조금 전의 으르렁대던 소리…… 설마…….

"마물화됐나……?"

"마물화라고?"

친위대 중 한 명이 되물었다. 나는 수긍했다.

"마족에게 힘을 받아 이성을 잃은 경우거나…… 마검처럼 장기가 깃든 무기를 들면 이렇게 되는 경우가 있어."

"이번에는 궁정마술사장의 실험으로……?"

친위대가 물은 순간, 용병이 울부짖었다. 마치 짐승의 포효 같았다. 우리를 위협했다.

"……실험인지는 안쪽을 조사해봐야 해. 저 용병이 방해 돼……. 한 명이라 대처하기 힘들지는 않겠지만……."

내가 설명하는 사이, 용병이 내달렸다. 친위대는 당황했고, 실비와 네스톨이 자세를 잡았다. 나 역시 마법으로 검을 만들 고 달리기 시작했다!

용병의 움직임은 날카로웠고, 망설임 없이 검을 휘둘렀다. 목표는 선두에 있던 친위대— 당황해서 한 발 늦게 대응한 그를 엄호하고자 옆에서 끼어들었다.

"하앗!"

내질러진 검을 튕겨냈다. 날이 부딪친 순간, 메마른 소리가 통로에 메아리치고 용병이 다시 울부짖었다.

검을 부딪친 느낌으로는 힘이 상당했다. 나는 마력 강화로 어렵지 않게 대처했지만, 실비 일행과 친위대는 어떨지…….

이어서 용병의 갑옷을 향해 검을 휘둘렀으나 마력장벽을 형 성했는지 튕겨져 나갔다. 일단 물러나기 위해 다리를 뒤로 물리 자, 교체하듯이 친위대 중 한 사람이 나와서 용병을 공격했다.

거리를 좁히는 방식이 역시 정예라고 해야 하나, 친위대는 용병의 품으로 빠르게 파고들어 주저하지 않고 찔렀다. 검 끝에 마력을 집중해서 그가 흉부를 노린다고 확신했다.

갑옷을 꿰뚫고 심장을 찌르면 쓰러뜨릴 수 있을까? 그 순간, 카앙 하는 소리가 들렸다.

무슨 일이지? 돌아보니 확실히 가슴을 찔렀을 친위대의 검이 갑옷을 뚫지 못하고 막혔다.

"이게 무슨……."

중얼거린 사람을 찾을 새도 없이 용병이 반격에 들어갔다. 우직한 가로 베기였지만 속도가 제법이라, 친위대는 피하기 힘들다고 판단해 그 검을 흘러 넘기려는지 일단 막았다.

하지만 다음 순간, 믿기 힘든 일이 일어났다.

친위대의 검이 용병의 검에 밀리더니…… 공중에 떴다?!

깜짝할 사이에 그의 몸이 우리 머리 위를 날아갔다. 뒤늦게 지면에 부딪히는 소리에 다른 친위대의 눈이 휘둥그레졌고, 라디 일행도 용병에 대한 인식을 고쳤는지 최대한 경계했다.

일반 병사였다면 공황에 빠졌을 상황이었다. 그러나 친위대는 상당히 강한 적으로 판단하고 모두가 용병을 응시했다. 경솔하게 공격하지 않았다.

교착 상태…… 이대로 친위대에게 맡기면 끝이 없을 테고, 희생자가 나올 수도 있었다. 그렇다면 결론은 하나였다.

"여기는 내가 맡을게."

나는 앞으로 나갔다. 그에 라디 일행이 반응했다.

"루온 씨 혼자서는 위험해. 아니, 상당한 적을 무찔렀다는 소문이 돌았으니 어떻게든 되려나?"

"역시 하늘의 검사야."

실비가 말했다. 잠깐…… 일부러 그런 거지……?

"실비, 그 별명은 되도록 말하지 말았으면 좋겠는데……."

"왜? 좋잖아."

그때 유노가 대화에 끼어들었다.

"그래서 어쩌려고? 힘으로 밀어붙일 거야?"

"단순히 마력이 높은 것 같으니 정공법밖에 없어. 라디 씨, 강력한 마법 쓸 수 있어?"

"몇 개 가능해. 내가 알아서 써도 돼?"

"상관없어. 그럼……."

그 사이 용병이 움직였다. 무서우리만치 민첩해서 대응할 수 있는 사람은 나뿐이었다.

누구를 노리는지는 몰라도 나는 그를 막기 위해 검을 부딪쳤다. 금속음이 통로에 울리고 엄청난 충격이 팔을 덮쳤다. 마력으로 강화하지 않았으면 조금 전의 친위대와 같은 결말을 맞았을 것이다.

"이 자식……!"

거기에 네스톨이 끼어들었다. 힘겨루기에 들어간 내 검에 가세해 둘이서 밀어냈다. 혼자서는 엎치락뒤치락하는 상태였던지라 당연히 우리가 밀어내기 시작했다. 용병이 그것을 멍한 눈으로 쳐다보았다.

다음 공격이 오기 전에 실비가 엄호에 들어갔다. 옆으로 접근한 그녀의 검이 용병의 왼쪽 다리, 아킬레스건을 노렸다.

마력으로 강화했으나 물리적으로 다리를 베면 소용없다는 생각인가본데 그녀의 검은 먹히지 않았다.

"단단해……!"

그렇다면…… 나는 밀어붙이며 외쳤다.

"마를 꿰뚫어라, 천공의 성창!"

빛 속성 중급 마법 『홀리 랜스』— 손끝에 생긴 푸른빛이 바로 앞에서 발사됐다!

충격파에 의한 소리가 귀를 자극했다. 용병도 날아갔다. 이 공격으로 쓰러지면 좋았을 텐데 죽지 않고 버티는 정도가 아니라 공격을 견뎌냈다.

"라디 씨!"

나는 곧바로 그를 불렀다. 그에 맞춰 라디도 외쳤다!

"친애하는 빙하, 나의 하얀 팔에 깃들어 세계를 파랗게 물들여라!"

주문과 함께 그의 주위에 냉기가 서렸다. 얼음 속성 마법임을 깨달은 순간, 그의 지팡이 끝에 생긴 얼음덩어리가 용병을 향해 날아갔다.

"피해!"

내 외침에 네스톨과 실비가 물러났다. 친위대도 휘말리지 않게 뒤로 물러나자 마법이 작렬했다.

덩어리가 직격한 순간, 통로에 얼음이 부서지며 흩어졌다. 냉기와 함께 메마른 소리가 울려 퍼지고 얼음 파편이 바닥에 떨어지며 주위 기온을 떨어뜨렸다.

이 마법은…… 중급 마법 『아이스 버스트』인가? 본래는 거대한 얼음 기둥을 적에게 부딪치면 폭발하는 마법인데, 라디는 얼음기둥이 아니라 얼음덩어리였다. 위력을 응축해서 용병 주위를 얼린 건가?

"……어떻게 됐지?"

라디가 상황을 살폈다. 용병은 얼어붙어서 꼼짝하지 못했다.

나는 눈을 가늘게 뜨고 용병을 주시했다. 이윽고 얼음에 파직파직 금이 가더니, 용병이 얼음과 함께 부서져 빛 입자가 되어 사라졌다.

"쓰러뜨렸어."

"안쪽 방을 지키는 역할인가 본데, 아주 차고 넘치네."

친위대 중 한 사람이 중얼거렸다. 그 눈빛은 심각했다.

"우리의 예상을 웃도는 힘……. 경계를 강화해야겠군."

"연구실에 다른 내통자와 관련된 정보가 있을지도 몰라."

라디가 말했다.

"그걸 근거로 선수 치면 되겠지?"

"응, 그랬으면 좋겠다……. 자, 가자."

아직 냉기가 남은 와중에 우리는 라디가 만든 얼음 파편을 밟으며 통로를 지났다.

안쪽 철문을 지나자 체육관처럼 넓은 지하 공간이 나왔다.

연구라고 하면 실험기구가 잔뜩 있을 줄 알았는데, 실제로는 거의 없었다. 책상 위에는 종이뭉치만 쌓여 있었다.

벽에는 책장이 줄지어 있었다. 책장에 꽂힌 것도 예쁘게 장정한 책이 아니라 종이뭉치뿐······. 유일하게 눈에 띄는 것은 가장 안쪽에 수조 같은 것이 하나 있는 정도? 그 안에는 검은 수초 같은 물체가 바닥에 뒤엉켜 있었다.

"이 궁정마술사님은 어지간히도 열심히 연구했나 봐."

실비가 빈정거리며 말했다. 그러자 친위대 중 한 명이 성실하게 고개를 끄덕였다.

"연구자료 검증은 나중이다. 지금은 마족과 손을 잡은 증거가 될 문서를 찾는다."

친위대들이 흩어졌다. 자, 우리도······.

"라디, 하나만 물어볼게."

갑자기 실비가 입을 열었다. 손에는 책상에 있던 자료 한 장이 들려 있었다.

"나는 여기 적힌 거 하나도 모르겠는데, 라디는 알겠어?"

"······마력과 관련된 연구를 한 모양이야."

라디가 몇 가지 자료를 보며 대답했다.

"꽤 오래 전부터 은밀히 연구해온 것 같은데."

내 말에 실비와 네스톨이 나를 보았다.

"이렇게 자료가 막대한 걸 보면····· 마왕이 나타나기 전부터 어떤 연구를 한 건 틀림없어. 그러다 마족이 와서 연구가 진척될 재료를 제시하자····· 배신한 건가?"

"그게 맞는 것 같아."

라디가 자료를 노려보며 대답했다.

"대강 이해했어. 여기 있는 자료 대부분은 마검처럼 인간이 마물로 변하는 메커니즘에 대해 조사했어. 그런데 그것 말고도 있어. 자료는 적지만, 이상한 힘인 것 같아."

원래 메인은 마물화와 관련된 것이었구나. 그러던 중에 마족이 침공해 와서 협력하는 보답으로 아즈아의 힘을…… 그렇게 된 건가?

친위대가 수색하는 사이, 나는 근처에 있던 자료를 살펴봤다. 전문용어뿐이라 거의 이해하지 못했지만…… 라디의 말대로 마력이나 인체에 대한 작용 같은 단어가 이어졌다.

그런데 이게 아즈아의 힘과 연관이 있나? 그에 관한 자료를 자세히 조사하고 싶지만, 지금은 일단 배신자에 대해…….

그때였다. 친위대 중 한 명이 외쳤다. 찾던 물건을 발견한 건가?

다른 사람들이 다가갔고, 나도 뒤따라갔다.

"내통자로 보이는 이름이 적혀 있습니다. 잠깐 보았는데 제가 아는 이름은 없습니다."

"음, 이건 일단 압수다. 내용 조사는 대장에게 확인을…….”

그럴싸한 물건을 찾았나 보다. 안 보여주겠지……. 그런 생각을 하면서도 친위대에게 다가가려던 순간, 새로운 변화가 일어났다.

안쪽에 있는 수조에서 뽀글, 하고 한 번 숨 쉰 것 같은 소리가 났다. 주위에 있던 친위대들이 수조와 거리를 뒀다.

"……저 수조 속에 있는 거, 마물이야?"

실비가 물었다. 아무도 대답하지 않았다. 아니, 아무도 모른다고 해야 하나.

칠흑의 수초가 물속에 너울거렸다. 기괴하지는 않고, 그냥 기분 나쁘게 물속에서 흔들렸다. 한동안 실내에 침묵이 내려앉았다.

『혹시나 해서 확인하러 왔더니…….』

갑자기 목소리가 들렸다.

『제압당했나……. 요새 전투에서 졌으니 불가피한가.』

다음 순간, 물속의 수초가 모여 구체를 이루었다. 불가사의한 생김새— 수조에서 이질적인 기척이 느껴졌다.

"물러나!"

친위대장이 즉각 외치자 모두 작업을 중단하고 물러나기 시작했다. 검을 뽑아 수조를 향해 겨누자 목소리가 이어졌다.

『뒤처리는 내가 해야 하나……. 귀찮기 짝이 없군.』

무슨 속셈이지? 속으로 중얼거린 순간, 수조 속에서 어둠이 팽창해 윗부분이 수면 위로 드러났다. 친위대와 라디 일행도 무기를 겨누었다. 그때—

『루온 공.』

나는 가르크의 목소리를 들었다.

『이것은…… 틀림없어, 아즈아다.』

수왕 아즈아, 드디어 나오셨나.

"아직 얼굴 내밀지 마."

『안다. 루온 공의 안에 있으면 들킬 리 없어. 저것은 분신일 거다. 매개체를 이곳에 두고 정기적으로 궁정마술사장의 동향을 감시했겠지.』

분신…… . 드디어 어둠 덩어리가 수조 밖으로 나와 바닥에 내려섰다.

모양은 구체에서 인간의 형태로 바뀌었으나, 전신이 새까매서 잘못 만든 마법생물처럼 보였다. 그러나 느껴지는 마력은 장난이 아니었다.

물과 어둠을 다스리는 존재라고는 하나, 신령이니 장기는 없을 터였다. 마족, 마물과는 조금 다른 존재…… . 그래서인지 친위대와 라디 일행도 굳어서 아즈아에게서 눈을 떼지 않았다.

『여기서 찾은 것은 두고 가라.』

"……거절, 한다면?"

친위대장이 물었다.

『죽어야지.』

어둠이 마력을 내뿜었다. 그 순간, 검으로 어깨를 후려친 듯한 충격이 가해졌다.

동시에 시야가 일그러졌다. 아니, 착각이었다. 시야 끝에 보이는 반짝이는 입자는 마력이 시각적으로 비치는 건가? 이것도 환각일 뿐인가?

귀도 이상했다. 노이즈 같은 잡음이 들렸다. 그것은 때때로 사람의 한탄소리처럼 들렸다. 신령이 오감에 간섭했다.

"히익…… ."

유노가 짧은 비명을 질렀다. 나와 함께 하며 여러 강적을 만난 그녀도 겁먹을 정도의 위압감— 주위에 있는 친위대와 라디는 어떻게 느낄까.

『이 힘은 위협용이다.』

　포악한 공간에서 가르크가 조용히 말했다.

『분신이라서 힘이 대단하지는 않다. 그러나 어둠의 힘은 사람에게 근원적으로 공포를 유발한다. 그것을 이용해 상대를 협박하기 위해 오감을 자극하고, 몸에 영향을 줄 정도의 마력으로 압력을 가한다.』

『다시 경고한다.』

　티끌 한 점 없는 어둠이 다시 한 번 고했다. 모두 말을 잃었다.

『자료를 두고 이곳을 떠나라. 그럼 목숨만은 살려주마.』

　"……후퇴!"

　친위대장이 새된 목소리로 외쳤다. 그와 동시에 그들이 발을 돌려 도망치기 시작했다.

　그것은 그야말로 공황이었다. 자신을 짓누르는 마력으로부터 조금이라도 빨리 벗어나기 위해 필사적으로 달렸다. 그들은 죽고 싶지 않다는 듯이 자료를 바닥에 내던졌다. 위협만으로 전투의 프로라는 친위대의 마음을 꺾었다. 신령은 이런 것도 할 수 있나.

　"이봐, 어떡할 거야……. 이거……."

　네스톨이 끙끙대며 조금씩 물러났다. 라디는 아직 지팡이를 겨누고 있었지만…… 목덜미에 땀이 흐르는 것이 똑똑히 보였다.

정의감 때문에 무슨 수라도 써야 한다고 생각하는 모양인데……. 아직 멈춰 서 있는 우리에게 아즈아가 다시 경고했다.

『너희는 죽을 테냐? 한 번 더 말하지. 이대로 떠나라.』

"……물러나는 수밖에, 없나."

라디가 괴롭게 말하고 천천히 물러나기 시작했다. 그에 따라 나도 후퇴했다.

물러나며 내던져진 자료를 힐끗 보았다. 모두 방을 떠나면 자료를 말소할 것이 분명했다.

친위대들이 마물 — 사실은 신령 — 과 만난 사실은 사라지지 않으니 궁정마술사장은 체포할 수 있을지도 몰랐다. 다만, 물적 증거가 없으니 성의 노력 여부에 달렸다.

방 입구에 도착했다. 라디가 망설였지만, 아즈아의 압력으로 어쩔 수 없이 퇴각했다. 그에 이어 네스톨과 실비도 문을 지났고, 나는…….

"라디 씨."

"……왜?"

"먼저 가."

나는 말하자마자 철문을 잡고 억지로 닫아 잠갔다.

"야?! 루온?!"

실비의 목소리가 들렸다. 나는 무시하고 아즈아를 향해 한 걸음 내디뎠다.

『어쩔 셈이냐?』

신령이 계속 위협했다. 엄청난 압박감에 보통 사람이라면 졸도해도 이상하지 않았다.

"네가 엄청난 존재라는 건 알아."

나는 호흡을 고르며 검을 세게 쥐었다.

"하지만 나도 물러날 수 없는 이유가 있어서 말이야."

『싸우겠다고? 그것은 용기가 아니다…… 어리석을 뿐이다.』

"글쎄."

전력으로 맞서면 마족에게 알려지는 것은 기정사실이다. 그래서 힘을 발휘할 수는 없지만…… 가르크의 말이 사실이라면 전력을 다하지 않아도 쓰러뜨릴 수 있을지도 몰랐다. 이기지 못해도 밑에 흩어진 자료 정도는 회수할 수 있지 않을까?

『나는 경고했다. 너는 죽을 거다.』

"할 수 있다면."

말과 동시에 어둠이 팽창했다. 뽀글뽀글 물소리를 내며 사람을 본뜬 몸이 한층 커졌다.

『루온 공, 온다!』

가르크가 외쳤다. 동시에 어둠 덩어리가 나를 향해 날아왔다!

그것은 마치 대포 같았다. 얼른 자세를 낮추며 옆으로 도망쳤다. 일단 검을 없애고 바닥에 굴러다니는 자료를 잡아 품에 넣었다.

『성실하군. 주워도 소용없다!』

다음 순간, 어둠 덩어리가 철문에 직격했다. 쿠웅, 방이 울렸고, 나는 입구를 확인했다.

문은 무사했다. 특수처리를 했는지 마력을 튕겨내는 구조였다. 내가 전력을 다하면 억지로 부술 수 있을지도 모르지만…… 밖에서 여기로 들어올 수 있는 인간은 아마 없으리라.

"루, 루온, 이길 수 있겠어?"

유노가 물었다. 기척만으로는 여태까지 만난 어떤 상대보다 훨씬 강했다. 그녀가 불안할 법도 했다.

"걱정하지 마. 괜찮아."

어둠 덩어리가 다시 직격해 왔다. 머리 위에서 쏟아지는 그것을 다시 옆으로 도망쳐서 피했다.

근처에 있던 책상이 뭉개지며 부서졌다. 실내에 울리는 책상이 부서지는 소리가 마치 아즈아가 다음은 네 뼈라고 말하는 것 같았다.

『왜 그러느냐? 잘난 척 떠들더니 그뿐인가?』

나는 도발을 무시하고 후퇴하려고 했으나 아즈아가 손을 뻗었다.

『놓치지 않는다.』

뒤에서 물소리가 들렸다. 처음 쏜 어둠 덩어리를 조종해 나를 짓누르려는 건가? 나는 다시 검을 만들며 어둠에 의식을 집중했다.

쏟아진 어둠이 방을 점점 침식했다. 요새에서 만난 그림자 마족과 비교가 되지 않을 정도로 어둠이 꿈틀대며 방을 검게 물들였다.

"이런 게 바로 위기 상황인가?"

『예상했어야지?』

당장에라도 등에 어둠 덩어리가 날아와도 이상하지 않은데 오지 않았다. 그것은 출구를 막느라 여념이 없었다. 나를 따로 어떻게 죽일 생각인가?

그렇다면— 나는 왼팔에 마력을 모았다.

"나의 힘은 마를 부정하는 검이 된다. 빛의 검이여!"

빛 속성 중급 마법『뒤랑달』을 발동했다. 왼손에 나타난 빛의 검이 어둠에 침식되는 방을 한층 밝혔다.

『그것으로 나를 죽일 셈이냐?』

아즈아의 물음에 나는 접근으로 대답했다. 목표는 아즈아의 분신. 그러나—.

오른손을 휘두르자 신령의 안쪽에 있던 어둠이 요동치며 내게 날아왔다. 그것이 공중에서 구체를 이루어 나를 짓누르려고 했다.

"핫!"

기합과 함께 왼손에 든 빛의 검으로 구체를 공격했다!

닿은 순간, 무거운 감촉이 돌아왔으나…… 할 수 있어. 나는 검을 휘둘렀다. 덩어리는 내 공격에 따라 궤도를 바꿔 옆으로 날아가 지면에 부딪히며 굉음을 냈다. 빛의 검에 검은 입자가 약간 붙었으나 그것도 이내 사라졌다.

『호오, 좀 하는 모양이군.』

아즈아가 말했다. 나름 힘을 실었지만, 능력을 들키지 않았다.

『그 자신감, 내 힘에 맞설 수 있다고 생각한 모양이지? 허나 그래서는 이길 수 없다.』

"글쎄."

나는 오른손에 든 검에 마력을 실었다. 빛 속성 하급 마도기 『성광검(聖光劍)』— 아무리 그래도 이걸로 아즈아를 쓰러뜨릴 수 있다는 생각은 하지 않았다.

소피아에게도 말했다. 개발 중인 기법을 쓰면 가능하다고…….
아즈아는 나를 아직 업신여겼다. 이때 결판을 내야 했다.

아즈아가 이어서 공격하기 전에 먼저 내달리며 양팔에 힘을 실었다.

『뭐냐?』

적이 반응했으나 이미 늦었어!

다음 순간, 나는 왼팔에 들린 빛의 검을 오른손에 쥔 마법검에 겹쳤다. 아즈아는 무슨 일인가 싶어 한순간 멈춰 섰다.

그와 동시에 빛이 마법검에 흡수됐다!

『아니……?!』

중얼거린 아즈아는 오른팔에 어둠을 둘렀다. 방패 대신인 듯했으나 나는 상관하지 않고 검을 상단에서부터 내리쳤다!

마법과 기법의 빛이 하나가 되어 위력이 늘어났다. 아즈아의 팔에 닿은 순간, 예상 이상으로 잘 들어갔다. 신령도 예상 밖이었는지 물러나려고 했다.

그 사이에 팔을 잘라냈다. 입자가 흩날리며 아즈아가 즉각 팔을 휘둘러 절단된 부위를 재생했다.

『머리나 가슴……. 그 주변에서 강한 마력이 느껴진다. 마법생물처럼 핵인 부분이 있고, 그곳을 부숴야 하는 것 같다.』

가르크가 조언했다. 그렇다면…… 나는 마력을 검에 싣고 전진했다.

아즈아가 내 힘을 보고 무슨 생각을 했는지는 모르겠으나 적도 앞으로 나왔다. 그리고 양팔을 치켜들어 내 베기 공격을 막을 자세를 잡았다. 일단 검을 막아 공격을 흘리고 전진하는 기세를 이용해 품으로 미끄러져 들어가려는 속셈인 것 같았다.

그렇다면 내가 할 일은 하나다!

검을 비스듬히 내리쳤다. 검이 교차한 양팔에 직격하고 잠시 멈췄다.

내 힘으로 밀어붙일 수 있을지 불확실했다. 이대로 교착 상태에 빠지면…… 아니, 상관없어!

"하아앗!"

기합을 내지르며 검을 휘둘렀다. 팔에 박힌 검이 마침내 칠흑을 끊어냈다!

그 기세로 몸에 도달해 힘을 실어 공격을 쏟았다.

흉부에 검이 닿았다. 쇠 같은 감촉이 손으로 전해졌지만, 신경 쓰지 않고 베었다. 그러자 갑자기 분신의 몸이 흔들렸다. 거기에 추가타로 검을 내질렀다.

아즈아의 팔은 잘린 상태였기에 재생할 시간이 없었다. 공격이 멋지게 머리를 찌르며 관통했다.

『크윽!』

아즈아가 신음하는 사이, 나는 검을 뽑아 마무리로 흉부를 횡으로 베었다. 공격이 들어가자 약해지는 것이 확실하게 느껴졌다.

아즈아의 몸에서 압도적인 마력이 발산되기 시작했다.

『……과연, 좀 하는 인간이로군.』

분신이 사라지기 시작했다. 그 광경을 가까이에서 바라보며 아즈아의 목소리를 들었다.

『내 본체는 여기서 서쪽에 있는 호수에 있다. 결판을 내고 싶다면 오너라.』

이윽고 분신은 검은 입자가 되어 흔적도 없이 사라졌다. 그와 동시에 방을 침식한 어둠도 녹아 사라졌다.

『완전히 사라졌군. 이제 아즈아는 떠났다.』

가르크의 확인에 이어 유노가 물었다.

"……끝났어?"

"응, 어찌어찌."

대답한 나는 크게 숨을 내쉬었다.

"그나저나 처음에는 무시무시했지. 그냥 위협이었을 뿐이었고, 전력을 다하지 않아도 이기긴 했지만…… 가르크의 조언이 없었으면 나도 물러났을 거야."

"가르크 덕분에 싸우기로 했구나? 나한테 가르쳐줄 수도 있었잖아."

"아즈아의 앞에서 가르크의 이름을 꺼내고 싶지 않았어. 그렇게 불안했어?"

"마력이 엄청나서 놀랐다고."

유노도 겁을 먹을 정도라니…… 그래도 전력을 다하지 않은 내가 무찌를 수준이었으니 무슨 기술을 쓴 것일 텐데…….

『적은 마력이라도 한 번에 분출하면 아즈아가 한 것처럼 순간적으로 강화할 수 있다.』

내 의문에 가르크가 대답했다.

『마력을 모아서 기술을 이용해 한 번에 해방하는 식이다.』

"나도 쓸 수 있어?"

『그렇다.』

"예를 들어 신체강화에 응용해서 순간적으로 힘을 증폭시킨다거나……."

『그것도 할 수 있다. 기술적으로 어렵지 않으니 조금만 배우면 루온 공도 쓸 수 있다.』

"오, 그럼 배울래."

"가르크랑 무슨 이야기 해?"

대화에 끼지 못하는 유노가 주머니에서 뛰쳐나오며 물었다. 그에 대답하려다가 이곳에서 최대한 빨리 나가야 한다는 게 생각났다.

"나중에 말해줄게. 중요한 자료는……."

나는 방을 슬쩍 둘러보고 깨달았다. 자료는 어둠에 삼켜져 대부분 소실됐다. 마력이 엄청났으니 어쩔 수 없었다.

바닥에 흩어진 자료도 사라졌기에, 나는 아까 주운 자료를 품에서 꺼냈다. 근처에 있던 것을 대충 골랐는데…….

"……빙고. 돈 주고 못 사는 정보야."

"뭐라고 적혀 있어?"

"내통자에 관한 비밀문서야. 마족과 손잡은 인물이라고 해야 하나."

그중에는 실비의 복수 상대인 제르거의 이름도 있었다. 그리고 문서 내용을 보니…….

"이건 아즈아의 힘과 관련된 게 아니야."

"응?"

"이 연구시설은 인간의 마물화와 관련된 것이었어. 아마 그런 연구와 관련된, 아니면 스폰서나 협력자…… 그런 사람들의 이름이 적혀 있어."

그중에 얼굴이 자연스럽게 심각해지는 이름을 발견했다. 예전에 소피아의 입에서도 나온 이름이었다.

"이게 정말이야……?"

"그렇게 심각해?"

"……제크에스 라지드 나테리아."

"뭐?"

"여기서 북쪽에 있는 마법대국. 마족을 쫓아낸 나라, 나테리아 왕국 제2왕자의 이름이 적혀 있어."

유노도 놀라서 입을 벌렸다.

"자, 잠깐만?! 왕자님의 이름?! 게다가 이 나라가 아니라……?!"

"이 일은 우리가 상상한 것보다 뿌리가 깊은가봐. 자칫 잘못하면 국가분쟁으로 발전하겠어."

심각했다. 나는 크게 숨을 내쉬고 자료를 조심스럽게 접었다.

"이건 내가 어떻게 할 수 있는 수준을 넘었어. 라디를 통해 국왕에게 전해야 해. 지금 단계에서 공표할 수 있는 내용이 아니야."

"으, 응, 그러네……. 그만 돌아가자."

"응."

나는 입구로 다가갔다. 전투가 끝났는데도 걸음이 무거웠다.

잠금을 풀고 문을 열자, 우왕좌왕하는 라디 일행과 맞닥뜨렸다.

"루온 씨, 괜찮아?!"

"루온, 이게 무슨 짓이야!"

라디와 실비가 다가와 따졌다. 나는 조금 놀랐다.

"아, 응, 괜찮아. 음…… 계속 도망치니까 점점 마력이 줄어서 간신히 쓰러뜨렸어. 그 마력은 속임수였나 봐."

"루온, 왜 혼자서 싸웠어?"

실비가 오만상을 찌푸리고 물었다. 그에 의문이 생겼다.

"실비, 왜 그렇게까지 걱정해?"

"모닥불에 둘러앉아 같이 밥 먹으면 동료야! 걱정하는 게 당연하지!"

"……그렇구나. 딱히 싸울 생각은 없었어. 바닥에 흩어진 자료를 주우려고 도망 다녔어. 그뿐이야."

그렇게 말하며 나는 자료를 라디에게 건넸다.

"이걸 폐하께 전해드려. 내용은 폐하가 직접 확인하셔야 해."

"읽었어?"

"확인해야 해서 요점만. 이 자료만 있으면 궁정마술사장을 추궁할 수 있어."

"그래…… 고마워."

"그리고 라디, 내 이야기는 하지 말아줘. 사정이 있어서 그다지 나라와 엮이고 싶지 않아. 전부 너희 공으로 해도 돼."

"그, 그래도 돼?"

"라디는 바라지 않을 수도 있지만, 나는 그게 편해. 사양 말고 받아줘."

"통이 크네, 아주."

네스톨이 기막혀하다가 웃었다.

"그럼 보답으로 한턱낼게. 술집에서 밤새도록 마시자고."

"제안은 고마운데 술은 못 마셔. 못마땅하면 빚으로 남겨두지, 뭐."

나는 라디의 등을 떠밀 듯 이어서 말했다.

"이곳에서의 전투는 끝이야. 뒷일은 국가에 맡기자."

제21장 호수의 성

궁정마술사장 스캔들은 눈 깜짝할 사이에 온 수도에 퍼져 큰 소란이 벌어졌다. 사건이 있은 지 며칠이 지난 지금도, 마을을 돌아다니면 그 화제로 들썩였다. 얼마나 충격적인지 여실히 드러났다.

공표된 경위는 궁정마술사장이 마족과 결탁해 요새 습격을 획책해서 처단했다는 내용이었다. 그러나 저택에서 입수한 자료에 관한 정보는 없었다. 역시 공표하지 않았군.

"마을은 별일 없고 눈에 띄는 혼란도 없어. 기사들이 엉망진창이 된 연구실을 수색해서 요새를 습격한 마족과 내통한 문서를 찾은 모양이니 일련의 사건은 해결됐다고 봐."

내 말에 마주 앉은 실비와 오르디아가 고개를 끄덕였다. 시간은 정오 전이었다. 야영지로 돌아와 식사하며 어떻게 됐는지 이야기를 마친 뒤였다.

참고로 오늘 요리는 스튜다. 소피아가 만들어서 오늘도 맛있었다.

"루온 씨, 자료에 적혀 있던 이웃 나라 왕자에 대해서는?"

오르디아의 질문에 나는 입가에 손을 댔다.

"지금은 몰라. 라디가 폐하께 말씀드린 모양이니까 뭐라 반응은 할 텐데……."

"예민한 문제니까. 어떻게 할지 고민되겠지."

실비가 말했다. 눈에 왠지 살기가 가득했다.

그 이유는 그녀의 복수 상대인 제르거에 대해 가르쳐줬기 때문이었다. 어떻게 할지 망설이다가 결국 말했다. 그가 사건 관계자로 판명됐을 뿐, 어디 있는지 알아낸 것도 아니고, 이번 일로 그녀의 이벤트가 진전되지는…… 않겠지?

"루온, 왕자에게 접근하면 제르거를 만날 수 있을까?"

"어렵지 않겠어? 애초에 그 자료는 궁정마술사장과 관련된 것이라 왕자와 제르거가 직접 만났는지는 확인할 수 없어."

"그런가……."

"실비의 말처럼 예민한 부분이야. 사태가 진전될 때까지 왕자에 대해서는 나서지 않는 게 나아."

앞으로 왕자가 어떻게 행동할까. 사태가 알려지면 어떻게 할까. 나테리아 왕국에 반란이라도 일어나는 날에는…….

"그렇게 걱정할 필요 없습니다."

내 옆에 앉은 소피아가 말했다. 그녀는 예전에 제크에스 왕자와 친분이 있다고 했다. 생각하는 바가 있겠지만, 그녀와 리제 또한 사태를 심각하게 받아들이고 개인적인 감정은 접어두고 냉정하게 행동했다.

"제크에스 왕자는 개별 군대가 없고, 나테리아는 마족을 몰아낸 전력이 있어서 왕자가 반기를 들고 싶어도 힘듭니다."

"그럼 왕자는……."

"궁정마술사장이 처단됐습니다. 제 예상이지만, 이 정보가 퍼지면 자기도 위험하다고 느끼겠죠. 나라를 탈출해 마족과 합류할 가능성이 큽니다."

만약 왕자를 붙잡으면 사건을 공표하지 않고 수면 아래에서 처리해서…… 아니, 그럼 왕자가 정말로 관여했는지 안 했는지 의심을 사게 되겠군.

"양국 관계가 그리 좋지 않으니 움직이려면 사건이 공표된 뒤에 행동해야겠죠. 왕자를 은밀히 붙잡기는 어렵습니다."

그녀의 예상이 가장 현실적이었다. 왕자가 도망친들 어디를 가겠나. 사역마로 나테리아 왕국 수도를 관찰하자. 왕자를 포획하기는 어렵겠지만, 시도해서 손해 볼 일은 아니었다.

소피아가 나를 스쳐 지나갔다. 나는 그녀에게서 시선을 떼고 실비에게 말을 걸었다.

"실비는 앞으로 어떡할 거야?"

"반대로 물을게. 루온은 어떡할 거야?"

"우리가 여기 온 목적은 말했지? 정령과 관련된 일을 조사 중인데, 연구실에서 만난 적이 그 힘을 갖고 있었어."

"쫓으려고?"

"응. 아마 실비의 목표와는 다를 거야."

"따라갈 줄 알았구나…… 바로 맞췄네. 난 너희를 따라가면 목표를 이룰 수 있을 것 같아."

솔직히 버거웠다. 그대로 침묵하니 그녀가 웃었다.

"정보를 기초로 정신없이 내가 쫓기보다, 루온과 함께 다니면 도리어 내게로 올 것 같다는 느낌이 들어. 폐 끼치지 않을게."

그때였다.

"야아아아압!"

"하아아아앗!"

갑자기 뒤에서 두 여자의 날카로운 기합이 들렸다. 소피아와 다른 한 명…….

"안 보나?"

오르디아가 물었다. 동시에 숲속에 무거운 쇳소리가 울려 퍼졌다.

"솔직히 질렸어. 며칠 동안 내내 하잖아."

"참고로 나도 참가 중이야."

"알아. 누가 밥할지 승패로 정하는 것도 알아."

오늘 식사는 소피아가 진 결과였다. 개인적으로 그녀의 요리를 먹고 싶은데…… 계속 지라는 말이나 다름없어서 말하면 혼날 것 같았다.

나는 그제야 돌아보았다. 때마침 소피아가 리제의 할버드를 쳐냈다.

그녀는 거리를 좁히려는 반면, 리제는 적당히 거리를 두고 창을 내질렀다. 소피아는 접근해서 끝장내고 싶어 했으나 리제는 체술도 할 줄 알았다. 무턱대고 접근해봤자 도리어 당할 뿐…… 판단을 내리기 어려웠다.

소피아가 리제의 찌르기를 몇 번이고 쳐냈다. 검으로 할버드의 궤도가 바뀌는 광경이 기묘했다. 리제는 지친 기색이었다.

소피아의 신체강화가 제법 숙련됐다. 성장하는 속도도 그에 맞춰 빨라져서, 기사 중에서도 그녀에게 맞설 수 있는 사람이 적을 것이다. 그러나 리제도 지지 않았다. 현자의 핏줄인 소피아의 영향으로 그녀도 크게 성장했거나 꾸준한 노력으로 소피아에게 맞설 정도의 기량을 가지게 된 걸까?

　그때, 승패가 갈렸다. 바늘에 실을 꿰는 듯한 타이밍으로 소피아가 한 발 내디디며 검을 휘둘렀다. 체술로도, 할버드로도 바로 대응할 수 없는 절묘한 거리였다. 리제는 뒤늦게 팔 보호대로 막으려고 했으나 힘이 들어가지 않아 공격을 막지 못했다.

　보호대마저 검에 튕겨 나갔다. 그리고 목덜미에 겨눠진 소피아의 검…… 거기서 나는 일어나 입을 열었다.

　"소피아가 이겼어."

　"틈을 노리는 게 능숙해졌네."

　"감사합니다."

　"그런데 리제."

　나는 할버드를 놓은 그녀에게 물었다.

　"사건을 해결하고 안전을 확보했는데 왜 아직도 여기 있어?"

　"있으면 안 돼?"

　"안 되는 건 아닌데…… 그만 성으로 돌아가야 하지 않아?"

　"사건을 해결하고 요새 습격을 도운 자를 잡아냈지만, 성에 아직 마족의 스파이가 있을지도 모르잖아?"

　그녀는 중요한 정보를 듣고 많은 생각을 한 것 같았다.

"그야 뭐……."

"그러니까 계속 숨어 있는 게 나아. 실비, 라디에게 편지 줬어?"

"물론이지. 라디가 그러는데, 폐하와 왕비님이 눈물을 흘리셨대."

왕에게는 무사하다고 알려야 해서 그녀가 직접 쓴 편지를 라디에게 맡겼다. 왕과 왕비에게는 그녀가 살아있다고 전했는데…….

"아니, 그래도 돌아가야 하지 않아? 폐하와 상의해서……."

"그냥 돌아가면 내 생존이 알려져. 그렇게 되면 마족이 무슨 짓을 할지 모르잖아? 그걸 막으려면 내가 아무에게도 들키지 않고 성에 숨어들어야 해."

리제는 망연자실한 표정을 지었다.

"그러기는 싫어. 차라리 너희와 함께 여행할래."

"무슨 말인지 이해는 하는데, 우리는 마족과 싸우고 있어. 위험을 동반한다고. 폐하와 왕비님도 동의하지 않으실걸."

"여행하겠다는 뜻은 편지에 써뒀어. 안 되면 답장해달라고 했는데 안 왔으니 동의나 다름없어."

"……왜 이렇게 설득되는 걸까."

"리제 언니는 경험이 많으니 믿으시는 거겠죠."

소피아가 끼어들었다.

"그리고 일단 말을 꺼내면 무슨 말을 해도 안 듣는 것도 아시고요."

"완고한 건 소피아랑 똑같네……."

"제가 완고합니까?"

"한 번 정하면 요지부동인 건 어떻게 생각해도 완고하지."

"그렇지. 소피아, 한 판 하자."

실비가 그릇을 비우고 일어났다. 소피아가 동의하며 대치했다. 참고로 이 조합은 반드시 격렬한 난타전이 벌어졌다. 아니, 소피아가 고집스럽게 그런 싸움으로 끌고 갔다.

"난 좋은 연습이 돼서 좋기는 한데, 가끔 방식을 바꾸는 건 어때?"

"아뇨, 제게도 좋은 훈련입니다."

"루온의 말처럼 완고하네. 리제, 왕족은 성격이 다 이래?"

"글쎄."

리제가 고개를 갸웃거렸다. 그때, 소피아가 접근했고 조금 전과 뒤지지 않는 쇳소리가 울렸다.

두 사람의 검이 가감 없이 떨어졌다. 둘의 중간 지점에서 격돌하고 동시에 물러나 다시 목표를 정하고 검이 충돌했다.

누가 공격하고 누가 방어하는지 알기 어렵지만, 두 사람의 대결은 보통 실비가 공격하고 소피아가 방어하다가 잠시 뒤에 소피아가 힘든 표정을 지으며 밀리는 순서였다.

그러나 이번에는 달랐다. 실비의 검을 막을 때마다 조금씩 소피아의 검속이 빨라졌다.

"이건……?!"

실비가 경악했다. 지금까지와 다른 전개……!

그 순간, 소피아의 검이 힘차게 실비의 검을 튕겨냈다. 검을 놓치게 만드는 것까지는 못했지만, 실비의 움직임이 둔해져 틈이 생겼다.

소피아는 그 틈을 놓치지 않았다. 승부는 한순간, 소피아는 반격을 막고 상대의 목덜미에 검을 내질렀다.

"오, 첫 승리."

유노가 말했다. 실비가 작게 한숨을 내쉬었다.

"훌륭해. 소피아가 이겼어."

그 말에 소피아가 아름답게 허리를 숙여 인사하고 성큼성큼 빠르게 우리 옆을 지나 텐트 안으로 들어갔다.

"……무슨 일이지?"

"기쁜가 봐."

리제가 말했다. 기쁘다고?

"드디어 이겨서 펄쩍 뛰고 싶을 정도로 기쁠걸? 그런데 기뻐하기에는 보는 눈이 많아서 텐트로 들어간 거지."

"……그렇게나?"

"이래저래 계속 졌으니까."

실비가 다가와 내 옆에 앉으며 말했다.

"솔직히 질 생각은 없었어. 적응력이 대단해. 내 특기 기술을 이렇게 짧은 기간 안에 이겨낼 정도로 성장해서 대단하다는 생각밖에 안 들어."

말은 그렇게 해도 실비 역시 소피아와 대련하며 급속하게 성장했다. 원래 게임 최강 기술에 해당하는 『일찰나』는 복수 상대와의 일대일 대결로 배우는 기술인데…….

"실비, 아까 쓴 기술 완성했어?"

"아니, 아직. 하지만 소피아와 싸우면서 큰 진전이 있었어."

현자의 핏줄인 소피아와 단련하다 보면 완성할지도 모르겠다는 생각을 하는데, 리제가 그녀에게 물었다.

"나나 실비가 요리해야 하는데……."

"만들기는 하겠는데…… 개인적으로는 소피아가 만든 걸 먹고 싶어."

나와 생각이 같았다.

"리제는?"

"그러게……. 실비, 잠깐 괜찮을까?"

"흉계를 꾸미는 얼굴인데?"

빙그레 웃는 리제에게 말했다.

"아, 그렇게 보여?"

"응, 뚜렷하게."

"뭐하려고?"

실비가 미끼를 물었다. 여기서 막을 수 있으면 좋을 텐데…… 저 둘은 내가 말린들 귓등으로도 안 들을 테니 틀렸군.

리제가 실비에게 얼굴을 가까이 대고 귓속말을 했다.

"그래, 그렇게 하자."

나쁜 예감이 들었다……. 게다가 나를 보았다. 응? 나도 엮으려고?

"좋아. 리제, 부탁해."

"후후후, 나한테 맡겨."

두 사람의 대화가 끝나자 소피아가 돌아왔다.

"저도 먹을게요."

"응. 자, 여기."

"감사합니다."

소피아가 스튜가 든 그릇을 받으며 감사 인사를 했다. 추이를 지켜보는데 실비가 입을 열었다.

"그런데 소피아."

"네."

"드디어 이겼잖아? 그런데…… 이렇게 되면 나나 리제가 요리를 맡게 돼."

"그러기로 약속했죠."

"요리하는 데 문제는 없는데…… 개인적으로 소피아가 만든 요리를 먹고 싶어."

"맞아, 아주 맛있고."

"치켜세워도 아무것도 안 나옵니다."

소피아가 스튜를 먹으며 한마디 했다. 그때 리제가 말했다.

"그러고 보니 루온이 계속 먹고 싶다고 했지?"

순간 나도 모르게 뿜을 뻔했다. 놀라서 입에 막 넣은 당근을 그대로 삼켜버렸다.

소피아도 나와 별반 다르지 않았다. 그렇게 직접 말한 적이 없어서 그런지 앞으로 고꾸라질 뻔했다.

"소피아, 왜 그래?"

"……리제 언니, 요리하기 싫어서 루온 님을 이용하는 거 아

님니까?”

 “아니야, 저번에 루온이 정말 그렇게 말했어.”

 “안 했어.”

 나는 부정했다. 하지만 내 마음의 소리를 똑똑히 들은 리제가 반박했다.

 “생각은 하잖아?”

 그녀는 얄미울 정도로 활짝 웃었다. 이건 그건가? 요리가 어떻고를 떠나서 나를 끌어들여 소피아의 표정 변화를 즐기는 건가?

 “루온은……”

 유노가 참전했다. 리제의 아군이 늘었다.

 “위(胃)를 완전히 사로잡혔지.”

 “……시끄러워.”

 실질적으로 긍정한 것이나 진배없었다. 사실, 그렇지 않다고 부정하고 싶지는 않았다. 정말 맛있고 실제로 위를 사로잡혔으니…….

 “그, 그렇습니까.”

 소피아가 어쩐지 부끄러워했다. 그 모습에 리제와 실비가 히죽거렸다.

 “저는 괜찮습니다. 원래부터 제가 계속 만들 생각이었으니까요.”

 “아니, 아무리 그래도 모든 부담을 떠안길 수는……”

 “제가 폐라고 생각하지 않고 재미있으니까요.”

소피아가 방긋 웃으며 말하는 반면, 나는 송구한 마음과 계속 먹고 싶다는 생각에 죄책감이…….

　"소피아, 돕기는 할게."

　리제가 말했다. 나는 한 가지 질문을 했다.

　"리제, 정말 우리와 함께 여행할 생각이야?"

　"응, 그럴 거야."

　갑자기 리제의 표정이 굳었다.

　"소피아 일은 맡겨줘."

　"……일단 물어보는 건데, 어디까지 따라올 거야?"

　"그야 물론 마왕을 타도할 때까지."

　리제의 눈빛이 진지해졌다.

　"소중한, 친동생 같은 아이가 싸우고 있어. 나는 못 본 척할 수 없어."

　"리제 언니…….."

　"물론 걸림돌이 되면 순순히 물러날게. 루온, 부탁해."

　그녀 자신의 의지였다. 나는 그것을 부정할 권리가 없었다.

　그리고 전력적인 관점으로도 리제는 충분하고도 남을 정도였다. 소피아와 호각을 이루는 기사…… 더할 나위 없는 동료가 될 것이 틀림없었다.

　"알았어. 그럼 여행하다가 알게 된 동료라고 할까?"

　"아니, 소피아의 언니라고 하자. 앞으로 내 이름은 리제 라톨이야."

　"대단한데? 루온. 두 왕녀님과 함께 여행하다니."

실비가 끼어들었다. 그런 말을 들으니 왠지 긴장됐다.

"······뭐, 잘 부탁해."

여자들이 대화하기 시작하자, 나는 조용히 스튜를 먹는 오르디아를 보았다.

"이렇게 해서 리제와 실비가 여행에 동행할 거야."

"나는 루온 씨의 결정에 따르지."

"이번에 보초를 맡겨서 미안해."

"신경 안 써. 나도 같이 훈련하면서 많이 배웠으니까. 그리고······."

그가 입가에 작은 미소를 그렸다.

"새로운 기술을 개발했어."

"기술?"

"아직 검증 단계라서 당장 실전에 쓰지는 못하지만······ 언젠가 도움이 될 때가 올 거야. 기대해줘."

오르디아가 자신감을 내보였다. 흠, 오르디아가 이렇게 말하는 것을 보니 전투에서 활약하려는 모양이군.

어쨌든 그에게도 좋은 자극이 된 것 같았다. 이 나라에서 소피아와 오르디아가 레벨 업을 한 건가?

"여하튼 출발은 내일 하자."

나는 다시 입을 열었다.

"목적지는 여기서 서쪽에 있는 호수야. 근처에 마을이 있으니까 그곳으로 가야겠지."

그리고 게임 주인공인 필리가 마치 무언가에 이끌리듯이 그곳으로 향하고 있었다. 그와 힘을 합쳐 마족을 무찌른다고 하더라도 아즈아가 있었다. 마음속으로 한층 경계해야 한다는 생각을 했다.

"거기서 저택에서 만난 적과도 결판을 낸다는 말이지?"

실비가 대화를 끊고 물었다.

내가 「맞아」 하고 동의하자, 그녀의 표정이 조금 불안해졌다.

"그건 분신이었잖아? 그 마력…… 도저히 못 이길 것 같아."

"방법이 있으니 괜찮아."

그때 갑자기 레핀이 나타나 도와줬다.

"해당 마족에 대해 루온에게 들은 바에 의하면 십중팔구 정령의 힘을 이용했어. 절대 무모한 싸움은 아니야."

실비에 대한 방편이었다.

"그래? 그래도 루온과 함께 있는 천사님이 겁먹은 소리를 할 정도였어. 제대로 대책을 세워야 해."

"네?"

소피아가 중얼거렸다. 위압감이 어느 정도였는지 말하지 않아서 유노가 겁을 냈다는 사실이 그녀에게 충격으로 다가갔다.

"그건 걱정하지 마."

레핀이 얼른 말했다. 실비는 그래도 불안해했지만, 정령이 괜찮다고 보증하자 한 발 물러났다.

"그럼 이 이야기는 끝났네. 소피아, 식사도 마쳤고 소화할 겸 한 판 할래?"

"좋아요."

소피아와 실비가 천천히 일어섰다. 나와 다른 사람들은 그 모습을 흐뭇하게 바라보았다.

밤이 되고, 모두 잠든 와중에 나는 홀로 밖에서 밤바람을 맞았다. 모닥불도 없이 완전히 달빛뿐이지만, 야영지 주변에 마법으로 얇게 마력장벽을 구성해서 짐승과 마물이 다가오지 않았고, 만약 오면 알 수 있게 해뒀다.

텐트 두 개 중 하나에서는 여자들이 자고, 오르디아는 다른 쪽에서 잤다. 나는 밤중에 몰래 텐트를 나와 달빛 아래에서 그들을 기다렸다.

이내 텐트에서 희미한 소리가 났다. 시선을 옮기니 유노와 레핀, 아마리아가 보였다.

"레핀, 문제없어?"

"다들 푹 잠들었어. 일어나면 로쿠토가 연락한대."

"……로쿠토에게 좀 미안한데."

"나와 아마리아를 배려하는 것도 있겠지."

"딱히 그럴 필요 없는데."

레핀에 이어 아마리아가 말했다.

"있잖아, 루온. 들어봐."

유노가 즐겁게 떠들었다.

"소피아와 리제가 딱 붙어서 자고 있어. 엄청 귀여운데 루온도 볼래?"

"왜 나한테 그런 말을 하는 거야……. 사양할게. 그리고 본

론은······.”

『음, 내가 말하지.』

내 오른쪽 어깨에 가르크가 나타났다. 나를 제외하면 모두 크기가 작아서 남이 보면 이 광경이 참 묘할 것 같았다.

『아즈아가 마족과 협력 관계를 맺은 것은 저번 전투에서 확정된 사실이다. 그런데 나는 두 가지 의문이 든다.』

“의문?”

내가 되묻자 가르크가 자기 견해를 밝혔다.

『아즈아가 저택에서 분신으로 증거 인멸을 꾀했다고 생각하겠지만, 아즈아의 행동에서 몇 가지 위화감을 느꼈다. 가장 위화감이 드는 것이 바로 그 위협이다.』

“마력을 그렇게나 써서 수상하다고?”

『아즈아가 그곳에 나타났을 때, 마족과 손을 잡았다면 자료를 파기하고 현장에 있던 인간들을 곧바로 처리하는 것이 보통이다. 그런데 아즈아는 위협하며 물러나라고 명령했다.』

“얼른 인간을 쫓아내고 자료를 말소하고 싶었던 거 아닐까?”

유노의 의견에 가르크는 고개를 가로저었다.

『마침 그곳에 있던 인간들을 놓아주는 것은 아무리 생각해도 이상해. 그렇게 위협하면 국가가 보고를 받고 그에 상응하는 방어 준비를 하게 된다. 우리는 이 나라에 5대 마족의 거점이 있는 것을 알지만, 그 시점에 나라에서는 배신자가 있다고 인지한 것이 다지. 일부러 공포를 조장해 필요 이상으로 경계시키는 것은 어리석은 짓이다. 자료와 그곳에 있던 인간들을 처리하는 것이 최선이다. 개발하던 마물의 폭주에 당했다는 이유를 대면 될 테지. 그리고 내통자에게 모든 죄를 떠넘기면 하다못해 국가가 배신자를 주의할지언정 마족 경계를 강화하지는 않을 것이다.』

"……그럼 가르크는 이렇게 생각하는 거야?"

나는 내용을 머릿속으로 정리하고 물었다.

"그렇게 요란하게 위협한 데는 이유가 있고…… 인간을 적극적으로 죽이려고 하지 않았다고 말이야."

"아즈아 님이 우리 편일지도 모른단 말이야?"

아마리아가 물었다. 그 말에 어딘지 안도하는 기색이 섞였다.

"쓸데없이 살생하지 않고 오히려 인간에게 마족이 있다고 경계하도록 일부러 위협을 가한 거라고?"

『어디까지나 추측이다. 그러나 나는 이번 일로 아즈아가 마족과 손을 잡은 것이 배신한 것은 아니라고 생각했다.』

"그래. 그럼 두 번째 의문은?"

내 말에 가르크가 계속 말했다.

『아즈아가 루온 공에게 남긴 말이다.』

"호수에서 기다리겠다고 한 말?"

『우리는 루온 공의 지식으로 5대 마족 다크라이드의 목적이 마법실험임을 알고 있다. 루온 공이 말한 이야기 주인공이 저지하겠지만, 본래 마법실험, 그것도 나라에 큰 손해를 끼칠 정도의 실험이라면 마족이 상당한 자원을 투입했을 테고, 그만큼 방어가 허술해진다. 그런 실험을 하면 당연히 마족도 비밀로 하고 싶을 텐데, 루온 공에게 장소를 말한 것은 이상하다. 나는 아즈아가 루온 공의 실력을 목도하고 그리로 오도록 한 게 아닐까 싶군.』

"확실히 실험 중에 거점으로 들어오게 하는 행동은 생각하기 어렵네."

레핀이 가르크의 의견에 동의했다. 음, 이해되는 설명이었다.

『아즈아의 행동은 어딘지 마무리가 허술하다기보다는……명확한 실수다. 녀석을 어느 정도 아는 내가 봐도 기묘해. 무엇보다 아즈아의 진의가 마족과 손잡는 것이 아니어도 아직 결론을 내릴 단계가 아니다.』

"어쨌든 다크라이드와 싸우는 것도 만만치 않겠어."

나는 후우, 한숨을 내쉬었다.

"현재, 이야기 주인공 중 한 명이 호수 쪽으로 가고 있어. 거기서 5대 마족과 엮일지는 알 수 없지만, 가능성이 커."

"루온, 그 사람이 누구야?"

"필리야."

유노의 질문에 대답하고 나는 입가에 손을 댔다.

"얼굴을 아는 사이라 함께 싸우는 건 문제없어. 아즈아 일이 없으면 이벤트를 거치고 다크라이드만 쓰러뜨리면 돼. 아즈아가 걱정이지."

"요새와 저택에서의 전투를 고려하면……."

이번에는 레핀이 입을 열었다.

"마족을 한 방에 쓰러뜨린 소피아와 분신과 대등하게 싸운 루온에게는 무슨 일이 있을 것 같아."

"다크라이드와의 전투를 은밀히 처리해주면 이상적인데…… 만약 아즈아가 우리 편이더라도 마족에게 들키지 않으려고 할 거야. 방해는 각오해야겠어."

"그럼 그걸 역이용하는 건 어때?"

유노가 제안했다.

"루온과 소피아, 둘이 움직이고 다른 동료들을 다크라이드 쪽으로 가는 거야."

"……다크라이드의 거점에 있는 마물의 능력도 가미해야 하지만, 해볼 만하네."

필리는 몰라도 오르디아와 리제의 능력이라면 못할 것도 없지 않나?

"다크라이드 거점 전투는 마물과 맞닥뜨리는 확률이 높았어. 그 밖에 눈에 띄는 특징은 없었어."

"함정도 없어?"

유노의 물음에 나는 「응」 하고 긍정했다.

"주의하면 별문제 없어. 우리는 다크라이드의 위치를 어느 정도 아는 오르디아도 있으니 대결까지는 문제없을 거야."

"제일 중요한 다크라이드라는 마족의 능력은?"

"5대 마족은 각각 속성이 있어. 레드라스는 바람, 베르나는 땅인 것처럼. 이번에는 물…… 주로 쓰는 건 얼음인가. 못 움직이게 막는 공격이 많아."

만약 나나 소피아가 아즈아의 신경을 끄는 역할을 맡게 되면 다크라이드의 공격에도 문제가 생길까?

"5대 마족 다크라이드의 생김새는…… 쌍검의 갑옷무사야."

"무사?"

유노가 고개를 갸웃거렸다. 아, 그렇구나. 이 세계에는 무사라는 말이 없구나.

"조금 특이한 기사라고 보면 돼."

동양풍 갑옷을 입은 특이한 디자인으로, 이 세계에서는 위화감이 들게 생긴 것을 똑똑히 기억했다.

"방어력은 그냥저냥, 쌍검은 방어로 쓰는 패턴이 많아. 다크라이드의 주력은 마법이니까 필리 일행에게 마법에 주의하라고 조언하는 게 적절할 거야."

나는 게임 속 다크라이드를 생각하며 말했다.

"그 녀석은 얼음 속성 특수 기술이 두 개 있어. 하나는 『아이스 바인드』라는 마도기인데, 마력을 실은 충격파를 쏴. 정통으로 맞으면 순식간에 다리가 얼어붙어서 못 움직여. 시간으로 따지면 그리 길지는 않지만, 구속되면 치명적이라는 건 알겠지?"

그 외에는 전용 마법 『아이시클 스피어』가 성가셨다. 중급 마법 『아이시클』의 강화 버전으로, 사방팔방에서 대량의 얼음 기둥이 날아왔다.

"다크라이드의 얼음은 인간의 몸 표면에 있는 마력에 반응해 얼어붙게 설정됐으니까 몸에 닿지만 않으면 괜찮아. 그리고 『아이스 실드』를 쓰면 대부분의 마법도 막아버리니까 얼음 속성이라는 말도 전해주면 대책을 세우기 충분할 거야. 아마리아."

"왜?"

"거성에 들어가면 얼음 속성 형질이 있다는 식으로 동료에게 경고해줘. 내가 정보를 갖고 있으면 수상하잖아. 마왕군이었던 오르디아가 알고 있다면 조언했겠지만, 여행 중에 나머지 5대 마족 중 구디스의 정보만 안다고 했으니까 이번에는 우리가 조언하자."

"그래, 알았어."

일단 사전 대응은 마쳤다.

필리 쪽은…… 우리가 다섯 명이고 필리는 두 명의 동료가 있었다. 그중 한 명은 나도 놀랄만한 인물로 큰 도움이 될 것 같았다.

그나저나 총 여덟 명이라…… 딱 게임 파티 인원이었다. 이런 큰 파티에다가 아즈아는 나와 소피아에 대해 알았다. 적이 어떻게 나올지 모르지만, 하는 수밖에 없었다.

"회의는 이쯤 하자. 따로 뭐 할 말 있어?"

"그럼 나부터."

레핀이 살짝 손을 들었다.

"이번 전투가 끝나면 불의 정령과 계약할 텐데, 그다음에는 대륙의 정세를 보고 움직일 거지?"

"그러겠지? 그런데 왕자가 배신한 게 있어서 여유 부릴 수는 없어. 무슨 일 있어?"

"아니, 4대 정령…… 그것도 골라서 뽑은 정령들이 모였으니 우리 힘을 이용한 기술을 만들어보고 싶어서."

오, 그거 좋은 제안인데…… 오리지널 기술 말인가?

"레핀이 생각한 게 있으면 꼭 소피아에게 말해줘. 소피아는 실전으로 강해지는 타입이니까 그걸 참고해서 이것저것 해볼 거야."

"알았어. 일단 마지막 정령, 샐러맨더와 계약하고 나서."

이것으로 작전 회의는 종료되었다. 가르크가 사라지고, 정령이 돌아가고, 유일하게 유노만 남았다.

"왜 그래?"

"자는 얼굴 볼래?"

"보겠냐."

내 반응에 유노가 웃었다. 어휴…….

"농담 좀 적당히 해."

"알았어. 근데 루온, 샐러맨더는 어디 있어?"

"북쪽 나테리아 왕국 내에. 왕자 건도 있으니 마침 잘된 걸 지도?"

북부는 마왕군의 영향으로 마물이 강하지만, 지금의 소피아라면 문제가 되지 않았다.

그리고 샐러맨더의 거처 근처에 신령 불사조 페우스도 있었다. 협력을 구하고 앞으로의 전투, 대륙 붕괴 마법 『라스트 어비스』를 막을 밑 작업을 진행해야 했다.

"다크라이드를 무찌르고 남은 5대 마족 중 하나를 무찌르면 남부 침공이 시작돼. 그때까지 지금보다 상황을 좋게 만들고 싶어.”

레드라스 때도, 베르나 때도, 리엘의 자료보다는 피해를 줄였다. 남부 침공 때 맹주가 되는 아라스틴 왕국의 카난 왕자가 들고 일어서면 전쟁 승리를 향해 크게 전진하게 된다.

다만, 걱정도 있었다. 바로 발크스 왕국이었다. 게임에서는 방치해도 남부 침공에 대처하면 자동으로 해방됐지만, 현실에서도 그럴 리는 없었다. 오히려 내버려 두면 발크스 왕국에서 대량의 마물이 지원군으로 몰려오리라. 가능하면 해방하고 싶은데…….

“다크라이드를 무찌르면 어떻게 할지 다시 생각해볼게.”

“알았어. 힘내.”

유노가 손을 흔들고 텐트로 돌아갔다. 그녀를 배웅하고 나도 쉬기로 했다.

다음 날, 우리는 호수가 있는 서쪽으로 움직였다. 리제가 동료가 되면서 파티 분위기가 밝아졌고, 도중에 트러블도 없이 움직였다.

그렇게 아무 일 없이 호수 근처 마을에 도착했다. 마을 이름은 레간트. 게임에도 등장한 곳으로 다크라이드와 싸울 때 거점으로 이용했다.

필리는 한발 먼저 도착했다. 술집에 있는 듯하니 우연을 가장해 접촉하기로 했다.

"아직 점심시간 전이지만, 밥부터 먹고 정보를 모으자."

다크라이드와의 전투가 시작되는 이벤트는 마을에서 호수를 한눈에 볼 수 있는 광장에서 시작됐다. 다만, 아즈아가 관여했으니 그 정도가 심하면 이벤트가 달라졌을 수도 있었다.

아즈아가 오라고 했으니 여기서 우왕좌왕하다간 간섭 받을 수도 있다. 아무튼 실험을 막아야 하니 어떻게든 이야기를 진행하자.

"평화로운 마을이네요."

소피아의 말에 리제가 대답했다.

"원래 이곳은 호수를 이용한 관광 마을이거든. 주요 가도와 멀어서 군사적 가치가 없고, 나라에서도 관심을 기울이지 않았어."

"하지만 이 주변에 마족이……."

"우리는 알지만, 확고한 정보가 없으면 거들떠보지도 않을 거야."

마을을 걷다가 필리가 있는 술집을 발견했다. 외관이 제법 괜찮아서 그가 없어도 이곳을 골랐을 것 같았다.

"저기 어때?"

모두 고개를 끄덕여서 솔선해서 안으로 들어갔다. 가게 안을 슬쩍 보니…… 왼쪽에 해당 인물이 있었다.

"……아."

"루온 님?"

내 중얼거림에 반응한 소피아를 무시하고 나는 왼쪽으로 다가갔다.

소리를 들었는지 셋 중 한 명, 필리가 고개를 들었다.

"루온 씨?!"

"설마 이런 데서 만날 줄이야……."

여자 목소리에 필리 옆으로 시선을 옮기니 여전사 코리가 그와 함께 앉아 손을 흔들었다. 모습은 달라지지 않았지만, 전보다 풍채가 좋아졌다. 전사 분위기가 물씬 났고, 짧게 친 금발도 미인이라는 것보다는 박력이 좀 더 느껴졌다.

"오랜만이네. 활약상 잘 들었어."

"……알아?"

"응, 『하늘의 검사』 님."

살짝 강조하기에 맥이 빠졌다.

"그거 말 안 하면 안 될까……."

"괜찮지 않나요?"

소피아가 옆으로 와서 내게 말하고 필리 일행에게 인사했다.

"처음 뵙겠습니다. 루온 님의 종자인 소피아 라톨입니다."

"……루온, 핀트에 있을 때는 종자 없었지 않아?"

"마을을 떠난 뒤에 동료가 됐어. 그리고 뒤에 있는 사람들은……."

나머지 세 명을 소개하고 나는 필리 일행과 함께 앉아 세 번째 사람을 봤다.

"그쪽은 처음 보네."

"응, 쿠자 바팩트야. 잘 부탁해."

어딘지 가벼운 인상에 왠지 모르게 예전에 함께 여행한 길버트가 생각났다.

나이는 스물 안팎. 머리카락 색은 진홍색으로 살짝 곱슬머리인지 여기저기 뻗쳤다. 모험가풍 가죽갑옷을 입었고 옆에는 지팡이가 벽에 세워져 있었다.

"지팡이를 보니 마법사인가?"

"그렇게 해석해도 상관없어."

어딘지 맥 빠지는 말투— 흠, 이야기를 나누고 싶은데 사람 수도 많고 어떻게 할까.

"코리, 쿠자, 이동할까?"

그때 갑자기 필리가 자리에서 일어났다.

그들은 필리의 말에 따라 시원스레 일어났다. 나는 동료들에게 눈짓하고 함께 이동해서 열 명 정도 여유롭게 앉을 수 있는 원탁 자리에 앉았다.

"여기는 무슨 일로 온 거야?"

우선 나부터 질문하자 필리가 살짝 고개를 끄덕였다.

"다른 일을 끝냈을 때 요즘 이 주변에서 마물이 활개친다는 소문을 들었어요."

"수도에서는 그런 이야기 못 들었는데?"

리제가 고개를 갸웃거렸다.

"사냥꾼에게 들은 정보라 아직 수도에는 안 퍼졌을 수도 있어요."

"과연, 자연과 함께 사는 그들이 제일 먼저 알아차린 거구나."

"네. 그냥 소문이지만, 왠지 신경이 쓰여서……."

필리는 핀트 마을에 있을 때, 동굴에 봉인된 마족과 갑자기 맞닥뜨렸다. 게임 이벤트 같은 거라고 정리해도 되지만…… 혹시 그는 게임 이벤트의 『냄새』를 맡는 게 아닐까? 현자의 핏줄의 힘인가?

"코리, 필리의 이런 언행을 따르는 것을 보니 확실한 증거가 있나 봐?"

대화의 화살을 그의 옆에 앉은 코리에게 향했다.

"필리가 이런 식으로 말하면 이래저래 소동이 벌어지거든."

과연…… 식스센스 같은 게 있다는 건가? 예를 들어 소피아의 아버지인 클로디우스 왕이 내게 무언가를 느낀 것처럼, 현자의 핏줄이 작용한다고 생각하면 되나?

"루온 씨는 어쩌다가……?"

이번에는 반대로 필리가 물었다. 나는 동료들의 얼굴을 살폈다.

모두 나를 마주 봤다. 리제와 소피아는 나를 향해 고개를 끄덕였다. 내 판단에 맡긴다는 말인가.

그렇다면…… 일단 소피아와 리제의 정체는 밝히지 않기로 했다.

"……내 종자인 소피아가 정령과 계약하면서 부탁을 하나 받았어. 계약한 정령의 동포가 마족과 엮인 것 같으니 진상을 조사해달라고 말이야."

정령이라는 말에 필리의 표정이 심각해졌다.

"정령이요……?"

"정령 중에도 마족과 동조한 정령이 있다는 거야. 그 일로 이 나라에 왔다가 도중에 이런 파티가 됐고, 여러모로 조사하며 돌아다니다가 이 호수에 왔어."

"필리의 예감과 관련이 있을지도 모르겠군."

쿠자가 말했다. 등받이에 몸을 기댄 그가 어딘지 건성으로 이어서 말했다.

"오늘부터 이 마을에서 정보를 모으려던 참인데…… 제안하지. 같이 하자."

원래 이벤트를 진행하기 위해 정보를 수집하려고 했다.

"그래, 좋아. 다들 괜찮지?"

우리는 모두 찬성했다.

"식사하고 바로 시작할까?"

"네."

필리의 대답에 쿠자와 코리가 동의했다. 우리는 간단하게 이야기를 정리하고 방침을 정했다.

이제부터는 잡담인데…… 제일 먼저 유노가 입을 열었다.

"코리 씨는 필리 씨랑 계속 같이 있었구나?"

"그 말투, 어폐가 있지 않아?"

"그래?"

일부러 그랬지, 너…….

"쿠자 씨는?"

"어떤 일로 부딪친 뒤로 같이 움직이고 있어."

"마법사인데 꽤 중장비네. 성에서 일하는 사람은 이렇게 장비하기도 하는데 모험가 중에는 적지."

"일단 여기에는 의미가 있어."

"쿠자는 마법사이면서 무도파야."

코리가 두 사람의 대화에 끼어들었다.

"쿠자는 무영창 마법의 달인이라 가끔은 전선에서 싸우기도 해."

"달인이라니…… 말이 지나쳐."

쿠자가 쓴웃음을 지었다. 유노가 관심이 생겼는지 「와아~」 하고 감탄했다.

그는 게임 속 『삼강』 중 한 명이었다. 나는 이제 모든 『삼강』 과 안면을 텄다.

게임 속 그의 특별한 점은 마법 영창 속도. 동료로 삼을 수 있는 마법사는 파라미터에 영창 속도가 숨어 있다. 하급 마법으로는 판별이 안 되지만, 중급 마법부터는 차이가 생겼다. 기준 속도에 플러스나 마이너스 보정이 들어가 있는 것이다.

기본적으로 잘하는 속성 마법 속도는 빨라지는 식으로 특징이 부여됐다. 예를 들어 피스일리아 왕국에서 함께 싸운 커티는 불 속성 영창 속도가 빨라진다.

이런 것은 보통 직접 게임을 플레이해도 알기 어렵지만, 쿠자는 예외였다.

스테이터스가 그보다 상위인 마법사도 제법 있지만, 영창 속도 — 현실이 된 지금은 마력수속(收束) 속도인가? — 가 압도적으로 빨라서 하급 마법은 거의 모션 없이 쓸 수 있었다.

그것은 연속으로 하급 마법을 써서 홀로 마물을 저지하는 정도가 아니라, 완전히 봉쇄하는 완성 버전의 마법사가 탄생하는 결과를 낳았다. 기술은 공격한 뒤에 경직이 와서 불가능하지만, 마법은 타임래그가 없어서 이런 곡예나 다름없는 행위가 가능했다.

게임 특징이 현실과 맞물렸다.

"……무영창 마법이요?"

쿠자에게 반응한 사람은 소피아였다. 그러고 보니 고향에서 이야기하면서 마법에 관해서도 여러모로 언급했다.

"잠깐 이야기를 들을 수 있겠습니까?"

"거참, 적극적이네."

"무영창 마법에 관심이 있어서요. 기술과 마법을 효율적으로 운용하려면 그것도 하나의 방법이 아닌가 싶습니다."

"아, 하나의 전술이긴 하지. 그런데 요령이 있어야 하고 위화감 없이 쓰게 될 때까지 시간이 걸려."

"……소피아라면 눈 깜빡할 사이에 습득하겠는데?"

유노가 끼어들었다. 쿠자가 천사를 봤다.

"근거는 있고?"

"배우는 속도가 엄청 빠르거든."

"흐음, 그래……? 서로 돕기로 했으니 지도해줄까?"

실비에 이어 『삼강』 중 한 명이 직접 가르치겠다고 나서다니, 나로서는 참 잘된 일이었다. 소피아의 레벨도 오를 테고, 그녀가 원하는 대로 해주자.

"소피아, 배우는 건 좋은데 탐문을 마친 다음에 하기야."

"네, 알고 있습니다."

"아, 루온 씨. 그래도 괜찮아?"

"소피아가 하고 싶은 대로 하게 해줘."

"혹시 이상한 짓 하려고 하면 내가 알아서 처리할게."

코리가 웃으며 말했다. 그 농담에 쿠자가 「아무 짓도 안 해」라며 한숨을 흘렸다.

평온한 점심 식사를 마치고 우리는 정보를 모으기 위해 흩어지기로 했다. 필리 일행은 셋이서 탐문을 시작했고, 우리는…….

"그럼 이렇게 짝을 나누자."

리제가 말했다. 나는 그 옆에 서 있었다.

의논 결과, 나와 리제가 한 팀, 소피아와 실비가 한 팀이 되어 함께 수소문하기로 했다. 참고로 오르디아는 숙소에서 대기. 그가 말하길 「분위기가 나빠질 거야」라며 솔선해서 탐문에서 빠졌다. 사실은…… 그냥 자고 싶었던 것뿐일지도 모르겠다. 정말 장래가 걱정됐다.

나는 처음에 소피아와 함께할 생각이었는데 리제가 이 조합을 제안했다.

"소피아, 저녁까지는 숙소로 돌아와."

"네, 루온 님. 그럼 이만."

소피아와 실비가 걸음을 뗐다. 두 사람은 야영할 때 여러 번 검을 맞대며 친분을 쌓았다. 문제가 생기지는 않겠지?

"루온, 우리도 갈까?"

"좋아, 탐문 시작!"

"유노, 우리랑 같이 가게?"

옆에서 날아다니는 천사에게 물었다.

"뭐야, 내가 있어야 마을 사람들도 말하기 편할 거 아냐."

"글쎄……. 유노, 애초에 우리랑 같이 가려는 이유가 있는 건 아니고?"

"굳이 말하자면 왜 리제가 루온과 짝이 되자고 제안했나 싶어서."

유노가 리제를 물끄러미 보았다. 기대하는 시늉을 했으나 절대 그런 쪽은 아니다.

"안타깝게도 유노의 기대에는 부응하지 못하겠어."

"아아, 이럴 수가~."

"너, 숙소로 돌아가면 두고 보자."

"왜?!"

"스스로 가슴에 손을 얹고 생각해 봐, 진짜……. 그런데 리제가 나와 짝을 맺은 이유가 좀 궁금하긴 했어."

"소피아 일로 좀. 아, 문제가 있는 건 아니야."

그녀가 손을 내저으며 대답했다. 심각한 이야기는 아닌 모양이었다.

"소피아가 루온을 좋아한다는 걸 알게 됐거든. 물어보고 싶은 게 있어서."

으음, 들킬 법도 한가…….

"실비도 눈치챘어."

"……다 들켰네."

"그만큼 알고 지내서 알게 된 거야. 만나자마자 알아챈 건 아니니까 안심해."

안심하라니…… 아니다, 됐다. 나는 「그렇구나」라고 맞장구를 치고 일단 걷기 시작했다.

잠시 뒤, 리제가 입을 열었다.

"뭐라고 할까……. 루온이 소피아를 배려하는 건 알지만, 루온은 어떻게 하고 싶은지 묻고 싶어."

"경박하게 대답하면 팰 거야?"

"그런 걱정은 안 해."

……나는 잠깐 생각했다.

"어떻게 하고 싶냐고? 고향에 들렀을 때도 많은 일이 있었는데…… 지금은 마왕과 싸우는 것만으로도 힘겨워. 소피아를 소중하게 여기는 건 인정하지만, 어떻게 하고 싶은지는 대답할 수 없어."

"저번에 소피아와 사귀고 싶으면 왕녀라는 신분과 어깨를 나란히 할 수 있을 만한 공적을 세우면 된다는 조언을 받았어."

유노가 지적했다. 그에 리제가 「과연 그렇군」 하고 중얼거렸다.

"그래, 주변에서 루온을 인정하는 데는 그 방법이 제일이지만…… 소피아의 마음속 벽을 돌파하기에는 부족해."

나는 루나레이트에서 데이트하던 때가 생각났다. 저녁노을로 물든 세계에서 느낀 그녀의 벽······.

"부족해?"

내가 되묻자 리제가 빙그레 웃었다.

"벽을 부수고 싶어?"

그 말은 즉, 소피아와 함께하고 싶은지 아닌지를 묻는 것이었다.

"어때?"

"······결론이 어떻든 소피아는 소중한 동료야. 할 수 있는 건 하고 싶어."

"으음, 좀 미묘한 대답이네."

리제가 내 얼굴을 살폈다. 게다가 옆에는 유노가 불만 가득한 표정을 짓고 있었다. 짜증난다.

"됐어. 루온이 소피아를 소중히 여긴다는 걸 본인에게 들었으니 말해줄게."

"······궁금해서 그런데 소피아는 대체 무슨 이야기를 했어?"

"대충 말하면 처음 만났을 때부터 지금까지의 일."

"너무 대충이잖아."

태클을 걸자 리제가 웃음으로 맞받아쳤다. 이야기하는 사이에 큰길을 벗어나 인적이 드문 곳에 도착했다.

옆에 있는 간판을 확인하니 이 앞은 호수를 구경할 수 있는 광장인 모양이었다. 흠, 이건 어쩌면······.

"모처럼 여기까지 왔는데 호수 구경할래?"

"아, 좋아. 미안해, 소피아가 아니라서."

……그녀의 말을 무시하고 걸었다. 내가 앞서서 광장으로 갔다.

호수를 한눈에 볼 수 있는 상쾌한 풍경이 펼쳐졌다. 호수를 중심으로 오른쪽에는 산맥이 이어졌고, 왼쪽에는 숲이 있었다.

전방에 펼쳐진 푸른 호수……. 유노가 「와아~!」 하고 감탄할 정도로 풍경이 아름다웠다. 이 호수 주위에 마물이 있을 거라고는 도저히 생각할 수도 없었다.

"……저택에서 만난 마족이 호수에 있다고 말했지."

수면을 보며 리제가 중얼거렸다.

"거점이 있다면…… 호수 바닥, 아니면 숲속……? 아니, 산 표면에 숨겨놨을지도 모르겠어."

실제로는 산에 거성을 숨겨놓았다. 게다가 평소에는 마법을 써서 모습을 숨겼다. 게임에서는 마을을 수소문해서 거성이 있는 곳을 특정하면 갈 수 있었다. 아마 비슷하게 진행될 터였다.

"우선 탐문부터 하고 호수 주변에 이상한 일이 일어나지는 않았는지 조사하는 수밖에 없겠어."

나는 리제에게 그렇게 말하고 호수에서 눈을 떼고 그녀의 얼굴을 살폈다.

"그 전에 소피아 말인데…… 아까 한 말, 무슨 뜻이야?"

"소피아는 언젠가 왕위를 잇게 될 거야. 만약 그 아이 옆에 있고 싶다면 나라를 짊어지는 중압감도 따라올 거야. 그뿐이면 몰라도 선망과 질투가 쏟아지겠지……. 크든 작든 여러 귀족이 네게 아첨하거나 실각시키기 위해 암약하거나…… 정쟁을 일으킬 거야."

"내게 그런 무거운 짐을 안기고 싶지 않다고?"

"그래. 소중한 사람인 데다 정쟁의 정 자도 모르니까 휘말리게 하고 싶지 않은 거야. 성 안에서는 많은 것들이 휘몰아치고 있고, 그 사실을 나도, 소피아도 잘 아니까."

리제가 호수를 바라보며 자조하듯 말했다.

"루온은 나라를 짊어진다는 게 무슨 뜻인지 와 닿지 않지? 소피아는 왕인 아버지의 등을 보며 자라왔어. 정치와 관련 없는 온실 속 공주님이라면 아무도 신경 쓰지 않겠지. 하지만 언젠가 왕위에 올라야 하기에 한때의 감정에 휩쓸리면 안 된다는…… 그런 거 아닐까?"

"그래서 소피아가 솔직해지지 못한다는 말이야?"

유노의 질문에 리제가 시원스럽게 고개를 끄덕였다.

"바로 그거야."

"……좋아하는 사람에게 고백하는 것도 안 돼?"

"슬프게도, 그래. 그리고 발크스 왕국을 해방하면 소피아는 분명 국가를 위해 분골쇄신할 거야. 그것이 책무이고, 한 번 멸망해서 수많은 피해를 낳아버린 국가에 대한 속죄니까."

"그렇게까지 자기 자신을 몰아세울 건 없지 않나……."

"소피아는 아주 고지식하니까. 루온에게 마음은 있지만, 만약 마왕을 토벌하고 어떡할지를 생각하면 도저히 앞으로 나아갈 수가 없는 거겠지. 루온이 돕겠다고 할 수도 있지만, 소피아는 자신의 중책을 남이 짊어지게 해서는 안 된다고 거절하지 않을까?"

……분명 그날 노을 속에서 고백했어도 리제가 말한 이유로 받아주지 않았겠군. 만약 고백했으면 지금까지 쌓아온 관계가 무너지는 정도는 아니겠지만, 크게 달라졌을 것은 분명했다. 그래서 소피아는 벽을 세웠다.

"으음…… 리제, 어떻게 안 될까?"

"유노가 답답해하는 건 이해해. 하지만 우리 왕족은 일반인과 조금 달라. 특히 소피아는 백성을 제일로 생각하는 아이니까 더 그렇지. 자기희생적인 생각을 전제로 벽을 만드는 거야."

"무슨 말인지 알겠어."

나는 리제의 말을 막으며 입을 열었다.

"내용도 이해했어. 어떻게 할지 참고할게."

"결론은 났어?"

"뭐, 그렇지."

나는 발크스 왕국에 빚이 하나 있었다. 전쟁을 시나리오대로 진행하기 위해 마족이 침공해도 아무것도 하지 않았다.

필요한 일이었을지는 몰라도 면죄부는 받을 수 없었다.

"이 화제는 소피아에게 모든 것을 밝히고 나서 꺼내야겠어."

"응?"

"아니, 아무것도 아니야."

작은 중얼거림에 고개를 갸웃거린 리제에게 나는 말을 흐리며 대답했다.

"소피아 이야기는 끝이야?"

"응, 그래. 아, 하나만 더 할게."

"응."

그러자 갑자기 그녀가 웃었다.

"이성 문제로 만약 소피아를 울렸다가는…… 내가 용서 안 해."

나는 소중한 동생을 걱정하는 그녀 뒤에 귀신이 서 있는 듯한 착각에 빠졌다.

터무니없는 무언의 압력— 나는 그녀를 마주 보며 고개만 끄덕일 뿐이었다. 웃는 데 유무를 막론하는 이 분위기, 과연 수라장을 거친 왕녀라고 해야 하나…….

나와 같은 생각인지 유노도 작게 「으아아아」 하며 놀랐다. 음, 그늘 한 점 없이 웃는 얼굴인데 이렇게 무서운 것은 난생처음이었다.

"……물론이지. 약속할게."

대답한 순간, 리제의 뒤에 있던 귀신이 사라졌다.

"믿을게."

"응. 이제 다시 수소문하러 가자."

바로 그때였다. 호수 한쪽이 빛났다.

처음에는 무척 아름답게 느껴졌으나 다음 순간, 빛과 동시에 농밀한 장기가 뿜어져 나왔다.

리제는 그것을 인식한 순간, 호수를 응시하며 얼굴을 찌푸렸다.

"이건……."

"궁정마술사장의 저택에 있던 존재가 어디 있는지는 몰라도, 이 호수에서 나쁜 짓을 하는 건 틀림없는 것 같군."

이내 장기가 사라졌다. 이것이 5대 마족 다크라이드와 싸우기 위해 필요한 첫 이벤트였다. 게임 주인공은 장기를 감지하고 호수를 수상하게 여겨 조사하다가 저택에 들어간다.

"단서 같은데……. 좋아, 마을로 돌아가자."

"그래. 지금 건 신경 쓰여."

리제가 서슬 퍼런 눈빛으로 호수를 잠깐 노려봤다. 얼굴이 전투 모드로 바뀌었다.

그 뒤로 마을 사람에게 물으며 돌아다니다가 저녁이 되어 필리와 만난 술집에 모여서 정보를 정리했다.

"필리 쪽에서 얻은 건 호수에서 가끔 빛을 봤다는 정보인가?"

"네. 루온 씨는 그 광경을 봤죠?"

"응. 적어도 빛이 한두 번 나타난 게 아니라 주민들이 볼 정도로 빈번했다는 거네. 소피아 쪽 정보는 아침 안개 사이로 산기슭에 성이 일시적으로 나타났다는 사냥꾼의 정보인가?"

"이곳에 마족이 있다면 거점이 있겠죠. 호수 주변을 돌아다니는 사람은 뭔가 알지 않을까 싶어서 물어봤습니다. 호수 바닥이었으면 방도가 없었을 텐데 그렇진 않은가 봐요."

"그러게. 나와 리제는 밤에 산에서 날아오르는 악마들을 목격한 사람을 찾았어. 정보를 취합하면 산기슭에 마족의 거점이 있고, 호수에 나쁜 짓을 하는 모양이야. 그리고 악마는 있어도 적어도 이 호수 주변은 마물이 공격했다는 이야기는 없더라고. 희생자가 없어서 도리어 기분 나쁠 정도야."

"일부러 이 주변에 나쁜 짓을 하지 않는다는 거군요."

소피아가 추측했다. 동료들이 동의하는지 고개를 끄덕였다.

"즉, 이 주변에 거점이 있다는 사실을 들키고 싶지 않다는 건가……."

"실험을 하는지도 모르겠어."

내 말에 모두 숨을 집어삼켰다. 마족이 은밀한 실험을 한다……. 문장만으로도 안 좋은 예감에 소름이 돋았다.

"산기슭에 거성이 있다면 배를 타고 호수를 건너야겠어. 호수에서 물고기를 잡는 어부가 있다고 하니 빌리는 것 자체는 그리 어렵지 않을 거야."

나는 한 박자 쉬고 계속 견해를 밝혔다.

"추측에 지나지 않지만, 마족의 거성은 방어가 허술할 거야."

"근거 있어?"

실비가 물었다. 저번에 가르크, 정령들과 논의한 추측도 있고, 게임 시나리오상 그러했지만, 동료들에게는 그럴싸한 이유를 말했다.

"실험 중이라고 가정하면 당연히 그쪽에 자원을 쓸 거야. 실험에 집중하면 당연히 마물도 적게 만들게 돼."

"말은 되네. 이랬다가 성에 들어갔더니 마물이 무더기로 나오면 웃을 일이 아니라고."

"그건 성에 침입하지 않으면 몰라. 마족의 거성에 침입하는 거잖아? 다소 위험이 따르기 마련이야."

"예전 전투와 다르게 마족이 대대적으로 움직이지 않는 게 다행이군."

오르디아가 말했다.

"실험이라는 말을 들으니 멀쩡한 실험은 아닐 것 같군. 하루, 이틀 안에 완료될 것도 아니겠지. 준비할 시간이 있어."

"앞으로 할 일은 배를 빌리는 것과…… 어떻게 돌아올지 생각하는 거네. 배를 두고 본거지에 들어가면 배가 무사할지 알 수 없으니……."

게임에서는 5대 마족을 무찌르면 마을로 돌아가는 과정은 생략됐다. 현실에서도 그럴 리는 없었다.

"배가 망가졌을 때 변상할 방법도 포함해서 전투가 끝난 뒤에 생각하자."

"최악의 경우, 방법은 있어."

리제가 말했다. 지일다인 성에 부탁하자는 말인가. 그 방법이 안 돼도 내가 소지한 자금으로 어떻게든 되겠지.

"그럼 리제에게 맡길게. 최종확인이야. 마족의 거성을 조사할 건데 괜찮지?"

"네."

필리가 똑바르게 대답했다. 다른 사람들도 같은 대답을 했다.

결론이 나고 평화로운 저녁 식사 시간이 왔다. 소피아는 쿠자에게 무영창 마법에 대해 물었고, 리제와 실비는 계속 잡담, 그리고 필리와 코리는 담소를 나눴다.

나는 빵을 먹으며 이번 전투를 생각했다. 아즈아가 맨 먼저 모습을 드러내지는 않을 텐데…… 만약 만나면 전력으로 대응해야 할지도 모르겠다. 그러나 지금 단계에서 내 힘이 노출되면 마왕과의 전투가 더 혼미해질 것이다. 판단하기 어려웠다.

그리고 가르크와 싸웠던 때와 같이 잘못해서 죽여서는 안 됐다. 아군이 될 가능성도 떠올랐다. 만약 그렇다면 싸우지 않고 동료가 되어줬으면 좋겠는데……. 아니, 아군이더라도 문제가 있었다.

마왕 쪽은 신령 가르크가 우리 편이라는 것을 알 터였다. 그런데 다른 신령이 또 마왕 쪽의 적이 되면……. 그 부분을 어떻게 할지도 상의해야겠다.

이번 전투를 어떻게 굴려야 할지 모른다는 것이 가장 큰 고민이었다. 아즈아가 없으면 간단하게 5대 마족 다크라이드의 성에 들어가 무찌르기만 하면 끝나는데, 확정되지 않은 요소가 많았다. 게다가 이번에는 인원이 나를 포함해 총 여덟 명이다. 만약의 경우에는 동료들을 지키기 위해 전력을 다할 것도 각오하고, 그렇게 되면 어떻게 할지 심사숙고하자.

"루온 님?"

그때 갑자기 소피아가 말을 걸었다. 아, 너무 집중했나.

"아, 미안. 어떻게 움직일지 생각하고 있었어."

"그러십니까? 미동도 하지 않으셔서…… 혹시 무슨 일 있으면 말씀해주세요."

"응, 고마워."

나는 감사를 표했다. 이윽고 식사를 마치고 숙소로 돌아가려던 때, 누군가가 나를 불러 세웠다.

"저기, 루온."

"유노? 왜?"

"생각 많이 하던데, 괜찮아?"

"유노가 날 걱정해줄 줄이야."

"으, 말투가 곱지 못한데? 여차하면 루온이 진짜 실력을 보이면 만사 해결이니까 문제없잖아?"

"참 쉽게 말하네……. 그 뒷일이 걱정이야."

"마왕이 움직일까 봐?"

"그럴 수도 있다는 말이지."

"으음, 사서 걱정할 필요는 없지 않아?"

"무슨 말이야?"

내 물음에 유노가 고개를 갸웃거렸다.

"만약 루온의 힘을 들켜도 인간 쪽이 조금씩 회복 중이잖아. 마왕이 경계하면서 우리가 어떻게 나올지 살피지 않을까?"

"어떻게 되든 시나리오는 무너져. 하지만 아즈아가 모습을 드러내고 싸울 의지를 보이면 대응해야 하는 건 사실이야."

『그렇게 비관적으로 볼 것 없다.』

갑자기 가르크의 목소리가 들렸다.

『나는 다른 의도가 있다고 생각한다. 루온 공의 말대로 걱정스럽긴 하지만, 결코 궁지에 몰린 상태는 아니다. 상황에 따라서는 나도 움직이도록 하지.』

"그렇게 말해주니 고마워. 뭐, 아즈아가 이렇게 마족과 협력하는 것 자체가 내가 아는 이야기와 달라. 될 대로 되는 수밖에."

나는 숨을 내쉬고 조용히 각오했다.

아즈아가 동료들을 노리면 나도 그에 걸맞게 맞서기로…….

다음 날, 배를 빌리려고 돌아다니다가 확보하는 데 성공했다. 그리고 그다음 날, 새벽부터 호수에 배를 띄웠다.

아침 안개가 깔려서 시야가 나쁘고, 새벽이라 짐승 울음소리도 들리지 않았다. 나는 선수에 서서 주위를 둘러봤다.

"소피아, 성 위치가 어디쯤인지 알아?"

"숲에 눈에 띄게 큰 나무가 있는데, 거기에서 호수 반대쪽으로 쭉 나아가면 있다고 했습니다."

게임과 설정이 같군.

"그럼 나무를 찾자."

"진로를 왼쪽으로 바꾸면 될까?"

오르디아가 물었다. 그와 필리가 조종을 맡았다. 쿠자와 실비는 경계를 서고, 소피아와 리제는 내 뒤에 앉았다.

배가 느린 속도로 나아가다가 아침 안개 속에서도 알아볼 거리에서 큰 나무를 발견했다.

"숲 전체를 확인할 수 없어서 이게 맞는지는 모르겠지만……시도해보자. 오르디아, 진로를 이 나무의 맞은편 물가로 잡아줘."

"알았다."

오르디아와 필리가 배를 몰았다. 한동안 배가 호수를 가르는 소리만 들렸다.

그때였다. 아침 안개 너머로 성 같은 실루엣이 떠올랐다.

"정답이었군."

나는 중얼거리고 오르디아에게 계속 가자고 지시했다.

주위에 마물은 없었다. 호수 바닥에서 수생계열 마물이 공격해도 이상하지 않았는데 그러지도 않았다. 게임에서는 성에 들어갈 때까지 아무것도 마주치지 않았는데, 현실에서도 같은가 보다.

"기분 나쁠 정도로 조용하네요."

소피아가 말했다. 그러자 동의하듯이 리제가 입을 열었다.

"우리를 눈치챘는지 어쨌는지…… 아무튼 앞으로 가는 수밖에 없겠어."

우리는 문제없이 성에 도착했다. 짙푸른 성. 그것이 5대 마족 다크라이드의 성이었다.

성은 산에 반쯤 달라붙었다는 표현이 어울리려나. 마치 오래전부터 산과 융합한 것 같은 인상을 줘서 최근에 세워진 것 같지 않았다.

우리는 배에서 내려 성을 바라보았다. 여전히 마물은 보이지 않았다. 장기도 없고 아무것도 없는 것이 오히려 이상했다.

"저 문을 열었더니 마물이 무더기로 나오면 어떡해?"

실비가 물었다. 게임에서는 그런 일이 없었는데 아즈아 건도 있으니 확언은 못 하겠다.

"뛰어서 도망치고 작전을 다시 짜야겠지?"

"막가파네."

"시끄러워, 유노. 저쪽에서 올 기척도 없고, 우리가 조사하는 수밖에 없으니까 어쩔 수 없잖아."

"확실히, 그러네요."

필리가 내 말에 동의했다.

"원래는 이 상황을 국가에 보고해야 하죠."

"군이 움직이면 아마 마족이 종적을 감출 거야."

리제의 의견이었다.

"우리가 온 건 파악했겠지. 소수라서 문제없다고 생각하나?"

"그럴 가능성이 아주 커."

그녀에 이어 내가 말했다.

"이건 마족을 무찌를 유일한 기회일지도 몰라. 위험할 수 있지만, 들어가자."

성 안에 있는 마물의 레벨이 가장 큰 문제인가. 그것만 클리어하면 돌파할 수 있다.

천천히 성으로 발을 내디뎠다. 그러자 소피아 옆에 정령이 나타났다. 아마리아였다.

"레핀과 함께 성 안의 마력을 파악해봤는데 그렇게 크고 많은 마력은 느껴지지 않아. 아마 문을 열어도 대량의 마물이 나오지는 않을 거야."

아마리아는 거기서 한 번 말을 끊고 동료들을 힐끗 보았다.

"그리고 이 마족은 호수 속에 뭔가를 하는 모양이야. 이곳에 오니까 장기 속에 물과 얼음 성질이 있는 걸 알겠어. 이 성의 주인은 아마 그런 성질의 마법을 쓰지 않을까?"

저번 작전 회의 때 언급해달라고 부탁한 부분이었다. 얼른 나도 입을 열었다.

"실험 중인 호수에 마력이 있어서 느낀 건가?"

"맞아. 특히 얼음 형질이 강해. 움직임을 봉쇄하는 마법을 많이 쓸 것 같으니 주의해."

"조언 감사합니다."

필리가 감사를 표한 뒤, 입구인 철문 앞에 도착했다. 함정이 있는지 확인하고 손잡이를 잡자, 문은 쉽게 열렸다.

안쪽을 살펴보니…… 시야에 마물이 포착된 순간, 적이 먼저 반응했다. 오거다!

"간다!"

내 외침보다 빠르게 쿠자가 움직였다. 지팡이를 들고 무영창 마법으로 오거의 기선을 제압했다!

바람 계열 마법이었다. 칼날이 몸을 베자 비명이 터져 나왔다.

갑자기 성이 소란스러워졌다. 통로에 마물이 나타났다. 우리는 입구 근처에서 무기를 들었다.

오거 외에는 대부분 코볼트— 중급 클래스 마물에 속하는 『슬래셔』였다. 오른손에 끝이 살짝 휜 검, 샴시르를 들고 당장에라도 달려들 분위기로 우리를 노려봤다.

그러나 이 성을 방어하는 마물 수는 많지 않았다. 입구 부근에는 기껏해야 십여 마리가 있었다. 이게 다는 아니겠지만, 한 번에 공격하는 숫자가 이 정도면 마물의 질이 어떻든 문제없이 대응할 수 있었다.

"입구를 닫으면 열리지 않을 가능성이 있다는 게 걱정인데……."

나는 계속 문을 붙잡은 채로 중얼거렸다.

"안에 들어가면 갇히는 정도의 함정은 있어도 괜찮을 것 같아."

"강행 돌파할 수 있는 수이긴 하다."

오르디아가 냉정하게 말했다. 실비도 같은 의견인지 연신 고개를 끄덕였다.

흠, 여기까지 왔으니 물러날 이유도 없나. 도망치면 리제의 말대로 모습을 감출 가능성이 컸다.

"필리, 우리는 각오했어. 그쪽은?"

"가죠."

"결정됐군……. 전투개시다!"

여덟 명이 일제히 성 안으로 발을 들였다. 뒤로 문이 닫히자 코볼트들이 일제히 달려들었다!

그것을 예상한 나는 검을 만들어 맞섰다. 우선 접근한 코블트에게 한 방— 전광석화 같은 공격으로 적이 방어하기 전에 몸을 갈라 없앴다.

이 녀석들은 공격력이 높은 만큼 방어력은 낮아서 단번에 공격하는 게 낫다는 의도를 담은 공격이었다. 그러자 다른 동료들에게 그 의도가 전달된 모양이었다. 나 다음으로 공격한 사람은 리제였다.

"하아앗!"

기합과 함께 가로로 휘두른 할버드를 코볼트가 검으로 막으려고 했다. 하지만 의미 없는 짓이었다. 할버드가 가볍게 검을 튕겨내고 몸을 벴다!

일격에 코볼트가 사라졌지만 할버드를 크게 휘두른 탓에 틈이 생겼다. 그 점은 소피아가 커버했다.

"흡!"

리제를 노린 코볼트의 검을 깔끔하게 받아넘겼다. 단숨에 거리를 좁혀 유려한 발놀림으로 흉부를 벴다. 이겼다.

다른 동료들은 어떻지? 오르디아는 이미 소피아와 리제보다 앞서 공격하고 있었다. 샴시르를 아무렇지 않게 쳐내고 단칼에 쓰러뜨리는 그 모습은 마물에게 상당히 위협적으로 보이리라.

실비도 뒤지지 않았다. 연속 공격을 할 필요도 없이 코볼트와의 거리를 보고 적확하게 검을 내질렀다. 소피아와 오르디아처럼 일격필살은 아니지만, 체력을 거의 소비하지 않으며 시원하게 격파에 성공했다.

필리 일행은 단독으로 코볼트를 상대하지 않았다. 그러나 홀로 대항하지 못해서 그런다기보다는 단독으로 움직이는 것보다 연계 공격으로 대처하는 편이 편해서인 듯했다.

접근한 코볼트를 우선 필리가 끌어왔다. 적이 공격하면 필리는 재빠르게 물러나고 코리가 앞으로 나왔다.

그녀가 검을 내질렀다. 기술은 아니었지만 그것으로 충분하다고 판단했다. 코볼트는 피하지 못하고 가슴에 검을 찔려 비명을 지르며 사라졌다.

두 번째 코볼트가 접근하자 쿠자가 엄호했다. 아니, 그 정도가 아니라 그들에게 달려들려는 코볼트를 전격과 바람의 칼날로 견제하고 움직임을 둔하게 만들었다.

쿠자의 무영창 마법을 견제로 쓰는 건가. 우리 파티는 보통 마물을 견제할 필요가 없지만, 필리 일행에게는 아주 중요한 모양이었다.

쿠자가 마법으로 적을 붙든 동안, 필리와 코리가 각개격파했다. 확실하게 대처하는 모습을 보고 나는 그들도 마족을 무찌르기에 충분하다고 결론을 내렸다.

필리 일행의 전투를 관전하는 사이, 입구에서의 전투가 고비를 넘었다. 특히 오르디아와 리제가 대활약했다. 쌍검과 할버드의 화력은 그야말로 순식간에 적을 섬멸했다.

그 결과, 몇 분도 지나지 않아 전투가 끝났다. 음, 문제없군.

"루온, 엄청 금방 끝났어."

주머니에 들어간 유노가 감상을 말했다.

"그러게. 마물이 약해서가 아니라 우리 전력이 충실했어."

"맞아. 이 정도면 마족도 쉽게 이기지 않을까?"

게임 시나리오대로라면 다크라이드 격파도 그리 어렵지 않을 것 같은데, 아즈아가 어떻게 간섭할지……. 아직 모습을 드러내지 않아서 기분이 몹시 안 좋았다. 언제 와도 괜찮게 준비해두고 싶었다.

"어느 길로 갈까?"

실비가 한숨 돌리고 물었다. 길이 세 갈래로 나뉘었다. 정면과 좌우. 정답은 분명……

"정면, 안쪽에 넓은 공간이 있네. 저기 먼저 가보는 게 어때?"

내가 말했다. 모두 고개를 끄덕이고 그쪽으로 가기로 했다.

이대로 쭉 가면 어디에 도착하는지 알고 있다. 주위를 경계하며 신중하게 나아가 트인 공간에 도착했다.

천장이 없는 회랑이었다. 그것도 성 꼭대기까지 뚫렸다. 이 플로어는 성 중앙에 있고, 최상층에서 기다리는 5대 마족 다크라이드와 싸우려면 이 회랑을 빙글빙글 돌며 올라가야 했다. 우리는 각 층마다 있는 마물과 싸우며 올라갔다.

"위에서 장기가 느껴져."

오르디아가 위를 올려다보며 말했다.

"이 성의 주인은 위에 있는 모양이야. 장기전이 되겠어."

"마법으로 못 올라가?"

실비의 의견에 쿠자가 부정했다.

"집중하지 않으면 모르지만, 일정 간격마다 마력장벽이 있어."

"그래? 아쉽네. 시간이 걸리겠지만, 가는 수밖에."

"이미 각오했어요."

필리가 말했다. 그가 의욕을 내비치자 코리와 쿠자가 동의하는 의견을 내놓았다.

"그렇게 됐으니 끝까지 가보자고."

"가능하면 얼른 결판을 내고 싶어."

"마물 수준이 입구에서 싸운 정도라면 방심하지만 않으면 돌파할 수 있을 거야."

내가 의견을 말하자 갑자기 동료들의 시선이 내게 집중됐다.

"위에 마족이 있으면 올라갈수록 마물이 강해질 가능성도 있는데…… 이때까지 가봤던 마족의 거성에서는 진행하면 할수록 마물이 강해지지는 않았어. 아마 괜찮지 않을까?"

"어쨌든 가야 해."

실비가 검을 고쳐들며 말했다.

"선두에는 누가 서?"

"내가 설게."

오르디아가 손을 들고 근처에 있던 계단에 올랐다. 동료들이 뒤따랐다.

나도 동료들을 쫓아가려다가 순간 멈춰 섰다.

"……루온 님?"

소피아가 눈치채고 내 이름을 불렀으나 나는 대답하지 않고 옆을 보았다.

그곳에는 위가 아닌 아래로 가는 계단이 있었다. 게임에는 없었는데 현실에서는 구조가 복잡해져서 아래로 가는 길도 생긴 모양이었다.

그곳에서 위에서 느껴지는 장기와 다른 마력이 느껴졌다. 한 번 접해본 적 있는 그것은 분명…….

"……소피아."

내가 소피아에게 말을 건 순간, 눈길을 준 계단에서 어둠이 나타났다.

그것은 마치 해일처럼 덮쳐왔다. 모두 당황한 와중에 나는 왼손에 마력을 모으고 외쳤다!

"빛의 검이여!"

다가오는 어둠에 『뒤랑달』을 기동해 눈앞에 도달한 칠흑을 가로로 베었다!

빛과 어둠이 뒤섞이며 폭발했다. 드디어 동료들의 경직이 풀렸다.

"루온 님?!"

"소피아! 먼저 가!"

내 지시에 그녀가 망설였다. 이대로 서 있으면 어둠에 집어 삼켜져! 나는 괜찮지만, 다른 사람이 휘말리면 곱게 안 끝나!

"어서 가! 나는 괜찮으니까, 빨리!"

"하, 하지만……."

"리제! 소피아와 먼저 가!"

강압적이지만, 이 방법밖에 없었다. 리제가 심각한 얼굴로 다가오는 어둠을 힐끗 보고 내 지시대로 억지로 소피아의 손을 잡고 달렸다.

오르디아는 나를 보며 고개를 끄덕이고 동료들을 이끌었다. 실비는 어딘지 불만스러웠으나 오르디아를 따랐다. 그리고 필리는…….

"루온 씨!"

"괜찮으니까 가! 동료들을 부탁해!"

그 말에 필리 일행도 계단으로 향했다.

"꽤 강압적이네, 루온."

"유노, 이 상황에는 어쩔 수 없잖아……!"

다시 빛의 검으로 어둠을 쳐냈다. 그러자 벤 곳의 어둠이 사라졌다. 본 실력을 내지 않아도 대처할 수 있을 것 같았다.

무엇보다 이것은 아즈아도 진심이 아니라는 뜻…… 어? 잠깐만.

"가르크, 이곳에 아즈아의 마력이 있다는 뜻은 성 지하에 아즈아가 있다는 거겠지?"

『아마도.』

"아즈아는 신령이고, 다크라이드가 그것을 안다면 침입자 배제에 이용하는 게 이상하지는 않아."

『실제로 눈앞에 일어났군.』

"그런데 마족이 신령임을 파악했다면, 내가 본래 실력을 내지 않고 막을 정도의 공격만 한다면 왜 실력을 발휘하지 않는지 다크라이드가 수상하게 여기지 않을까?"

『……듣고 보니 그렇군. 그럼 가능성은 하나다.』

나는 가르크보다 먼저 입을 열었다.

"아즈아가 다크라이드에게 자기 정체를 밝히지 않았다……?"

『음. 이러면 아즈아가 분신으로 다크라이드에 협력하며 첩자 활동을 한다고도 생각할 수 있는데…….』

"루온 님!"

"소피아?!"

갑자기 들려온 목소리에 나도 모르게 돌아보았다. 그곳에는 소피아가 홀로 내게 달려오고 있었다.

"돌아온 거야?!"

"아무리 그래도 혼자서는 무모합니다! 저도 도울 테니 함께……."

그녀의 말은 이어지지 못했다. 어둠이 그녀에 반응해 창끝을 돌렸다.

"쳇!"

나는 혀를 차고 소피아에게 달려가며 어둠을 벴다. 달리며 공격해서 전부 처리하지는 못했으나 그녀를 노린 칠흑은 간신히 막았다.

이내 그녀의 앞에 도착해 입을 다문 소피아를 힐끗 보고 상황을 파악했다.

"……포위됐어."

올라가는 계단 주변에도 어둠이 있었다. 내가 소피아를 노린 어둠에 정신을 빼앗긴 사이에 길을 막았군.

그대로 위로 돌진할 법도 한데 그럴 생각은 없는 모양이었다. 어둠을 움직일 수 있는 범위가 한정적인가, 아니면 우리를 살피는가.

이윽고 어둠이 공격을 멈추고 좌우로 갈라져 지하로 내려가는 계단으로 길을 만들었다.

"……이곳에서 처리하기는 어렵다고 판단해서 일부러 유도하는 건가."

"루, 루온 님……."

소피아가 이름을 불렀다. 목소리에서 복잡한 감정이 읽혔으나 나는 언급하지 않았다.

"저택에 있던 마족이 분명해. 정령과 얽힌 일이야. 부탁을 받았으니 가자."

"아, 네."

"하나만 약속해줘."

나는 소피아와 눈을 맞췄다. 그녀의 굳은 표정을 보며 나는 말했다.

"절대로 내 곁을 떠나지 마."

그 말을 한 순간, 소피아가 놀란 표정을 지었다. 다만, 어딘지 감정을 억누른 것처럼 보였다.

"……네."

잠깐의 침묵 뒤, 그녀가 대답했다. 나는 「부탁해」라고 강조하고 걸음을 뗐다.

소피아가 묵묵히 내 옆을 따라왔다. 그렇게 우리는 지하로 내려가는 계단에 발을 들었다.

만약 공격당하면 온 힘을 다해 소피아를 지킨다. 나는 그렇게 다짐하며 어둠에 세심한 주의를 기울이며 지하 계단을 내려갔다.

그곳에는 문이 하나 있었다. 나무로 간소하게 만든 그 문은 헛간처럼 보였다.

"……들어간다."

"네."

조금 긴장한 목소리— 나는 다가가 손잡이를 잡지 않고 있는 힘껏 문을 걷어찼다.

문이 거칠게 열리고 안에서 어둠이 뿜어져 나올 줄 알았는데, 둥근 검은 덩어리가 눈에 들어왔다.

그것은 주위에 있는 어둠과 달리 정체되어 있었다. 틀림없어, 이것이…….

"이곳으로 부른 것은 내게 볼 일이 있기 때문이지?"

『그래, 그 말대로다.』

목소리도 궁정마술사장의 저택에서 만났을 때와 같았다. 수왕 아즈아가 틀림없었다.

『엄명을 받아서 말이야. 우리를 방해한 네게 처참한 죽음을 내리라고.』

"저번에 나를 처리하지 못한 뒤처리를 하라고 명령받은 게 아니라?"

도발로 받아치자 검은 덩어리가 살짝 떨렸다.

가능하면 나만 노렸으면 좋겠는데…… 주변 어둠이 우리를 에워싸기 시작했다.

『선언한 대로 너에게는 죽음을……. 옆에 있는 동료도 말이다.』

어둠이 언제 우리를 공격해도 이상하지 않았다. 이 국면을 타개하려면 본래 실력을 보이면 쉽겠지만, 거성에서 그러기에는…….

『루온 공, 그걸 써라. 여기 있는 아즈아도 분신인 것 같다. 배신의 전모가 보인다. 이곳에 있는 존재는 쓰러뜨려도 괜찮다.』

가르크의 말이 머릿속에서 울렸다. 그것이라는 말에 어떻게 해야 할지 생각났다.

우선 호흡을 가다듬었다. 아즈아는 우리가 어떻게 나올지 살피는지 검은 덩어리 상태를 유지했다. 마치 우리가 준비를 마치길 기다리는 것 같았다.

가르크는 아즈아의 행동에 의문이 든다고 했다. 확실히 아즈아의 입장이라면 기다리는 선택지보다는 단번에 처리하는 것이 나았다.

하지만 그러지 않는 것은…… 가르크가 해설하지 않아도 점점 이해됐다.

『아즈아는 이곳에 있는 자기 분신을 쓰러뜨려 주길 바라는 것이다.』

심장이 두근거렸다. 몸은 준비됐다.

"루온 님……?"

소피아의 말을 무시하고 오른손에 든 검에 마력을 주입했다. 왼손에는『뒤랑달』을 기동하고 완전히 태세를 정리했다.

『저번과 같은 방식인가?』

아즈아가 물었다. 나는 대답하지 않고 조용히 호흡을 반복했다.

가르크가 지적한 방법은 내가 쓰고 싶다고 부탁한 순간적인 마력 해방이었다. 그에게 배운 덕에 단기간에 쓸 수 있게 됐다.

순간적으로 힘을 끌어내는 기술— 예를 들면 눈앞으로 다가오는 어둠을 한꺼번에 없애는 데 필요한 힘을 이 기술로 얻을 수 있다!

어둠이 달려들었다. 나는 외쳤다.

"소피아! 엎드려!"

그녀가 반응한 직후, 나는 몸속에서 힘을 끌어냈다. 화산이 분화하는 것 같았다. 순간 내 마력이 장기를 밀어냈다.

"윽!"

소피아가 놀람과 동시에 나는 어둠을 향해 양손의 검을 휘둘렀다. 회전 베기. 이런 계통의 기술이 있긴 하지만, 이번에는 쓰지 않았다.

탁류가 된 어둠에 빛이 닿은 순간, 어둠은 소리를 내며 입자가 되었다. 내 힘이 아즈아의 어둠을 날려버리는 형태로, 첫 공격에 상황이 뒤집어졌다. 어둠이 빛에 삼켜져 사라졌다.

『이 무슨…….』

아즈아의 목소리가 들렸다. 그것이 연기인지 진심인지는 모르겠으나 치려면 지금뿐이다!

나는 틈이 생긴 상대에게 달려갔다. 『뒤랑달』을 오른손에 든 검과 합쳐 저택에서 발동했던 것처럼 마법과 기술을 융합하고 한 번 더 마력을 끌어올려 안에서 분출했다.

제대로 준비하지 못해서 강화 정도가 첫 번째보다 못했지만, 문답 무용으로 구체를 벴다! 탄력 있는 감촉 뒤에 약간의 저항감이 느껴졌으나 할 수 있다고 확신했다.

이윽고 내 힘이 이겨 구체에 날이 박혔다. 그리고 순식간이었다. 눈 깜짝할 사이에 검은 덩어리가 둘로 나뉘어 입자로 변했다.

해냈다. 아즈아는…… 사라지는 구체를 바라보았다.

『……훌륭하다.』

그 목소리에는 어딘지 지금까지와 다른 부드러움이 숨어 있었다.

잠시 뒤, 완전히 마력이 끊어졌다. 주위의 어둠도 사라지고 나와 소피아만 남았다.

"……사라진, 걸까요?"

소피아가 중얼거렸다. 그녀의 몸에서 아마리아가 나타나 대답했다.

"조금 전의 어둠은 우리 동포가 분명해. 마족에게 넘어갔다가 돌이킬 수 없어져서 이런 결말을 맞이하고 말았어."

아마리아가 안타까운 표정을 지었다.

"루온, 소피아, 도와줘서 고마워. 슬프게 끝났지만, 내 의뢰는 이걸로 끝났어."

아마리아도 사태를 파악했다. 소피아가 이해할 수 있게 굳이 이런 말을 하는 것이었다.

"죽기 직전까지 정령인 줄 몰랐어요……."

"그러게……. 자, 다른 길로 새는 건 여기까지 하고 다른 사람들과 합류하자."

"……네."

우리는 함께 달렸다. 도중에 그녀의 옆모습을 살피니 표정이 복잡했다.

"소피아, 무슨 일 있어?"

"아, 아뇨, 그게…… 괜히 참견해서 죄송합니다."

전투 과정과 결과를 비추어 보면, 이런 말을 하는 것은 소피아의 성격상 지극히 당연한 일인가? 한마디 거들어야겠다.

"전에도 말했지만, 소피아의 판단이라면 그걸로 충분해. 마음에 두지 마. 나도 화 안 났어."

"루온 님……."

"그런데 하나만 괜찮을까?"

나는 계속 달리며 말했다.

"소피아가 종자의 자격으로 걱정해주는 건 정말 고마워. 그런데 나도 물러날 때가 언제인지는 알아. 그런 쪽으로 나를 조금만 믿어줬으면 좋겠어."

내 말에 소피아가 깜짝 놀랐다. 그리고 풀이 죽어 말했다.

"그렇군요."

"아, 아니, 소피아가 내게 의견을 내는 건 좋아. 다만, 나는 조금 전의 칠흑을 나 혼자 상대해도 문제없다고 판단했어."

"오인한 게 아니라는 말씀이죠?"

"응, 비슷해. 나도 소피아에게 말하지 않은 게 있어서 어쩔 수 없이 판단에 차이가 생기는 거 알아."

"다름 아닌 제가, 저를 인정하게 되면 이야기해달라고 했죠."

이해한 표정이었다. 일단 풀이 죽은 모습은 사라졌다. 지금은 이걸로 괜찮겠지.

"알겠습니다. 루온 님."

이윽고 회랑으로 돌아왔다. 싸우는 소리가 들리지 않는데 대체 어디 있을까.

그때였다. 상당히 위쪽에서 나무가 찢어지는 것 같은 메마른 소리가 들렸다.

"……얼음?"

소피아가 미간을 찌푸린 순간, 나는 달렸다.

"루온 님?!"

"어서 위로!"

얼음— 필리 일행이 벌써 다크라이드와 교전 중일 수도 있었다. 게임에서 조우률이 높은 이 성이라면 그들이 조금 앞서 가도 쫓아갈 수 있을 줄 알았는데, 이렇게 단시간에…… 잠깐만, 혹시 아즈아가 무슨 짓을 한 건가?

의문스럽지만, 일단 위로 향했다. 그동안에도 전투 소리 같은 것이 회랑에 울렸다. 조급해지는 마음을 억누르고 주위를 경계하며 위로 올라갔다.

마침내 최상층에 있는 넓은 홀에 도착했다.

유리를 끼운 듯 하늘이 보이는 천장이 특징인 홀. 그 안쪽에는 왕좌처럼 생긴 의자가 있고 중앙에서 동료들이 마족을 상대 중이었다.

『……호오, 나머지 동료도 왔나.』

홀에 울리는 남자의 목소리— 마족이 말했다.

게임과 똑같이 무사라는 말이 어울리는 갑옷 차림으로 양 손에는 칼을 들었으나 주된 전법은 마법과 마도기— 굳이 말해 칼은 방어나 반격용으로 쓰는 일이 많았다.

투구를 썼는데 얼굴이 보이지 않았다. 대신 아까 싸운 아즈아와 같은 검은 응어리가 있고, 그곳에서 장기가 흘러나왔다.

그리고 중요한 전황은 한마디로 표현하면 고전이었다. 마족, 다크라이드를 리제와 필리가 상대했다. 그 뒤에 쿠자가 지팡이를 들었다.

다른 세 명은— 오르디아와 실비는 마족과 조금 떨어진 곳에 서 있었다. 자세히 보니 실비의 팔이 하얗게 변했다. 얼음 덩어리까지는 아니지만, 냉기 마법이나 기술에 당해 손의 움직임이 봉쇄당한 것 같았다.

코리는 무사했다. 그녀는 오르디아와 실비를 지켰다. 두 사람을 노리는 마법을 막는 방패 역할인 듯했다.

『그놈이 애는 썼지만, 결국 죽었나 보군.』

"……그 정령은 네가 꼬드겼나?"

대답해줄지 모르겠으나 일단 물어봤다.

『그 녀석이 말을 걸었다. 쓸 만해 보여서 썼을 뿐이다.』

신령 아즈아라는 것을 알면 이런 태도를 보이지는 않을 터였다. 아즈아는 정체를 속이고 협력한 것이 분명했다.

결론에 이르기 전에 생각을 중단했다. 지금은 눈앞의 적이 먼저였다.

"리제, 공격 성공했어?"

"응, 나름대로."

『너희의 공격은 절대 통하지 않는다.』

……오르디아와 리제라면 제법 피해를 줬을 것이다. 약간 다치긴 했지만, 거동에 영향을 주는 수준은 아닌 듯했다.

"소피아."

"네."

"내가 틈을 만들게. 한 방 먹여줘."

"알겠습니다."

지시는 그것뿐— 나는 쿠자에게 다가가 눈짓했다.

그가 즉각 고개를 끄덕임과 동시에 나와 소피아는 달렸다.

"리제! 필리!"

이름을 부르며 돌격— 숫자로 밀어붙인다! 다크라이드에게는 그렇게 보인 모양이었다.

『하하하하하! 그 방법은 통하지 않는다!』

아마 동료들이 처음에 일제히 공격했을 것이다. 그 결과가 현재 상황이겠지만, 우리는 다르다!

다크라이드가 어떤 수를 쓸지 상상이 됐다. 게임에서 AI도 쓴 기본적인 전법인데, 알고도 당하는 기분 나쁜 수법이었다.

그러나 그것을 돌파하기만 하면……!

나는 선두를 달려 다크라이드에게 달려들었다. 검 사정거리에 도달한 순간, 다크라이드가 양손에 든 검을 들어 올렸다.

『너도 동료와 같은 말로다.』

칼끝에 생긴 얼음이 나를 향해 발사됐다!

이것이 바로 『아이스 바인드』였다. 다음 순간, 내 눈앞에 얼음이 충격파를 일으키며 폭발했다. 제대로 당하면 온몸이 얼어붙었다. 동료들이 아직 무사한 것은 폭발 직전에 피했거나 아마리아의 경고에 귀를 기울여 방어마법을 썼기 때문일 것이다.

나는 얼른 『아이스 실드』를 써서 얼음 내성을 올렸다. 그러나 얼음 속성은 팔 같은 곳에 달라붙어 움직임을 물리적으로 제한했다. 제대로 당하면 다치지 않더라도 발이 묶였다.

여기서 한 수를 더 쓰면…… 검에 마력을 주입하자 날에 화염이 피어올랐다.

『호오?』

다크라이드가 중얼거리는 사이, 얼음과 내 검이 부딪혔다. 전방에서 얼음이 폭발하자 내 화염이 막아내고 한꺼번에 녹여 없앴다.

불 속성 마도기 『홍련격』을 썼다. 예전에 에이나가 사용한 기술로, 화염으로 『아이스 바인드』의 얼음이 내게 닿기 전에 없앴다.

다크라이드의 기척이 순간적으로 바뀌었다. 공격이 막히자 자신의 전황을 이해했을 것이다.

그 기술을 쓴 뒤, 분명한 틈이 생겼다. 몇 초 안 되지만, 우리가 노도와 같이 공격하기엔 충분한 시간이었다.

내가 앞장섰다. 계속해서 불타오르는 화염의 검으로 마력이 들키지 않게 아슬아슬하게 조절해 공격했다. 화염이 신음하는 마족의 목소리와 몸을 에워쌌다. 다크라이드는 곧장 냉기를 내뿜어 불을 끄려고 했으나, 소피아가 놓치지 않고 공격했다.

"사라져라!"

날카로운 기합과 함께 마력을 방출했다. 땅 속성 상급 마도기 『새벽의 지룡』이었다. 빛이 아직 불에 휩싸인 갑옷무사에 직격했다!

"크윽!"

갑옷이 삐거덕거리는 소리와 신음이 들렸다. 빛이 마족의 전신을 감싸자 더 큰 충격이 다크라이드를 덮쳤다.

그러나 떠밀려 날아가지는 않았다. 소피아가 날아가지 않게 마력을 조정해서였다. 이어서 필리와 리제가 미끄러지듯이 돌격했다. 스친 순간, 마족을 무찌르려는 두 사람의 매서운 기운을 느꼈다.

필리가 먼저 공격했다. 약간 크게 휘두른 가로 베기와 검에 모인 마력으로 그 공격이 장검 중급기인 『벨리아르 슬래시』임을 인식했다.

단발 위력을 중시한 기술로, 그가 지금 쓸 수 있는 기술 중에 가장 강한 공격임이 분명했다. 그 공격이 몸통에 제대로 먹혔고, 충격파에 마침내 다크라이드의 몸이 기울기 시작했다.

거기에 리제가 결정타— 할버드를 크게 위로 치켜들어 내리쳤다. 중급 계열 도끼 기술 중 가장 단발 공격력이 높은 기술, 『크레센트 문』이었다. 할버드는 기술명처럼 초승달 같은 호를 그리며 적을 공격했다!

자세가 무너진 다크라이드는 피할 엄두도 내지 못했다. 정통으로 공격당해 호쾌한 소리를 내며 바닥에 쓰러졌다!

『크악!』

할버드가 몸통을 치며 갑옷이 삐거덕거리게 했다.

"피해!"

그때, 이번에는 쿠자가 외쳤다. 우리는 얼른 좌우로 도망쳤고, 우리가 있던 곳을 열기가 뚫고 지나갔다.

불 속성 중급 마법인 『블레이즈 레이』였다. 열기가 다크라이드에게 닿자 순식간에 몸이 업화에 에워싸였다.

『네 이 놈드으으으을!』

분노한 목소리가 귀에 닿았다. 확실하게 먹혔다. 마물의 힘을 고려하면 베르나보다 강한 것이 분명했으나 그보다 동료들의 성장 속도가 뛰어났다.

우세하지만, 여유는 없었다. 다크라이드가 곧바로 자세를 가다듬자 동료들이 일단 물러났다.

그러나 기다릴 수는 없었다. 전용 마법 『아이시클 스피어』를 쓰면 피해를 피할 수 없었다. 게임에서도 거리를 두면 반드시 사용했다.

"루온 씨, 쉬지 말고 공격해!"

그때, 오르디아가 외쳤다. 그도 물러나는 것은 나쁜 수라는 것을 알았나 보다.

조언에 따라 나는 물러나는 다크라이드를 집요하게 쫓았다.

적이 혀를 찼다. 전용 마법을 쓸 생각이었나 보다.

"빛의 검이여!"

왼손에 『뒤랑달』을 만들었다. 접근전으로 들어가면 쌍검을 상대해야 하지만, 마법보다는 훨씬 나았다.

"소피아! 이어서 공격해!"

『얕보지 마라! 인간 따위가!』

나는 울부짖는 다크라이드에게 달려들었다. 그러나 이 마족의 쌍검은 방어가 우선이라 내 공격으로도 좀체 돌파할 수 없었다. 그래도 동료들이 준비할 시간은 벌 수 있었다.

내 뒤로 마력이 모였다. 소피아와 리제, 그리고 필리와 쿠자인가. 오르디아와 실비는 아직 움직일 수 없었고, 코리도 호위하느라 참전하지 못했지만, 다친 다크라이드는 네 명으로도 충분한가……?

의심이 머리를 스치던 중, 내 검이 마침내 다크라이드의 검을 쳐냈다. 즉각 물러나려는 적을 공격했다. 빛의 검이 적의 칼을 뚫고 몸에 닿았다!

"쳇!"

또 혀를 찼다. 스친 정도라 피해는 없지만, 짜증이 날 것이다.

이러는 사이에도 동료들은 공격 준비를 진행했다. 다크라이드로서는 나 하나에 막히는 것이 자못 열 받으리라. 적이 억지로 돌파를 시도하면 내가 오히려 반격하려고 했는데 다크라이드는 예상했는지 오지 않았다.

만약 『아이스 바인드』를 쓰면 아까처럼 상쇄하면 됐다. 우리에게는 지금 상황이 이상적이지만, 다크라이드는 궁지에 몰린 느낌 아닐까?

"루온 님!"

소피아의 목소리에 때가 됐다고 확신한 순간, 다크라이드가 결사의 작전을 펼쳤다.

양손에 든 칼에서 냉기가 뿜어져 나왔다. 『아이스 바인드』로 눈앞에 있는 나를 얼리고 상황을 타개할 방침을 실행하려고 했다.

그러나 그 판단은 한발 늦었다!

『받아라!』

칼 두 자루가 내게 달려들었다. 나는 빛의 검을 없애고 검에 마력을 집중해 불을 만들었다.

아까와 같은 방법으로 생각했을지도 모르나 이번에는 달랐다. 날에서 솟아오른 화염이 순식간에 내 주위를 맴돌며 띠를 이루어 몸에도 붙기 시작했다.

『아니?!』

다크라이드는 말을 잃었다. 반면 나는 다가오는 칼을 향해 검을 휘둘렀다.

칼과 검이 부딪힌 순간, 화염이 우리를 에워쌌다. 얼음이 부서지는 메마른 소리가 나고 한꺼번에 녹으며 생긴 수증기가 주위로 흩어졌다. 얼음과 화염은 잠시 다투다 서서히 얼음이 사라지고 화염이 거세졌다.

『말도 안 돼.』

다크라이드의 혼신의 일격이었을지도 모른다. 그러나 내 기술, 불 속성 중급 마도기『불꽃사자의 이빨』은 모든 것을 부순다!

마족의 기술을 박살 낸 나는 온몸에 화염을 두르고 돌격했다. 원래 화염은 공격으로 쓰지만, 이번 적은 얼음 성질이라 실질적으로 방어막이나 다름없었다. 다크라이드는 굳었고, 나는 달려들어 공격했다!

확실한 반응과 화염— 다크라이드가 비명을 질렀고 나는 더 접근했다. 스치며 한 번 더 공격했다.

그때, 갑자기 화염이 마족의 몸을 에워쌌다. 나는 얼른 몸을 돌렸고 다크라이드의 등을 다시 공격하려던 때, 동료들이 마족에게 달려들었다!

제일 먼저 필리가『벨리아르 슬래시』를 썼다. 화염에 에워싸인 다크라이드가 정통으로 맞았고, 이어서 공격하려는 소피아와 리제 앞에 무방비하게 놓였다.

두 사람이 동시에 무기를 위로 크게 휘둘렀다. 리제는 아까처럼『크레센트 문』을 쓸 자세였고, 소피아는 바람— 상급 마도기『풍화영참』이 분명했다.

두 사람이 무기를 내리쳐 똑같은 타이밍에 다크라이드를 공격했다. 순간, 바람이 일며 화염이 더욱 힘차게 불타올랐다.

"아직…… 나는……!"

다크라이드가 저항하려고 했으나 화염과 바람에서 빠져나오지 못했고, 마침내 쓰러졌다.

아직도 내 화염에 불타며…… 다크라이드의 몸이 재가 되어 형태를 잃었다.

"……해냈어."

필리가 중얼거렸다. 겨우 이겼다. 그러나 나와 소피아가 전투에 뛰어든 시점에는 고전 중이었다. 조금만 늦었으면 희생자가 나왔을 것이다.

"고마워요, 덕분에 살았어요."

필리가 감사를 표했다. 안쪽에서 쿠자가 입을 열었다.

"루온 씨와 소피아 씨, 센데? 전황이 확 뒤집어졌어."

"……얼음 마법을 쓰는 걸 금방 안 게 컸어. 오르디아, 실비. 괜찮아?"

"내게 맡겨."

쿠자가 처치 준비를 하며 대답했다. 실비가 팔을 내밀자 그가 따뜻한 하얀 빛으로 치료했다. 괜찮아 보였다.

그러는 사이, 다크라이드가 있던 곳에 빛이 떠올랐다. 그것을 처음 본 리제와 필리가 빛이 근처에 나타나자 무기를 들려고 했다.

"이건……?"

"필리, 위험하지 않아."

내가 그에게 말했다. 리제는 눈을 가늘게 뜨고 천천히 다가갔다. 소피아에게 사정을 듣고 바로 눈치챈 모양이었다.

"마족의 힘은 아닌 것 같아……."

그녀가 할버드를 없애고 빛을 만져봤다. 그러나 빛은 흡수되지 않고 팔을 관통했다.

역시 현자의 핏줄이 아니면 받아들이지 못했다. 우선 소피아가 다가갔다. 그녀는 이미 빛이 깃들었으나 흡수한 횟수가 많을수록 마왕전에 유리할 것 같았다. 만약 깃든다면 소피아나 오르디아가 무난하지 않을까?

그러나 빛은 소피아를 지나갔다. 예전에 레핀이 마력의 질적으로 거부당하는 것 같다고 했었다.

그럼 오르디아는 어떨지 생각하는 사이, 빛이 둥실둥실 필리에게 다가갔다.

"······어?"

빛이 흡수되듯이 그의 몸에 깃들었다.

소피아, 오르디아에 이어 이번에는 필리인가. 분산이 좋은 일인지 나쁜 일인지 모르겠다.

이대로라면 남은 5대 마족도 겹치지 않으려나? 의문이 들었지만, 검증은 불가능했다. 내버려 두는 수밖에 없을 것 같았다.

"이건······?"

필리가 중얼거리는 사이, 소피아가 나를 보았다. 말할지 어떡할지 묻는 건가. 나는 필리에게 말했다.

"소피아와 오르디아도 다른 마족에게서 빛을 거두었어. 해는 없을 거야."

"그래요? 여기에 어떤 의미가······."

"설명은 성을 나가서 하지 않을래?"

쿠자의 치료를 받은 실비가 제안했다. 오르디아도 쿠자에게 치료받은 팔의 감촉을 확인했다.

"루온, 어떡할래?"

"이때까지 성을 세운 마족과 싸운 걸 생각하면 마물은 사라졌을 거야. 물론 주의는 해야겠지만, 아마 아무 문제없이 입구까지 돌아갈 수 있겠지. 그리고 성주가 사라지고 성을 숨기는 마법도 효과를 잃어서 아무나 들어올 수 있을 테니 여기서부터는 나라에 맡기자."

"그래, 찬성이야."

리제가 동의했다. 왕녀인 그녀의 말이니 따르는 게 낫다.

"돌아가자……. 모두 무사해서 다행이야."

그렇게 우리는 성을 나왔다. 그러나 아직 끝나지 않았다. 수왕 아즈아……. 그와는 아직 결판을 내지 못했다.

이 땅을 떠나기 전에 그것만은 해결해야 한다고 마음속으로 중얼거리며 나는 동료들과 함께 성을 뒤로했다.

제22장 심연의 세계

　다행히 빌린 배는 무사했다. 우리는 마물과 만나지 않고 마을에 도착했다. 필리는 병사가 있는 초소에서 모든 상황을 설명했고, 나라에 보고하느라 다음 날부터 바빠졌다.

　"이제 5대 마족 셋을 무찔렀네."

　어깨에 앉은 유노가 바삐 돌아다니는 병사를 남 일처럼 보며 말했다.

　"응, 그러게. 나머지 둘 중 하나는 북부에 있는데, 주인공이 직접 가야 하니까 이벤트가 일어나지는 않을 거야. 문제는…… 서쪽에 있는 구디스야. 아직 이벤트가 일어나지는 않았는데……."

　"언제 시작돼도 이상하지 않다고?"

　"응. 그런데 당장은 아닐 거야."

　"왜?"

　"5대 마족을 세 명 무찌르면 일시적으로 관련 이벤트가 멈추거든."

　아마도 게임 연출일 텐데, 셋을 무찌르면 마왕이 방침을 전환하는지 잠시 상황을 살피는 무드에 들어갔다. 인간 쪽의 반격이 예상 이상이었는지, 아니면 간부급 마족이 잇따라 죽어서 태세를 가다듬는지……. 아무튼 소강상태에 들어갔다.

"그동안에 중요한 이벤트를 끝내고 싶어. 특히 남부 침공의 맹주가 되는 아라스틴 왕국의 왕자 카난의 각성이라든가."

마족이 그의 나라를 침공해 수도 라하이트에서 방어전을 펼친다. 내가 개입하고 싶은 전투라서 사역마로 관찰 중이었다.

아직까지 라하이트를 노리고 있다는 식의 구체적인 정보는 없지만, 전투 진척을 고려하면 당장 이벤트가 발생해도 이상하지 않았다.

"유노, 아라스틴 왕국은 언젠가 마족에게 공격당해. 나는 그 전투에 참가하고 싶어."

"게임에서 무슨 일이 일어났는데?"

"우선 장군이 죽어. 이건 정해진 일이고, 유능한 기사 중 한쪽이 반드시 전사해. 살아남은 전사는 동료로 삼을 수 있어."

양자택일— 게임에 흔히 나오는 『보답으로 무기를 하나 줄 테니 고르라』는 상황이다. 둘 다 가지지 못해서 안타깝지만, 흔한 패턴이었다.

다만, 이 이벤트는 무기가 아닌 사람이 대상이었다. 즉, 어느 한쪽만 구할 수 있었다.

"내가 간다고 성공할지도 알 수 없어. 지금까지는 공격하는 쪽이었는데 이번에는 방어야. 처음 겪는 상황에 내 몸은 하나라서 방어하기 힘들지도 몰라."

"그래도 할 거지?"

"응. 아직 전투가 벌어지지 않았으니 북쪽으로 가서 샐러맨더와 계약하자. 그리고 신령인 불사조 페우스에게 협력을 구하고 아라스틴 왕국으로 가는 거야. 여행 도중에 이벤트가 시작될 수도 있으니까…… 그때는, 어떡하지?"

"운디네의 길을 쓰지 그래?"

"쓸 수 있을까? 음, 여기서 며칠 머무를 거니까 어떡할지 상의해보지, 뭐."

나는 숙소로 걸어갔다. 내 사정으로 이 마을에 머무는 것이기도 하지만, 리제의 제안도 이유 중 하나였다.

성의 마물은 사라졌지만, 다른 마물이 나타날 수도 있고, 수도에서 조사단이 올 때까지는 경계해야 한다고 진언했다.

그리고 가르크와 아마리아가 아즈아를 조사 중이었다. 결국, 분신만 쓰러뜨리고 진의는 알아내지 못했다. 그것을 확인하지 않으면 이곳을 떠날 수 없었다.

"루온, 필리 씨는 어떡해?"

"어떡하냐니?"

"빛을 거뒀으니 동료로 삼는 선택도 있을 법해서."

"미묘한데……."

마왕을 무찌를 자격을 얻었다는 사실을 아직 필리에게 말하지 않았다. 지금 말해야 할지 다른 기회에 해야 할지…….

"아, 루온."

순간 갑작스러운 리제의 목소리에 시선을 옮기니 그녀가 큰 길을 걸어오며 말을 걸었다.

"뭐해?"

"산책. 지금은 초소 병사 양반이 바빠 보여서 구경 중이었어."

"바쁜 건 어쩔 수 없지. 며칠만 더 참으라고 해. 곧 기사단이 와서 그들이 책임자가 될 테니까."

"……그때, 얼굴 내밀면 안 돼."

"나도 알아. 걱정하지 마."

그녀가 화사한 미소를 짓고 원래 표정으로 돌아왔다.

"그러고 보니 소피아와 쿠자 씨가 교외에서 마법 훈련을 하더라고."

"저번 저녁 자리에서 화제로 오른 무영창 마법?"

"그러고 보니 그런 이야기를 했었지. 실비도 같이 있던데……."

"실비는 그냥 치고받고 싶은 거겠지."

그 둘은 경쟁하듯이 단련하니까. 5대 마족과 싸운 다음 날인데도 팔팔하구나.

"필리와 코리는?"

"두 사람은 초소에 보고한 것 때문에 병사와 한참 이야기하더라고. 지금쯤 풀려나서 숙소에 있지 않을까?"

"그럼 돌아갈까."

"필리와 이야기하게?"

"응. 마왕을 무찌를 자격을 얻었으니 어떡할 건지 물어봐야지."

숙소를 향해 걷자 리제가 따라왔다.

"왜 따라와?"

"필리에게 말할 거면 나도 끼고 싶어서."

무슨 꿍꿍이가 있나? 함께 숙소로 돌아가니 라운지에서 대화하는 필리와 코리가 보였다.

"필리, 코리."

이름을 부르자 동시에 돌아보더니 필리가 먼저 입을 열었다.

"루온 씨…… 무슨 일이에요?"

"큰 전투가 일단락됐으니 다음 목표를 정할 단계야. 우리는 아직 어떡할지 의논하지 않았는데, 필리는 어떤지 확인해두려고."

내 말에 필리가 어깨를 떨궜다. 그에 옆에 있는 코리가 쓴웃음을 지었다. 그 반응에 나는 고개를 갸웃거렸다.

"무슨 일 있어?"

"아뇨……. 성에서 싸운 뒤로 많은 과제를 찾아서요."

"루온과 소피아가 전투에 합류하기 전의 일인데……."

리제가 말하기 시작했다.

"도중에 만난 마물을 포함해서 전투는 나와 오르디아, 실비 중심이었거든."

"경험이 부족해서 반성 중이었어요. 더군다나 최상층에 있던 마족과 싸울 때, 경솔하게 뛰어드는 바람에 엄호하던 오르디아 씨와 실비 씨를 못 움직이게 했어요……. 소피아 씨의 정령이 경계하라고 했는데……."

……나와 소피아가 그 직후에 도착했구나. 그는 이번 전투가 후회되는 모양이었다.

코리가 힘내라며 그를 격려했다. 익숙한 것을 보니 여행 중에 이렇게 침울해진 적이 있나 보다.

흠, 이거 단단히 한마디 해야겠는데? 나는 결단하고 입을 열었다.

"필리, 그렇게 침울해하지 마."

"하지만……."

"이번에 과제를 찾은 건 맞아. 그건 앞으로 해결하면 되니까 후회할 거 없어."

"아무것도 못 한 건 사실인걸요."

"소피아도 같은 고민 중이야."

소피아 이야기를 꺼내자 필리가 의외라는 얼굴을 했다.

"소피아 씨가 그렇다고요? 그렇게 강한데요?"

"맞아. 모두 고민하고 실수하며 싸우고 있어."

두 사람은 성격이 비슷했다. 같은 사명감으로 후회한 적이 있을 만도 했다.

"이번에는…… 그래, 운이 좋았다고 생각하면 돼."

"운, 이요?"

"이렇게 말하면 이래도 괜찮은 거냐고 생각할 수도 있는데, 운을 끌어당기는 것도 실력이야. 그리고 궁지에 몰린 상황에서도 그 위험이 어느 정도 선에서 그친 것은 필리가 잘 대응하기도 했기 때문이야."

그래도 받아들이지 못하겠다는 태도에 코리가 그의 어깨에 손을 올렸다.

"실수해도 수정하면 된다는 말이잖아?"

"코리……."

"루온의 말대로 후회할 거 없어. 전투가 그렇게 격렬했는데 희생자 한 명 나오지 않은 것은 필리가 걸림돌이 아니었다는 뜻이니까."

"맞아, 맞아."

유노가 동의했다. 리제도 말을 꺼냈다.

"완벽한 사람은 없어. 이번에 후회되는 일이 있다면 언젠가 다가올 결전의 때…… 마왕과 싸울 때까지만 수정하면 돼. 그렇지?"

"결전까지……."

"응. 혹시 강해지기 위해 어떻게 해야 할지 고민된다면 내가 추천 하나 할게."

리제의 말에 필리와 코리의 눈이 휘둥그레졌다.

"뭐 아는 거 있어?"

"응. 그 바람에 부응할지는 모르겠지만."

"그게 뭔데요?"

리제가 의미심장한 미소를 지었다.

"나, 사실은 여기 왕궁 사람과 아는 사이야. 네가 원하면 소개장을 써줄게. 왕궁에 한번 가볼래?"

혹시나 했던 권유였다. 아니, 뭐, 리제는 나라를 지킬 전력이 필요하겠지만.

리제는 빛이 깃든 것이 무엇을 뜻하는지 알았고, 그것을 알고서 언급한 거라면 나쁘지는 않겠지?

"왕궁이요?"

"당황스러워?"

"네, 그런 사람을 접해본 적이 없어서……."

"꼭 소개해주고 싶은 사람은 너처럼 여행하던 사람이야. 지금은 국가의 신용을 얻고 나라를 위해 싸우고 있어. 그 사람과 이야기해보면 마물과의 싸움을 통해 더 강해질 거야."

라디와 만나게 하려고? 그것이 무난할 테고, 게임 주인공들이 손을 잡으면 결과가 좋을 것 같았다.

필리는 생각에 잠겼다. 흠, 나도 조언하는 게 낫겠는데.

"필리가 이번 전투에 미련이 남은 거 알아. 하지만 모두가 말했듯이 그건 앞으로의 양식으로 삼으면 돼. 처음 헤어질 때도 말했지만, 자신을 믿고 나아가."

그 말에 드디어 필리의 얼굴에서 그늘이 사라졌다.

"루온 씨……. 고마워요."

"됐어. 불안은 가셨어?"

"네. 반성에 그치지 않고 스스로 어떻게 할지 다시 생각해볼게요."

"그래. 리제에게 소개받을 거야?"

"……만약 루온 씨가 저라면 어떡하겠어요?"

"내가? 필리는 이제까지 어떤 여행을 했어?"

"마물과 싸워왔죠. 비극이 반복되지 않게 하기 위해.서요"

그의 가슴속에는 핀트 마을 사건이 계속 남아 있었다.

"그렇구나. 지금까지 강해지는 중이라면 그것도 하나의 선택이지. 그런데 한 번 멈춰서 재충전을 우선해도 괜찮지 않을까? 그다음에는, 그래……. 협력자를 모은다든가?"

"협력자?"

"인간은 물론이고…… 나는 소피아가 정령과 계약 중이잖아? 그 인연으로 정령이 전쟁에 참가하도록 교섭하는 식으로…… 뭐, 어렵겠지."

사실은 신령도 돕고 있지만……. 갑자기 필리가 깜짝 놀랐다.

"왜 그래?"

"아, 아뇨, 그게……."

"후보가 생각난 거야."

코리가 이야기하기 시작했다.

"실은 일하다가 『광야의 주민』을 구한 적이 있어. 필리는 그들의 협조를 구할 수 있을지 생각한 모양이야."

아, 그러고 보니 사역마가 그런 이벤트를 봤지.

광야의 주민이란, 북부에 있는 광야에 사는 토착민이다. 항상 직접 마물을 몰아내야 해서 전투력이 높았다.

그러나 마왕 침공에 맞서지 못하고 남부로 도망친다. 게임에서는 도망치며 뿔뿔이 흩어진 주민이 마물에게 공격당할 때 돕는 서브 이벤트가 있었다. 보수로 조금 유용한 아이템을 받는 정도의 이벤트인데…….

"리제 씨, 제안은 감사하지만, 우선 그쪽으로 가보겠습니다."

"그래. 아, 소개장은 써줄게. 갈 곳 없으면 꼭 가봐. 소개장은 쿠자 씨를 포함해 세 명이면 될까?"

"쿠자의 의견을 들어봐야 해요. 얼마 전에 동료가 됐는데 다른 목적이 있을지도 모르니까요."

그가 나를 돌아봤다.

"고마워요. 루온 씨, 앞으로는 위기에 빠지지 않도록 열심히 할게요."

필리의 표정이 돌아왔다. 흠, 괜찮을 것 같다. 이제 빛 이야기를 해야 하는데……

"필리, 성에서 몸에 깃든 빛 말인데……."

"잠깐만요."

그가 갑자기 내 말을 끊었다.

"그건…… 다시 만났을 때 들어도 될까요?"

"왜?"

"그 빛이 범상치 않다는 건 알아요. 소피아 씨와 오르디아 씨가 거두었으니까요. 지금 들어봤자 부담만 느낄 거예요. 그러니 제가 납득했을 때, 듣고 싶어요."

호수로 찾아왔듯이 역시 현자의 핏줄의 감이라도 있는 걸까?

"납득이라……. 그럼 다시 만났을 때는 제법 강해져 있어야 해."

"네, 알아요."

그의 개운한 미소에 굳은 의지가 숨어 있었다.

"그럼 내가 할 말은 이게 다야. 필리, 우리도 노력할게. 무운을 빌어."

"네."

그렇게 필리에 관해서는 결판이 났다. 그와 코리는 여행 준비 때문에 방으로 돌아갔다. 그 후련한 표정을 보니 이야기하길 잘했다.

"루온."

두 사람을 배웅하고 리제가 내 이름을 불렀다.

"필리는 해결됐네. 동료들에게로 가자."

"응, 그러자."

우리는 함께 여관 밖으로 나왔다.

『루온 공.』

마을 밖으로 가는데 가르크의 목소리가 들렸다.

『아즈아가 어디 있는지 알아냈다.』

그 말뿐— 자세한 내용을 들어야 했다.

"……아, 맞다. 리제."

"왜?"

"먼저 가. 여행할 때 필요한데 깜빡하고 안 산 물건이 생각났어."

"나중에 사면 안 돼?"

"생각났을 때 안 사면 잊어버려. 옛날에 호된 꼴을 당하기도 했고."

"그럼 먼저 갈게."

리제가 마을 인파에 섞였다. 그녀의 뒷모습을 지켜보고 있으니 유노가 물었다.

"가르크가 연락했어?"

"응. 무슨 말인지 들어봐야지."

숙소에는 오늘도 오르디아가 틀어박혀 있으니 리제와 함께

갔던 광장이 좋겠다.

그래서 리제와 반대 방향으로 발을 옮겼다. 얼마 걸리지 않아 광장에 도착한 나는 담소를 나누는 사람들을 피해 입을 열었다.

"가르크, 장소는?"

『호수 아래…… 땅속이다. 노움의 왕 아크나가 발견했다. 땅속 마력에 마족의 의지가 깃들지는 않았는지 확인 중에 발견했다. 아즈아는 어딘가로 이동한 듯하나 들킬 가능성을 고려해 뒤쫓지 않은 모양이다. 땅속에 있다는 것을 알았으니 내 힘으로 조사할 수 있다.』

"그 이야기, 아마리아와 레핀도 알아?"

『당연하다. 소피아 왕녀와 함께 있어서 따라올 생각은 없는 모양이더군. 루온 공, 지금 가도 되겠나?』

"괜찮아. 얼마나 걸려?"

가르크가 잠깐 뜸을 들였다.

『아크나가 땅속으로 가는 길을 가르쳐 줬는데 조금 거리가 있군. 루온 공이 마법을 쓰고 아즈아와 대화하면…… 반나절까지는 아니어도 저녁까지 걸릴지도 모르겠다.』

"알았어. 유노."

"왜?"

"소피아에게 말 좀 전해줘. 일이 있어서 저녁까지 없을 거라고."

"루온이 직접 말하지 않고?"

"혹시 시간이 걸려서 밤까지 못 돌아가면 나 좀 도와줘."

"앗, 나 두고 가게?"

유노는 같이 가고 싶은 모양이었다. 나는 어깨를 으쓱했다.

"이 대륙 최강 자리에 있는 신령을 상대하는걸. 이번에는 같이 가지 않는 편이 나아."

"……루온이 그렇게 말하는 건 처음이네. 가르크와 싸울 때도 그런 말은 안 했는데."

"그때는 오히려 떨어지면 위험했으니까. 이번에는 무슨 이유가 있어서 마족과 손을 잡았잖아. 무슨 일이 벌어질지 몰라. 아즈아에 관해서는 나도 모르는 게 많고, 상황에 따라서는 큰일이 벌어질 수도 있어."

"으음…… 위험하다는 거야?"

"응. 그리고 늦게 돌아가면 소피아가 걱정하잖아. 직접 말하면 따라올 것 같으니까 부탁해."

유노는 불만스러운 눈초리였으나 이내 포기했다.

"알았어. 어떻게 됐는지 제대로 보고해."

"응, 다녀올게."

나는 손을 흔들고 유노와 헤어졌다.

"가르크, 안내해줘."

『음, 우선 마을을 나가 산기슭으로 가지……. 루온 공이 천사 유노를 두고 온 판단은 옳은 것 같다.』

"무슨 뜻이야?"

『아까도 말했다만, 아크나는 발각될 가능성을 우려해 쫓지 않았다. 아즈아가 마족의 마력을 품고 있던 것도 한 이유이다.』

"……마력을? 그 말은 아즈아가 마력을 빼앗았다고?"

잠시 침묵이 흘렀고, 내가 마을을 나가자 가르크가 다시 입을 열었다.

『가능성은 두 개다. 아즈아가 어떤 야망을 품고 마족의 마력을 빼앗기 위해 5대 마족과 접촉했든가, 땅속에 있는 마력을 제거하거나 제어할 수 있는지 시험하기 위해 마력을 거두었든가.』

"우리에게 전자는 적, 후자는 아군인데…… 어느 쪽이라고 생각해?"

『성에서 루온 공이 싸운 분신은 마족과 연을 끊기 위해 움직인 거겠지. 즉, 성에서 죽은 것으로 하면 다크라이드가 어떻게 되는 뒤에서 움직일 수 있다. 나는 그렇게 해석했다만, 판단은 어렵군.』

"어느 쪽이든 지금부터 아즈아를 만나러 가니까 진상도 들을 수 있지 않을까? 가자, 아즈아에게로."

『음.』

나는 마을 입구에서 이동 마법을 쓰고 목적지로 질주했다.

다크라이드의 거성이 있는 지점에서 서쪽— 산기슭 근처, 나무가 무성한 곳에 입구가 있었다. 예전에 레드라스와 결판을 내기 위해 들어간 동굴처럼 이곳도 노움이 쓴 길인 것 같았다.

안쪽은 저번처럼 칠흑이 펼쳐졌다. 아크나가 조사한 바에 의하면 마족의 마력에 의지가 깃들지 않았고 레드라스와의 결전 때 만난 마물, 다크 돌도 보이지 않았다.

"가르크, 저번에 땅속에 들어갔을 때는 마족의 마력으로 마물이 생겼는데, 이번에는 없어."

『아즈아가 처리한 것 같다.』

흠, 그 부분만 잘라놓고 보면 완전히 우리 편인데…….

『역시 아즈아의 행동은 이해가…… 루온 공, 잠시 기다려라.』

갑작스러운 말에 나는 멈춰 섰다. 마법 불빛으로 주위를 비추고 있으나 빛의 범위 밖은 어둡기만 했다. 앞으로는 길이 길게 이어졌다.

"왜 그래?"

『곧 알게 될 거다.』

대답이 돌아온 뒤, 내 옆에 발소리가 들렸다.

얼른 돌아보자 그곳에는…….

『아즈아가 무언가를 저지르고 있으니 나도 움직여야 한다고 판단했다.』

내게 붙어있는 작은 가르크가 아닌 진짜 가르크가 있었다.

"이리로 온 거야?"

『음, 땅속으로 오면 마족에게 들키지 않는다. 그리고 내 거처를 걱정할 필요는 없다. 며칠 비워놔도 문제없어.』

"그렇다면 괜찮은데…… 아즈아가 어디로 가는지 알겠어?"

『땅의 힘을 이용하면 방대한 마력을 가진 그 녀석을 찾는 건 쉽다. 그런데 목적지가 조금 특이하군.』

"특이해?"

『천사의 유적이 있다.』

유적— 유노와 만난 곳 같은 천사의 유적은 주로 지상에 있었다. 그러나 보고된 예는 적지만, 땅속에도 같은 유적이 있었다.

『그곳은 천사의 힘과 특이한…… 땅속에서 솟아오르는 불가사의한 힘으로 가득한 곳이다. 아즈아는 그곳으로 가고 있다.』

"유적에 들어가기 전에 쫓아야 하나?"

『아마도.』

"서두르자. 거리는?"

『이동 마법을 쓰면 얼마 걸리지 않는다. 대신 도중에 들키겠지.』

"이렇게 땅속을 걷는 시점에서 이미 들켰어."

나는 이동마법을 쓰고 땅속을 내달렸다. 가르크는 거대한 몸을 흔들며 달렸다. 꽤 박력 있는데?

얼마 지나지 않아 전방에서 기척이 느껴졌다. 게다가 그것은 새까맣고 순간적으로 앞으로 나아가는 것을 망설일 정도의 마력을 내뿜었다.

"가르크, 저게……."

『음, 틀림없다.』

이동마법을 해제했다. 그러자 상대가 우리를 알아차리고 멈췄다. 엄청난 마력이 감도는 모습에 경계심을 품었다.

"이리로 오지는…… 않는 것 같네."

『음, 상황을 살피는군.』

우리 쪽에서 조금씩 걸어갔다. 그리고 마침내 어둠과 대면했다.

『기억에 있는 인간과 동포인가.』

『오랜만이군, 아즈아. 내 분신을 그에게 대동시켜서 그대의 분신이 무엇을 했는지 알고 있다.』

가르크가 아즈아에게 대답했다.

사람의 형상에 푸른 몸. 신장은 나와 비슷한 정도. 마치 물이 의지를 가진 인간 흉내를 내는 듯한…… 만지면 탄력 있을 것 같은 매끄러운 몸이었다. 물로 이루어진 옷은 법의 같았고, 어느 나라의 왕처럼 보였다.

머리에 있는 눈이 특징적이었다. 그것은 새하얬고, 나를 응시하며 입을 열었다.

『가르크, 그 남자는 권속인가?』

『그에 관해서는 설명이 길다. 그리고 그 전에 확인할 것이 있다.』

아즈아는 무슨 말인지 이해했는지 잠시 뜸을 들였다.

『……내가 적인지, 아군인지?』

『그렇다.』

『따라와라.』

아즈아가 등을 돌렸다. 여전히 장기가 감도는데 이성이 날아가지 않았다.

"가르크, 어떡해?"

『가지. 나와 루온 공이라면 아즈아도 막을 수 있다.』

"알았어."

아즈아를 뒤따랐다. 그렇게 우리는 천사의 유적에 도착했다. 여태껏 들어갔던 유적보다 훨씬 컸다. 아니, 이건…….

"신전?"

『내 추측이다만, 천사들이 여기서 땅속 깊이 잠든 힘을 신으로 숭배한 것 같다.』

아즈아가 말했다. 그동안 우리는 신전 안으로 들어갔다.

몸집이 큰 가르크도 들어갈 정도로 신전은 넓었다. 빛을 더 밝혀서 건물 안을 둘러봤다. 바닥, 기둥, 천장을 전부 대리석 같은 소재로 만들었다. 이 건물이 태양 아래 있었다면 장엄했으리라.

『여기다.』

얼마 지나지 않아 안쪽에 도착하자 아즈아가 말했다. 바닥에 무언가가 그려져 있었다. 이게 대체 뭐지?

"대륙 지도, 인가?"

『그렇다. 마족 다크라이드와 손을 잡고 땅속을 조사하던 중에 우연히 발견했다. 그리고 신전 아래에 잠든 불가사의한 힘을 이용해 실험을 했다.』

"실험? 무엇을?"

『마왕이 앞으로 쓸 강력한 마법으로 대륙이 어떻게 될지 검증했다.』

나는 바닥을 살펴봤다. 조금 의식을 집중해보니 지도가 그려진 바닥에서 마력이 느껴졌다.

『천사들이 이 불가사의한 힘이 어디서 오는지 이 지도에 정리했을지도 모른다. 지금은 그린 흔적도 사라졌지만…… 이 신전은 힘이 특별히 솟아오르는 지점이었는지 신성한 곳으로 여긴 모양이다.』

"이런 데서 실험을……? 마왕의 마법이 뭔데?"

이미 뭔지 알고 있지만, 아즈아가 어느 정도의 지식이 있는지 확인하고 싶어서 일부러 물어봤다.

『다크라이드는 호수 근처에서 실험했다. 마왕이 이 대륙을 붕괴할 마법의 실험을…….』

『그것을 조사하는 것이 그대의 목적이었나?』

가르크의 물음에 아즈아는 그를 보며 고개를 끄덕였다.

『그래.』

『아즈아, 왜 움직이기로 했지?』

『마족이 남쪽에서 산발적으로 정찰하러 온 것이 시작이었다. 처음에 나를 정찰하는 줄 알고 내버려 뒀다만, 이내 관심을 가지고 조사를 시작했다. 그러다가 호수 근처에 거점을 세운 마족을 발견했다. 호수에 주입하는 마력이 기묘해서 다크라이드에게 접근하기로 했다.』

『협력하는 척하고 정보를 찾았다고?』

『그래.』

"그런데 네가 제공한 힘이 인간 사이에 나돌았어. 우리는 지일다인 왕국 일 외에도 그런 사람과 여러 번 엮였어."

아즈아가 나를 마주 봤다. 내가 이해할 수 있게 말을 고르는 것 같았다.

『……정보를 얻기 위해, 다크라이드는 나를 단순한 정령이라 생각했으나 그놈에게 협력할 자세를 보여야 했다. 내 힘에 다크라이드가 관심을 보였고, 내통자가 있는 지일다인 왕국 인간에게 힘을 제공하고 확신시켰겠지.』

"들어보니 네가 신령이라는 것은 들키지 않았나?"

『의심은 했지. 가르크에게는 들켰지만.』

『같은 정령인데 모를 리가 없지 않나. 마왕 쪽에서 알았으면 더 큰 소동이 벌어졌을 테니 현시점에는 문제가 없다고 생각해도 될 거다.』

마왕 쪽을 계속 관찰해야 하지만, 아즈아가 엮였는데도 시나리오 자체는 게임과 그리 달라지지 않은 것 같았다. 다행이었다.

『힘을 제공한 것은 반론의 여지가 없다. 대륙 붕괴 마법을 조사하기 위해 어쩔 수 없는 일이었다. 나는 그렇게 주장하지.』

게임 시나리오와 달라지지 않았어도 그의 행동으로 변화가 생긴 것은 사실이었다. 그리고 크든 작든 희생도 있었다. 그의 소행으로 여러 사건에 엮인 몸이라 심경이 미묘했지만, 일단 이야기를 진행하자.

"그건 알았어. 그래서 마왕은 그 마법을 쓰는 게 목적이라고?"

『진의는 모르지만, 마왕은 틀림없이 그 준비 중이다. 인간의 나라를 침공한 것은 원활한 준비를 위해서고.』

아즈아가 마족의 기척을 내며 지도를 봤다.

『다크라이드의 성에서 얻은 정보에 의하면 그놈 외에 네 명의 마족이 성을 세웠다.』

"그중 둘은 무찔렀어. 모두 땅속에 마력이 있었고."

『그게 장치다. 지금부터 대륙이 어떻게 될지 보여주마.』

아즈아가 오른손을 바닥으로 향했다. 그러자 손끝에서 검은 마력이 나와 지도 한쪽에 떨어졌다.

그 순간, 지도 전체가 빛나기 시작했다. 갑자기 빛이 퍼지고 처음에는 하얗던 것이 갑자기 검게 변해 지도를 핥듯이 소용돌이쳤다.

게다가 다섯 지점이 그 힘을 보충하며 강화했다. 어둠이, 바람이 휘몰아치는 소리를 내며 지도를 짓밟듯이 굉음을 내다가…… 이내 사라졌다.

『내버려 두면 이 지도에 일어난 일이 반드시 마왕의 손에 일어난다. 검은 소용돌이가 모든 것을 파괴하고 마왕에 맞설 존재가 사라져버려.』

『아즈아, 이에 맞설 방도가 있나?』

가르크가 물었다.

『다크라이드에게서 얻은 마왕의 마법에 관한 정보를 조사한 결과, 지표에 빛이 확산하고 검게 변한 단계에 이르면 같은 양의 마력을 쓰지 않으면 막기 어려워.』

"대륙을 뒤집어놓을 마력량과 동등…… 즉, 땅속에서 마력을 끌어올리는 사이에 승부를 내지 않으면 진다는 말인가."

『바로 그거다. 실패가 용납되지 않으니 마왕의 마법을 막을 수단을 몇 가지 만들어놓아야 해. 물론, 힘으로 몰아붙이는 것도 그중 하나다.』

『음, 그렇군. 아즈아, 그대가 마족의 힘을 흡수한 것은 마법을 검증하기 위해서인가?』

『그렇게 생각해도 상관없어. 반드시 성공해야 하니 누군가가 이런 힘을 얻는 것은 필수잖나?』

"아즈아."

나는 거기서 말문을 열었다. 몇 가지 중요한 점을 확인해야 했다.

"마족 측이 전황을 어떻게 파악하는지 알 수 있을까?"

『다크라이드의 말로는 순조롭게 침공하다가…… 예를 들면 성을 지은 다른 마족이 인간에게 진 것은 다소나마 걱정하는 듯했다. 정작 그렇게 말한 다크라이드는 동료를 업신여겼지.』

"업신여겼다고? 왜?"

『성이 있는 마족끼리 사이가 안 좋을지도 모르겠군. 아니면 마왕의 총애를 받기 위해 다른 마족을 따돌렸다든가.』

그러고 보니 베르나와의 전투 때, 레드라스를 무찌른 우리를 파악한 것 같지 않았다. 그것은 즉, 5대 마족끼리 교류하지 않기 때문인가?

『잇따라 성을 지은 마족을 잃었다. 그러나 누구에게 졌는지 자세한 내용은 모르고 기껏해야 마족을 무찌르는 인간이 있다는 정도밖에 파악하지 못했다. 마족끼리 연계하지 못하는 것일 수도 있다.』

이건 아즈아의 생각이 맞나. 우리가 파고들 틈이고, 리엘이 여러 번 전쟁을 반복해도 대세가 변하지 않은 이유인 듯했다.

독자적으로 마음대로 굴기 때문에, 예를 들어 어떤 마족이 패배해도 신경 쓰지 않고 마왕의 지령만 따른다. 마족은 원래 개인의식이 강한 종족이다. 마왕이라는 절대적인 지배자가 있어도 다른 마족끼리 친하게 지내지는 않는다는 말이다.

개인의 힘이 강한 탓에 인간은 수수방관하고 최종적으로는 마왕이 대군으로 인간을 공격한다. 그것이 남부 침공이다.

마족끼리 연계하지 못하고 인간에게 패배해 최종적으로 마왕이 무거운 몸을 일으킨다⋯⋯. 게임 흐름은 이랬다. 대강 시나리오대로 진행되는 것이 증명됐다.

다만, 아즈아의 힘을 받은 인간이 있던 사건 등 예상하지 못한 일도 많았다. 현시점에 시나리오가 얼마나 뒤틀렸을지⋯⋯. 나는 다시 질문했다.

"네 힘이 담긴 무기와 방어구는?"

『내가 다크라이드에게 힘을 제공하고, 그놈이 도구를 만들어 지일다인 왕국 인간에게 퍼뜨린 뒤, 몇 가지 무기와 방어구를 개발했다. 그대가 쓰러뜨린 것은 그런 무기와 방어구를 얻은 인간이다.』

"아즈아의 힘을 이용한 도구는 최근에 만든 건가⋯⋯."

『그래.』

반대로 말하면 전력이 될 만한 힘을 제공한 것이기도 했다. 뭐⋯⋯ 넘어가자.

"아즈아, 단독으로 마법을 검증할 거야?"

『언젠가 가르크에게 말할 생각이었다.』

『나도 다크라이드에게 빼앗은 정보는 신경 쓰이는군. 그것을 활용해 반드시 마왕의 계획을 막으세.』

『음, 그래.』

……결과적으로는 잘됐나? 솔직히 아즈아가 연관된 사건에 엮인 사람으로서 이해할 수 없는 부분도 있지만.

나는 다시 바닥을 봤다. 마법이 어떻게 발동하는지 알게 된 것은 큰 진보였고, 이것을 근거로 가르크가 대책을 세워줄 터였다. 대륙 붕괴 저지를 향해 전진한 것은 분명했다.

나는 아즈아를 봤다. 아직 장기를 내뿜는 신령에게 물었다.

"아즈아, 그 마족의 마력은 어떻게 된 거야?"

『다크라이드에게 협력했을 때, 무기와 방어구를 만들 때 필요하다고 말해서 입수했다. 땅속에 주입한 마력을 빼앗는 짓은 하지 않아. 외부에서 간섭하면 무슨 일이 일어날지 모르니까.』

아즈아도 위험하다고 판단했구나. 뭐, 그건 건드리지 않는 게 낫다는 데는 동의했다.

『이 마력을 이용해 더 검증할 거다.』

『그 상태로도 문제없나?』

가르크가 물었다. 마족의 마력을 품은 채로는 위험할 것 같은데…….

『그놈의 의지가 섞이지 않아서 그냥 힘 덩어리다. 쓰는 방법에 따라 독이 될 수도 있지만, 나라면 문제없어.』

그렇게 말한 직후, 아즈아의 몸에서 무언가가 나왔다. 파란…… 구체?

그러자 아즈아의 몸에서 장기가 사라지고 파란 구체에서 장기가 나왔다. 이건…….

『아즈아, 그게 뭔가?』

『이 신전에 있던 아티팩트…… 천사의 핵이다.』

천사의 핵?

『천사는 골렘처럼 조종하는 병사를 만들 때 핵을 심는다.』

아, 코어.

『보통 핵은 내가 마력을 주입하면 바로 부서지는데, 이 신전엔 있던 천사의 핵은 특별했다. 내 마력을 주입해도 실금 하나 가지 않는 물건…… 마력 용량이 엄청나다. 저 땅속에 잠든 힘을 이 구체에 모았는지도 모르겠군.』

"……땅속에 잠든 힘을?"

의문을 제기하자 아즈아가 고개를 끄덕였다.

『다시 말하지만, 천사가 이렇게 땅속에 건물을 세운 것은 그 힘을 연구했거나 이런 신전을 세워 숭배했기 때문이라고 생각할 수 있다. 힘은 우리 신령도 해명할 수 없어. 한 가지 말할 수 있는 것은 터무니없는 무언가가 땅속에서 자고 있다는 것뿐이다.』

게임에도 그런 설정이 있는데 마왕과의 전쟁에 직접 연관되지는 않았다. 일단 지금은 이런 유적이 있다는 것을 알고만 있으면 되겠지.

『하던 이야기로 돌아가지. 다크라이드의 힘을 빼앗는 데 성공해서 이렇게 검증하려고 했다.』

그렇게 말하며 아즈아가 구체를 가르크에게 건넸다.

『가르크, 너도 주입해라.』

『마력을 말인가?』

『마왕의 마법을 막으려면 우리가 반드시 손을 잡아야 해. 페우스도 협조해야 하지만, 우선은 나와 네 마력이 섞일지, 마족의 마력이 닿으면 어떻게 될지…… 검증해야 한다.』

『흠, 좋다.』

가르크가 오른쪽 앞발로 천사의 핵을 건드렸다. 그러자 발끝에서 마력이 솟구쳐 나왔다.

하얀 빛이 핵을 뒤덮고 신전 안을 눈부시게 비추었다. 가르크는 핵이 가득 찰 때까지 주입하려고 했는데…… 핵은 아무렇지 않게 마력을 계속 흡수했다.

『대단하군.』

가르크가 중얼거리고 발을 뗐다.

『아즈아보다 많이 주입했는데 괜찮나?』

『조정하지.』

아즈아가 마력을 보냈다. 둘의 마력이 조화를 이루면 실험하려는 모양이었다.

흠, 나는 어떡하지? 아즈아가 우리 편으로 확정됐으니 계속 여기 있을 필요는 없었다. 실험은 내 지식 범위를 초월한 것 같으니 여기 있어도 별다른 의미는 없을 것 같았다.

『흠, 섞이긴 한 것 같군. 속성은 다르지만, 정령의 형질을 띠었기 때문인가?』

아즈아가 말하자 가르크가 동의하며 고개를 끄덕였다. 문제없는 모양이군. 그렇다면······.

"가르크, 나는 이만 지상으로······."

그렇게 제안하려던 때였다.

갑자기 아즈아가 들고 있던 천사의 핵에서 검은 연기가 뿜어져 나왔다. 아즈아도 예상 밖이었는지 반사적으로 손을 뗐다.

천사의 핵이 바닥에 떨어졌다. 가르크가 「왜 그런가?」라고 묻자마자 연기가 더 솟구쳤다.

심지어 그것은 아즈아의 마력이 아니었다. 명백한······ 장기!

『이건······.』

아즈아가 경계하는 사이에도 장기가 늘어났다. 가르크가 자기 오른쪽 앞발을 들어 바닥을 내리쳤다.

다음 순간, 신전 밖에서 지이잉 하는 소리가 들렸다. 무슨 일인지 생각하는 동안에도 천사의 핵이 장기를 내뿜었다.

"가르크, 지금 소리는······."

『우선 신전 내외를 차단했다.』

"차단?"

『마족에게 들켜서 도망치면 곤란하지 않겠나?』

그 말에 나도 상황을 이해했다.

무언가에 의해 천사의 핵에 잠든 마족의 힘이 활성화했다. 아니, 그게 아니라······.

『기다리고 있으니 내게 승기가 왔군.』

핵에서 목소리가 들렸다. 당연히 신령의 목소리는 아니었다.

그 순간, 아즈아가 천사의 핵을 우회해 가르크 옆에 섰다. 그 사이, 마력을 내뿜던 천사의 핵이 홀로 공중으로 떠오르더니, 마력이 그 주위를 둘러싸기 시작했다.

순식간에 형태를 이루었다. 무사 같은 생김새. 이것은…….

"다크라이드인가……?!"

『신전을 봉쇄했나? 현명한 판단이다.』

성에서 만났을 때와 똑같은 모습— 아니, 저번과 차원이 다른 장기를 내뿜는 것은 가르크와 아즈아의 힘을 흡수했기 때문인가.

"본체는 없앴는데……."

『협력을 구할 때 숨어들었겠지. 내 안에 있을 때는 아무것도 못 했지만, 힘을 주입할 때 핵으로 도망쳐 움직일 수 있게 되었나.』

아즈아가 대답했다. 다크라이드의 웃음소리가 울려 퍼졌다. 정답이었다.

『설마 저번 전투에 신령이 깊게 연관됐을 줄이야.』

"본체가 아니라 분신이군."

『너희 덕분에 이제는 본체를 능가하는 힘을 얻었지.』

다크라이드가 두 팔에 칼을 만들자마자 내리쳤다. 칼이 지면에 닿은 순간, 마력이 폭발하며 우리에게 날아오는 충격파로 변했다.

나는 곧바로 마력으로 검을 만들어 바람의 칼날을 날렸다. 칼날이 충격파와 부딪혀 사라지자 검에 마력을 실어 휘둘렀다.

검과 마력이 부딪혔다. 빛이 퍼지며 마력의 궤도가 어긋나 내 옆을 지나갔다. 가르크와 아즈아에게 맞지 않고 가르크가 만든 마력장벽에 충돌했다.

둔탁한 소리가 신전에 메아리쳤다.

『윽……!』

가르크가 신음했다.

"가르크, 힘들겠어?"

『핵에 나와 아즈아의 마력을 상당량 넣었다. 이 정도 위력은 당연한 일이다.』

『냉정하군, 신령.』

가볍게 칼을 휘두르며 다크라이드가 말했다.

『신령이 눈여겨보는 인간인가?』

아까 마력을 튕겨내느라 왼팔이 뜨거웠다. 가르크에게 받은 마력제어 리본이 이렇게 됐으니 내 힘을 알아차렸으리라.

『그 힘, 자칫하면 폐하께 방해가 될지도 모르겠군……. 여기서 퇴장해라.』

"……가르크, 장벽에 공격이 맞지만 않으면 돼?"

『나 혼자서는 싸우는 도중에 사라질 가능성도 있다.』

만약 장벽이 사라지면, 다크라이드가 신전을 탈출해 신령이 움직이는 사실을 마왕에게 보고할 것이 분명했다.

그것만은 반드시 막아야했다.

"알았어. 아즈아, 가르크와 힘을 모아 장벽을 강화해줘. 밖으로 내보내는 게 제일 위험해."

『······강할 것 같다만, 괜찮겠나?』

"어떻게든 해볼게."

『재미있군. 네 놈부터 올 거냐?』

그 목소리가 입맛을 다시는 것처럼 들렸다. 신령의 힘을 흡수해 고양되었나.

나는 조용히 마력을 모았다. 적은 두 신령의 힘을 흡수했다. 처음부터 전력으로 간다.

오른팔에 힘을 모으고 그 힘을 해방하기 위해 주문을 입에 담았다.

"대지에 깃든 정령들이여, 마(魔)를 물리칠 기적을 일으켜라."

전기가 파직거리는 소리와 함께 복잡한 문양이 그려진 은백색 검이 나타났다. 『백왕검(白王劍)』— 무속성 계통 마법검 중 최고봉인 무기였다.

그리고 다시 태어난 다크라이드가 장기를 분출했다.

『땅속에서 생을 마감해라.』

"거절한다. 사라지는 건 너다!"

장기가 한층 진해졌다. 나는 몸에 두른 마력장벽을 강화했고, 전투가 시작됐다.

『죽어라!』

다크라이드가 선수를 쳤다. 양팔을 교차했다가 펴며 마력

칼을 만들고 내게 달려들었다.

　나는 신령들이 맞을 위험성을 고려해 정면에서 막았다. 검 끝이 닿은 순간, 엄청난 압력이 실렸다. 나는 적처럼 칼을 만들어 단번에 휘둘렀다.

　휘두른 칼 때문에 압력이 느슨해지는 느낌이 들었다. 적의 마력을 죽이고 곧바로 다크라이드에게 달려들었다.

　『안 통한다.』

　단 한마디─ 다크라이드가 가슴으로 날아드는 내 마력을 대충 쳐 없앴다.

　그러나 공격은 그게 다가 아니었다. 적은 왼손을 내민 나를 봤을 것이다.

　"천공의 성창!"

　빛 속성 중급 마법 『홀리 랜스』의 푸른빛이 신전에 번쩍이며 마족을 공격했다.

　그러나 푸르스름한 빛은 펑 터지며 다크라이드의 몸을 쓰다듬기만 했다. 이것은…….

　『무효화로군.』

　가르크가 말했다. 적이 신령이 가진 장벽의 특성을 얻었다.

　이러면 빛 속성은 쓸 수 없었다. 얼른 효과 있는 기술과 마법을 머릿속에 정리했다.

　적에게 가르크와 아즈아의 특성이 있다면 가르크의 땅과 빛, 아즈아의 물과 어둠, 이렇게 네 가지는 쓰지 못한다. 그렇다면 불과 바람인데……. 최상급 마법이 화려하고 무차별적이라 문제였다. 신전 강도가 어느 정도인지는 몰라도 무리했다가 무너지면 생매장되는 꼴이었다. 자칫 잘못하면 우리는 옴짝달싹 못하고 다크라이드는 자유로워져서 장벽을 돌파할 수도 있었다.

요란하지 않고 위력 있는 공격이라……

『개막전으로는 그냥저냥이군.』

다크라이드가 중얼거렸다.

『성에서 멋대로 군 것…… 여기서 처리해주마.』

그 말과 동시에 다크라이드가 달려들어 눈 깜짝할 사이에 육박해 공격을 퍼부었다.

나는 전력으로 막았다. 한 번 막을 때마다 대기가 흔들리는 것 같은 착각이 들 정도의 마력이 튀었다. 다크라이드의 칼은 이때까지 싸운 어느 적보다 무거웠다. 한순간이라도 힘을 빼면 날아갈 기세였다.

게다가 다크라이드의 공격은 여파도 있었다. 충격파가 돌바닥을 치는 것을 보니 온 힘을 다해 바닥을 칼로 내리치면 신전이 부서질 듯했다.

『인간이여, 여기까지다!』

다크라이드가 울부짖었다. 장렬한 교전 중에 나는 냉정함을 유지하려고 애쓰며 점점 매서워지는 공격을 막았다.

그래봤자 신령에게 빼앗은 힘이라 소진하면 끝이었다. 그래서 마력이 끊기기를 기다리는 방법도 있긴 한데…… 적이 모를 리 없었다. 계속 접근해서 싸울 것 같지 않았다. 그보다 먼저 손을 써야 했다.

그때, 나는 동료들의 훈련이 떠올랐다. 눈앞에 벌어지는 일은 소피아와 실비가 치고받던 풍경과 비슷했다.

『끝이다!』

다크라이드가 오른손에 마력을 모았다. 혼신의 일격임에 의심의 여지가 없었다. 나는 얼른 양손에 힘을 모았다.

몸이 아즈아를 보고 배웠던 산발적으로 발휘하는 기술을 상기했다. 단번에 힘을 끌어올려 팔에 모아 다크라이드의 공격을 박살냈다!

교차하는 공격— 신전에 귀가 마비될 것 같은 굉음이 울리고 충격이 온몸을 때렸다.

그래도 나는 버텼다. 반격할 여지가 있었다.

『아니?!』

이제야 다크라이드도 반응했으나 이미 늦었다!

나는 곧바로 검을 내질렀다. 다크라이드는 왼쪽 칼로 막으려고 했으나 순간적으로 마력을 끌어내 저지했다.

동시에 실비의 고유기 『일찰나』가 떠올랐다. 고유기는 습득할 수 없지만, 참고는 가능했다.

다크라이드가 다음 행동에 들어가기 전에 내 공격이 먹혔다. 갑주에 막혀 다치지 않았는지 바로 반격하려고 했으나, 그보다 먼저 내 두 번째 공격이 들어갔다.

『무슨……!』

경악에 찬 목소리— 그 순간, 다크라이드의 칼을 밀어내며 돌진했다. 불꽃, 철을 베는 감촉, 요란한 쇳소리. 내 검이 의지를 가진 듯이 쇄도하며 다크라이드를 질리게 했다.

엄청난 속도로 쏟아진, 총 20연속 공격—.

마지막 내려치기가 먹힌 순간, 다크라이드가 장기를 분출했다.

『깔보지 마라……!』

하지만 어울려줄 생각은 없었다. 더 공격했다.

다크라이드는 같은 기술인 줄 알았는지 받아치려고 했으나 한발 늦었다.

처음은 그냥 가로 베기— 그러나 일단 공격이 시작되면 가속도적인 응수가 시작된다!

『칫!』

다크라이드가 혀를 차며 저항했다. 내 검을 쳐내려고 했으나 그 시도를 적확하게 전부 쳐내고 공격했다.

이어진 두 번째 응수— 검에서 마력이 흘러나왔다. 베는 데 성공하자 마족의 몸이 빛으로 덧칠되며 굳어갔다. 그런 상황에 나는 속도를 유지하며 다크라이드에게 계속 공격을 퍼부었다.

반격의 여지를 주지 않고 이번에는 마지막으로 검을 내질렀다. 마족이 떠밀려 날아갔다. 그 기척에서 여유가 사라지고, 없애야 한다는 강한 의지가 느껴졌다. 그 모습을 보니 적어도 내가 살아있는 동안에는 신령을 노리지 않을 것 같았다.

적의 힘을 어느 정도 파악했다. 조금 전의 기술은 장검 최상급 기술 중 하나인 『청룡무(靑龍舞)』로, 실비의 『일찰나』를 능가하는 20연속 공격을 쏟아 붓는 큰 기술인데, 단발 공격력이 낮아서 그녀의 난무 기술보다 위력이 떨어졌다.

전력을 다하고 있으니 다크라이드가 본래 힘을 갖고 있었더라도 두 번째 공격에 죽었을 것이다. 그런데 지금은 버텼다. 가르크와 아즈아의 힘이 다크라이드의 본래 힘을 능가한다고 해석할 수 있었다.

『역시 너는 죽어야 해.』

다크라이드가 칼을 들었다. 칼날에서 얼어붙을 듯한 장기가 흘러나왔다. 얼음 속성 계열 공격으로 구속할 줄 알았으나 그럴 낌새는 보이지 않았다. 혹시 신령의 힘 때문에 원래 힘을 못 쓰나? 아니면 이만한 힘이 있는 나를 생포하기는 힘들다고 판단했나?

숨을 골랐다. 아까 같은 연속 공격을 연달아 써도 생각처럼 마력장벽을 돌파할 수 없었다. 더 강력한 큰 단발 기술이 필요했다.

그렇다면 선택지는 하나─.

검에 마력을 주입했다. 검이 발광하며 신전에 마력을 내뿜었다.

다크라이드는 움직이지 않았다. 방어 자세인가? 어떻게 나올지 살피는 기세였다.

그렇다면─ 앞으로 한 걸음 거리를 좁히자 마족도 반응해 칼이 번뜩였다. 뒤에 있는 신령들은 또 겨루기 양상에 들어갈 줄 알았겠지만, 그럴 생각은 없었다.

양팔로 검을 들고 자세를 낮췄다. 목표는 마족의 품— 그러나 반격하리라.

다크라이드는 사정거리에 들어가자마자 마력을 내뿜으며 양손의 칼을 세로로 휘두르려고 했다. 나를 막는다기보다는 때려 뭉갠다는 표현에 가까웠다.

나는 다크라이드가 자세를 잡은 순간, 팔과 다리에 힘을 실었다. 아즈아가 선보인 순간적 신체강화로 칼이 내리쳐지기 전에 품으로 달려들었다!

다크라이드는 소리도 내지 못했다. 강화한 팔로 검을 터무니없이 빠르게 가로로 휘둘렀다.

그 순간, 하얀 마력과 함께 섬광이 시야를 가득 채웠다. 그것은 한순간 다크라이드를 감싸는 듯하더니, 폭발하며 내 앞에 충격파를 일으켰다.

마력이 다크라이드를 지나 확산하며 굉음이 울려 퍼졌다. 장검 최상급 기술 『신위절화(神威絶華)』— 적에 마력 칼을 날리는 극히 심플한 기술이었다. 그러나 맞은 순간, 충격파가 부채꼴로 확산되고, 공격당한 적은 칼의 소용돌이에 휩쓸려 갈기갈기 찢겼다. 장검 원거리 기술 중 최고 자리에 있는 오의였다.

폭발 충격파가 다크라이드를 중심으로 꽃이 피듯 신전을 뒤흔들었다. 나는 일단 후퇴했다. 마력 여파로 다소나마 건물에 손상이 갔지만, 마법을 쓰는 것보다는 나았다.

잠시 뒤, 칼이 내뿜는 빛이 사라지자 다크라이드는 전혀 다

른 모습이었다.

『너…… 네 이놈…….』

마족이 저주하듯이 중얼거렸다. 양팔의 칼은 너덜너덜했고, 갑주도 여기저기 부서졌다. 기력도 대폭 줄어 약해졌다.

확인을 위해 다시 공격했다. 한 번 더 같은 기술을 쓰려고 질주하자 다크라이드는 엉망진창이지만, 대응하려고 했다.

신령의 힘을 품었다고는 하나, 갑주 재생에는 시간이 걸렸다. 그렇다면 회복되지 않은 사이에 공격할 뿐!

『큭!』

다크라이드는 신음하며 전투태세에 들어가 마력을 분출했다. 엉망진창인 상태로 억지로 마력을 강화했다.

그렇다면…… 그것을 능가하면 돼!

기술은 아까와 같은 『신위절화』— 그러나 아까보다 기술 준비 시간이 짧았다.

하지마 방법이 있었다. 순간적인 힘 해방— 다크라이드의 마력장벽은 틀림없이 겉만 튼튼할 테니 그것만 부수면 기세로 벨 수 있었다.

검이 닿은 순간, 마력을 해방했다. 아즈아가 우리를 위협했을 때처럼 신전 전체를 내 마력으로 채우는 느낌으로 검에 힘을 모았다.

다크라이드는 그것을 어떻게 해석했는지 한 걸음 뒤로 물러났다. 곧바로 자세를 가다듬었지만, 물러난 것 자체가 답이었다.

두 자루의 칼을 교차해 방어하는 다크라이드에게 내 공격이 들어갔다.

겨루기 없이 순식간에 결판이 났다.

장벽을 부수려고 쓴 마력이 내가 원한 결과를 가져왔다. 종이라도 자르듯이 마력장벽을 부수고 갑옷에 칼날이 들어갔다.

그리고 저항도 없이 다크라이드의 몸에 검이 박히는 광경이 눈에 들어왔다. 베는 느낌이 전혀 없었다. 내 검은 두 신령의 힘을 지닌 마족도 쉽게 박살냈다.

시야가 새하얗게 물들었다. 충격파가 퍼지고 신전이 태양 아래 있는 듯한 착각에 빠졌다.

그러나 그것도 한순간일 뿐— 빛이 사라진 시선 끝에 아슬아슬하게 두 조각나지 않은 다크라이드가 보였다.

『……흐.』

마족에게서 메마른 웃음이 흘러나왔다. 힘이 다한 것일까, 천사의 핵에서 나올 수가 없는 것일까. 마족이 천천히 검을 들었다.

『마족에게, 영광이 있으라.』

돌격— 발놀림이 평소와 다르지 않았다.

다크라이드가 칼을 들어 내리쳤다. 하지만 나는 아무것도 하지 않았다. 어떤 결말이 기다리는지 이미 알고 있었다.

칼이 내 오른쪽 어깨에 닿았다. 다음 순간, 칼이 부러졌다.

그것으로 끝이었다. 파편이 바닥에 떨어지고, 다크라이드는 내 앞에 쓰러져 재가 됐다. 이 세계에서 소멸해 지면에 떨어진 천사의 핵만이 남았다.

"······이걸로, 끝인가."

『아니, 아직이다.』

아즈아가 말했다.

『루온 공을 봤다. 어떻게든 마왕에게 보고하려고 할 것이다. 죽은 것처럼 보인 것은 반쯤 연출일 테지. 아마 천사의 핵에 의지를 심어놓았을 거다.』

"핵을 부수지 않으면 위험해?"

『그렇지. 그런데 부술 수 있을지······.』

신령이 그렇게 말할 정도인가······. 일단 시도해보자.

나는 한 치의 망설임 없이 검을 휘둘렀다. 검이 작은 핵에 닿자 메마른 소리가 났다.

깨끗했다.

"마력을 실었는데, 역시 아티팩트는 튼튼하구나."

『아니, 다른 요인이 있군.』

가르크가 말했다.

『루온 공이 검을 내리친 순간, 핵이 검 끝에 있던 마력을 흡수했다.』

"······그 말은 설마."

『음, 마력을 쓴 공격은 전부 무효다.』

뭐야, 귀찮게······. 그럼 마력을 쓰지 않고 검의 예리함만으로 어떻게 해야 하는 건데, 턱도 없었다.

『마력을 쓰려면 한 방법밖에 없다.』

"그게 뭐야?"

『핵의 마력 허용량이 상당하지만, 허용량을 뛰어넘으면 배출할 것이다. 즉, 핵 속을 일정한 마력으로 채우면 다크라이드의 의지가 깃든 마력을 밖으로 밀어낼 수 있다.』

"결국은 힘……. 핵을 파괴할 기세로 마법을 쓰면 될까?"

『그렇겠군.』

"그럼 가르크와 아즈아가……."

『불가능하다.』

불가능? 의아해하니 가르크가 설명했다.

『다크라이드는 나와 아즈아의 힘을 흡수했다. 우리가 마법을 써서 핵에서 의지를 밖으로 배출하려고 해도 그 힘 자체를 흡수할 가능성이 커. 아마 협력했던 아즈아의 마력을 분석해 자기 것으로 쓸 수 있게 손을 써놨을 거다. 같은 신령인 점을 이용해 내 마력도 거둔 것이고.』

"아까와 똑같은 일이 벌어질 거라는 말인가……. 즉, 나 혼자서 알아서 하라는 거네."

『봉인하고 방치하는 방법도 있다.』

아즈아가 의견을 냈다.

『다만, 천사의 핵에 아직 다소나마 우리의 힘이 남아있을 거다. 단단한 마력장벽을 만들어야 하긴 하지만…….』

"완전히 없애지 않으면 위험하겠어."

나는 후우, 숨을 내쉬었다.

"알았어, 할 수 있는 건 해볼게……. 가르크, 어떤 마법을 쓸까?"

『천사의 핵에 힘이 잘 모이기만 하면 된다. 속성은 상관없다.』

"하나에 집중이라…… 한 가지 생각이 있어. 어둠 속성이어도 될까?"

『상관은 없다만, 쓸 수 있나?』

"응."

몸속에서 마력을 끌어올렸다. 핵을 부술 수 있을 정도로, 사정없이 퍼부어주마!

그리고 마법 성질상 신전에 피해가 가지 않아서 이상적이었다.

신령들이 나를 지켜봤다. 뒤에 있는 그들의 시선을 느끼며 착실히 준비를 마쳤다.

"……간다."

선언과 동시에 마력을 해방했다.

"거대한 허무여, 내 손에 혼돈과 절망을 내려 모든 것을 고루 멸하라. 오라, 신멸(神滅)의 영역!"

주위가 갑자기 어둠에 휩싸였다.

갑자기 우주공간에 떨어진 것 같은 끝없는 칠흑이 펼쳐졌다. 그 속에 어둠이 꿈틀거리는 것을 가르크와 아즈아도 봤으리라.

『이 마법은…….』

가르크가 중얼거렸다. 그동안에도 깊은 나락으로 떨어지는 듯한 느낌이 나를 에워쌌고 어둠이 소용돌이쳤다.

이것은 어둠 속성 최상급 마법 『엔드 오브 크리쳐』— 게임에서는 어둠이 전투필드 전체를 휩싸고 모든 힘을 지닌 어둠이 마물을 에워싸 죽음을 내렸다.

그 광경은 현실이 된 지금도 존재했다. 무수한 어둠이 마치 원념 있는 망령처럼 핵으로 달려들었다. 하나하나에 살의가 가득했다. 평범한 마물은 이 공간에 있기만 해도 소멸할 절대적인 힘이었다.

어둠이 신전 안을 격리하고 천사의 핵으로 쇄도해 집어삼켰다. 시야에서 핵이 사라지고 폭풍우 같은 어둠이 모든 것을 휩쓸었다.

다음 순간, 어둠이 폭발했다. 뒤틀리며, 피어나며, 소용돌이치며, 침식하며, 짓뭉개며, 튀며, 모든 어둠이 천사의 핵을 파괴하려고 앞다퉈 몰려들었다.

마치 종말이 온 것 같은 농밀한 어둠— 어둠이 날뛰는 기괴한 소리는 비명으로도, 탁한 신음으로도 들렸다.

『대단한데.』

아즈아가 말했다. 내 힘이 신령을 경악시킬 정도라는 것을 새삼 깨달았다.

이윽고 어둠이 조금씩 사라졌다. 먼저 주위를 뒤덮은 어둠이 사라지고, 천사의 핵에 들러붙은 어둠이 녹아내렸다.

그리고 아직 형태를 유지하고 있는 천사의 핵과 그 근처에 아까까지는 없었던 희미한 푸른빛이 눈에 들어왔다.

『성공이다. 루온 공, 그것이 다크라이드의 의지다.』

가르크가 단정했다.

『그 마법으로 천사의 핵 안에 있던 모든 마력을 밖으로 밀어낸 듯하다. 나를 이긴 것도 그렇고, 놀라울 따름이군.』

그 말에 아즈아가 「호오」 하고 중얼거렸다. 관심이 생긴 모양이나 가르크가 이야기를 진행했다.

『이것을 검으로 베면 된다. 루온 공, 해주겠나?』

"응."

나는 검을 들었다.

빛은 의사가 깃들었는지 알 수 없을 정도로 움직이지 않았다. 아니, 이 모습이 되면 더는 움직이지 못하나? 아무튼 나는 검에 마력을 주입하고 빛을 벴다.

키잉, 신전 바닥에 상처를 내는 소리. 둘로 갈라진 빛이 힘을 잃고 티끌이 되어 사라졌다. 다크라이드의 최후는 몹시 싱거웠다.

"이걸로 끝인가?"

『아니, 아직이군.』

가르크가 다시 부정했다. 무슨 말이지?

『다크라이드의 의지를 부수는 것은 성공했다. 그러나 그렇게 강하지 않았나. 유적 안에 힘을 숨겨놓았을 가능성도 있어. 아니면…… 아즈아가 천사의 핵을 거두었으니 다크라이드가 가진 힘의 잔재가 남아 있을지도 모른다.』

『그것들을 없애지 않으면 안심할 수 없다는 말이지.』

가르크에 이어 아즈아가 말하고 그 자리에 앉았다.

『나도 모르는 사이에 그놈의 마력을 거두었는데 그 양이 너무도 적어 아무렇지 않았다. 하지만 천사의 핵에 힘을 주입할 때, 내 몸에 무슨 짓을 했을 가능성은 부정 못 해. 그러니 전부 제거해야 한다.』

"구체적으로 뭘 해야 해?"

『우선 시간을 들여 내 몸에 있는 마력을 전부 바꾼다. 그리고 모든 잔재를 모아 내 손으로 부순다. 이대로 진행하겠다.』

『유적 조사는 내가 하지.』

가르크가 말했다. 그렇다면―.

"내가 나설 일은 없나 보네."

『음. 다만, 만약을 위해 여기서 기다려야 한다.』

"기다리라고?"

『이 신전은 나와 아즈아의 장벽으로 격리되어 있다. 현시점에 이곳에서 일어난 일이 새어나갈 우려는 없어. 안전하게 가려면 이 상황을 유지하고 작업이 끝날 때까지 기다려야 한다.』

"아하, 원래는 있을 수 없는 사태가 벌어졌으니 확실하게 처리할 때까지 격리된 공간을 해방하는 건 위험한가……. 나는 괜찮아? 모르는 사이에 다크라이드의 마력을 흡수했다든가?"

『마력장벽만 잘 펼쳤으면 몸에 들어가지 않으니 그 점은 걱정하지 않아도 된다.』

"그래? 시간은 얼마나 걸려?"

『모른다. 몇 시간 만에 끝날 수도 있고, 며칠이 걸릴 수도 있지.』

날짜가 바뀔 수도 있다고……?

"……물은 마법으로 만들 수 있고 몸은 마력으로 어느 정도 유지할 수 있으니까 며칠은 괜찮아. 더 걸릴 것 같으면 다시 이야기하자."

『음, 미안하군.』

"들키면 끝인 전투 중이잖아. 그 정도는 경계하는 게 당연해."

나는 대답하고 바닥에 앉았다.

"싸웠더니 나도 피곤해. 뒷일은 그쪽에 맡길게."

『음, 거기서 기다려주게.』

그 말을 남기고 두 신령이 움직이기 시작했다.

신령들이 작업하는 동안, 나는 신전에서 그들을 보며 지일다인 왕국의 소동을 생각했다.

다크라이드와 아즈아가 손잡고 저지른 여러 가지 일에 대해 생각하는 바가 있고, 작업이 끝나는 대로 이야기를 해봐야 하는데…….

『루온 공.』

그때, 아즈아가 내게로 다가왔다.

"끝났어?"

『아니, 아직. 지금 해야 하는 일을 하러 왔다.』

아즈아가 갑자기 내 앞에 한쪽 무릎을 꿇고 신하의 예를 갖췄다.

『이번에 내가 범한 실태는 그대가 없었으면 해결할 수 없었다. 다시 감사를 표한다.』

신령이 이렇게까지 할 줄은 상상하지 못했다.

『게다가 내가 재액의 씨앗을 뿌린 것은 분명하다. 그것을 해결로 이끈 것에도 깊은 감사를 표한다. 그리고 가르크가 협력하는 그대의 방침을 따르겠다.』

아즈아가 가르크를 봤다.

『그와 협력하는 이유를 말해주겠나?』

『음, 작업이 끝나는 대로 말하지. 루온 공, 그래도 괜찮겠나?』

"대륙 붕괴를 막으려면 신령의 힘이 필요해. 나도 협조해주면 고맙지. 그런데 하나만 말해줘."

『그러지..』

나는 아직도 한쪽 무릎을 꿇은 아즈아를 보며 말했다.

"이번 소동은 필요한 일이었는지도 몰라. 하지만 이것을 계기로 여러 폐해가 일어난 건 사실이야. 수왕 아즈아…… 그것을 보상하기 위해 내게 협력해줘."

『물론이다. 있는 힘을 다하겠다고 약속한다.』

이렇게 신령 아즈아가 동료가 되었다. 그러나 그의 행동으로 게임 시나리오와 얼마나 차이가 생겼을지……. 시나리오 틀에서 크게 벗어나면 나도 다르게 움직여야 했다. 이것은 마왕과 마족을 관찰하며 확인해야 했다.

그때, 한 가지 의문이 생겼다.

"아즈아, 전투가 시작되기 전에 이렇게 움직이게 된 경위를 말했잖아. 조금 더 자세히 설명해주겠어?"

『좋다. 움직인 이유는 대륙 남쪽에 마족이 득실거렸기 때문인데…… 왜 마족이 그렇게 움직였는지 다크라이드에게 들었다.』

다크라이드에게…… 침묵하고 있으니 아즈아가 계속 말했다.

『아무래도 그 시기에 남부 파병이 늘었던 모양이다. 그래서 나는 마족에 관심을 가지고 조사하려고 했다. 요인은 크게 두 가지다. 하나는 마왕 쪽에 붙은 자의 조언이다.』

"조언?"

『루온 공, 저택에서 내 분신과 만났을 때, 배신자에 관한 자료를 보았나? 챙겼나?』

……제크에스 왕자 말인가.

"응, 확인했어. 상대가 왕자라서 나라가 상당히 신중해졌어."

『그런가. 왕자의 조언으로 남부를 공격할 준비를 해야 한다는 것이 첫 의견이었다만, 마왕은 북부의 강국, 특히 현자의 핏줄이 다스리는 발크스 왕국을 고려해 북부부터 공격했다.』

배신자는 그런 식으로 엮였는가. 그런데 이 정보만 보면 게임 시나리오대로 진행되는 것 같았다. 아즈아가 움직인 계기는 대체 무엇일까?

『남부에 마족이 활개 치는 다른 이유는 전쟁 개시 전에 일어난 이변 때문이다.』

"이변……?"

『첫 목표로 정한 발크스 왕국 북부의 장기 흐름이 이상해졌다. 그것이 침공 준비의 영향인지 판단하기 위해 남부에도 마물을 보내 대륙을 조사했다. 그 나라만은 기습으로 공격하지 않으면 성가시다고 판단했는지 들키지 않도록 신중하게 움직였다. 결과적으로 아주 작은 지역에서만 이상이 발견됐기 때문에 문제없다고 판단했다만.』

"구체적으로 어디인데?"

『이틀라스 산맥이다.』

지명을 듣고 나는 표정이 복잡해졌다.

"아즈아, 그건 본격적인 전쟁이 시작되기 전의 일이지?"

『그래.』

"사실, 나 그 산맥에 있는 동굴에서 강해지려고 계속 마물을 처리했는데…… 설마…….."

『아마 관계가 있겠지. 지상의 장기양만 조사했다만, 다량으로 마물을 죽였다면 적지 않은 영향을 줬을 거다.』

……내 수행이 원인이었다고? 그 작은 계기로 아즈아가 자발적으로 움직였고, 게임 시나리오에 큰 영향은 주지 않았지만 그래도 착실하게 차이가 생겼다.

『그리고 마왕과의 전쟁에 관해 한 가지 보고할 게 있다.』

아즈아가 계속 말했다. 그다지 좋은 이야기는 아닌 듯했다.

『마왕 편이 된 왕자 이야기다. 지일다인 왕국의 궁정마술사장이 체포된 것을 알자마자 그가 모습을 감췄다. 아마 그리머지않아 지일다인 왕국에도 전해질 거다.』

"체포되기 전에 먼저 움직였나."

『그래. 그리고 그는 관련 있는 다른 배신자를 데리고 어떤 나라로 향했다.』

"어떤 나라?"

『아라스틴 왕국이다.』

나는 숨을 삼켰다.

『이유는 모른다. 왕자에게 무슨 의도가 있는지, 아니면 그곳으로 가야 하는 무언가가 있는지…….』

"……알았어. 나도 그 나라로 갈 거야. 배신자를 데리고 가는 걸 보면 지일다인에서 판명된 배신자를 모을 가능성이 커. 어떻게 보면 알기 쉬워졌다고도 할 수 있네."

『문제도 있군.』

가르크가 말했다. 나도 이해하고 고개를 끄덕였다.

"우리는 앞으로 소피아의 정령 계약을 마치기 위해 북쪽으로 갈 생각이었어. 아라스틴 왕국과 방향이 달라. 반역 왕자도 움직였으니 언제 전투가 벌어져도 이상하지 않아. 되도록 서두르고 싶지만, 그럼 샐러맨더와 계약을 미뤄야 해."

아라스틴 왕국의 전투가 끝난 뒤에 해도 되지만, 정세가 정세이다 보니 나머지 5대 마족이 움직이지 않을 거란 보장도 없었다. 최악의 경우, 샐러맨더와 계약하지 못하고 남부 침공 이벤트까지 일어날 수도 있었다.

『흠, 그럼 내가 어떻게 해보지.』

내가 걱정하자 가르크가 제안했다.

『아즈아도 아군이 됐다. 이 상태로 페우스에게 말하면 협력할 가능성이 커. 페우스에게 샐러맨더와 계약할 필요성을 전달하고 절차를 밟아달라고 하지.』

"그 말은 페우스가 우리에게 샐러맨더를 보내준다는 거야?"

『음. 페우스와는 교섭할 소재도 있다. 얼마 전에 문제가 생겼다더군. 마족과 얽힌 문제인 듯한데 해결을 돕겠다고 약속하면 이야기가 순조롭게 정리될 거다.』

"페우스 쪽도 문제가 있구나……. 자세하게는?"

『자세한 내용은 못 들었다. 그 문제는 나나 내 권속이 처리하면 된다.』

흠, 그렇다면 맡겨볼까.

『페우스와 교섭하고 정령 계약이 잘 풀리면 루온 공 일행이 진로를 고민하지 않아도 되겠지?』

"맞아. 가르크, 부탁해."

『걱정하지 마라. 아…… 그렇지.』

갑자기 가르크가 무언가가 생각났는지 바닥에 굴러다니는 천사의 핵으로 시선을 옮겼다.

『아즈아, 천사의 핵을 아직 써야 하나?』

『마족은 없어졌다. 앞으로 이것으로 무언가를 할 필요는 없군.』

『그럼 내가 가져도 되겠나?』

『괜찮다만, 어쩌려고?』

아즈아의 의문을 무시하고 가르크가 천사의 핵을 재주 좋게 오른쪽 앞발로 잡았다.

『흠.』

그 순간, 천사의 핵에 마력이 주입됐다.

순간적으로 신전이 흔들릴 정도로 농밀한 힘— 상당한 마력을 넣었다.

『음, 감사히 쓰겠네. 아즈아, 작업을 마치는 대로 마력을 넣게.』

『뭐 하는 건가?』

『우리 목적 중 하나를 말하지. 그대처럼 마왕의 마법을 막을 방법을 세우고 마왕을 없앨 무기를 만들고자 한다.』

『무기……. 그런가, 우리의 힘을 주입…….』

『이해가 빨라서 좋군. 아까 우리의 힘을 합칠 수 있다는 걸 알았지 않나. 마법이 아니라 검을 만들려면 더 자세히 알아봐야 해. 이 천사의 핵을 쓰면 우리 신령, 나아가서는 땅, 물, 불, 바람의 정령의 힘이 융합될 수 있는지 확인할 수 있다.』

과연, 한번 시험해봐야 하는 것은 사실이었다. 적당한 도구가 굴러들어온 상황인가?

『천사의 핵을 어떻게 다룰지 제안할 것이 있다.』

가르크가 운을 떼고 계속 말했다.

『루온 공은 나나 아즈아의 힘을 지닌 마족을 압도할 정도다. 전력으로는 더할 나위 없으나 그대에게는 여러 과제가 있지?』

"그렇지, 뭐. 아직 온 힘을 내보여서는 안 되고, 고생하는 건 사실이야."

『음, 그럴 때를 대비해 루온 공도 내가 지금 하는 것처럼 격리장벽을 치는 기술을 익히는 게 어떤가?』

말이야 쉽지. 나도 할 수 있을까?

『못 하지 않느냐는 얼굴이군.』

"공간을 격리할 정도의 마력장벽을 만들기는 힘들잖아? 다른 마법을 못 쓰는 데다 유지하느라 의식을 집중해야 해서 싸우면서 쓰기는 힘들어."

『그래서 이 천사의 핵이 필요한 거다.』

……뭔가 홈쇼핑 같네.

『아즈아도 아까 말했다만, 사역마— 루온 공이 만드는 새와 다르게 명확한 전투력이 있는 존재를 핵으로 창조하면 된다. 사역마로 장벽을 세울 수만 있으면 마왕에게 들킬 일도 없어.』

아하, 그렇군. 내가 그런 일을 할 수 있게 되면 여차할 때도 대응할 수 있었다.

『말을 더 얹자면, 다른 능력을 더해도 된다. 인간의 몸인 루온 공에게는 마력 분석력에 한계가 있다. 그것을 보충할 기술을 만드는 등, 사용 방법은 다양하다.』

전략 폭이 넓어지겠다.

『사역마 생성을 통한 실험에 더 가깝군. 마왕을 무찌를 무기를 만들기 위해 신령의 힘을 어떻게 다룰지 검증하기에 좋은 기회라고 생각한다.』

"실험…… 그래, 알았어. 실패해도 문제없으니까 마음껏 해. 그래서 전력이 늘면 더할 나위 없지."

『그리고 하나 더.』

"또 있어?"

『이것은 천사의 핵과는 다른데…… 이번처럼 예상하지 못한 적과 싸우게 될지도 모른다. 그럼 더 강력한 마법이 필요할 거다.』

"그럴 수도 있겠네."

『그래서 말인데, 내가 보유한 마법 하나를 제공하지.』

생각하지 못한 제안에 깜짝 놀랐다. 가르크가 소지한 마법?!

『기초부터 습득하는 건 아니다. 루온 공은 상상으로 마법을 체득하지? 내가 그대에게 그 상상을 보내주겠다. 본체라서 가능한 소행이지. 이렇게 해서 쓸 수 있을지는 모르겠다. 물론 성공해도 직접 쓰려면 수련이 필요하다.』

"어떤 마법이야?"

『나를 만져봐라.』

나는 가르크를 만졌다. 그러자 머릿속에 마법 이미지가 흘러들어왔다.

"······이건, 쓸 수 있을까?"

『시도해보지 않으면 모른다.』

"엄청나긴 한데······ 최상급을 초월한 마법인가?"

『그렇겠지.』

인간이 쓸 수 있을까······. 어쨌든 가르크의 선물이니 참고해두자.

『그럼 나도 제공하마.』

이번에는 아즈아가 나섰다. 설마 신령에게 이렇게 기술을 배울 줄이야.

『가르크가 마법이면 나는 기술이다.』

그리고 내게 손을 뻗었다. 손에 닿은 순간, 머릿속에 기술 이미지가 흘러들어왔다.

"······물과 어둠은 쓰지 않네?"

『그런 것과는 관련이 없다. 내가 가르쳐 준 것은 마력을 흐르게 하는 방식이다.』

"흠, 그렇구나. 알았어. 참고할게. 아즈아, 가르크, 고마워."

이것으로 이야기는 끝났다. 그 뒤에는 신령들이 끝날 때까지 기다렸다.

그 후, 나는 마법으로 만든 빛 아래에서 가르크와 아즈아가 가르쳐 준 마법과 기술을 검증했다. 적절히 선잠을 자며 작업을 진행했다. 아무것도 없는 공간이라 집중할 수 있었다. 솔직히, 시간 감각 없이 지내서 시간이 얼마나 지났는지도 잘 몰랐다.

『끝났다.』

아즈아가 짧게 말했다. 그와 함께 가르크도 입을 열었다.

『나도 끝났다. 경계하길 잘했다. 다크라이드의 마력이 신전 곳곳에 숨어 있었다.』

"장벽을 해제하면 위험했겠네……."

『정말로. 아무튼 우리가 마왕에게 발각되는 일은 없을 거다.』

『이제 말해주겠나?』

아즈아가 말했다. 나와 가르크는 설명을 시작했고, 한 시간도 지나지 않아 끝났다.

아즈아는 내용을 듣고 말했다.

『흥미로운 이야기로군. 루온 공, 다시 협력할 것을 표명하지.』

"응, 잘 부탁해. 가르크, 여기서 따로 할 일은 없어?"

『돌아가기 전에 하나만 확인하겠다. 아즈아.』

『뭔가?』

『협력하는 것은 좋으나 마왕의 마법은 당장에라도 검증해야 한다. 내 거처에서 해도 되겠나?』

『흠, 그렇군. 가르크의 숲이라면 들킬 일도 없겠지.』

『결정됐군. 그대의 거처는 괜찮나?』

『나는 심해 동굴에서 산다. 마왕과 마족이 파악하지 못했으니 문제 되지 않을 거다.』

『음…… 루온 공, 아즈아가 입수한 정보를 기초로 우리는 마왕의 대륙 붕괴 마법을 무너뜨릴 방법을 만들겠다.』

"오래 걸릴까? 벌써 5대 마족 중 셋을 무찔렀어. 이제 소강 상태에 들어가겠지만, 남부 침공이 코앞이야."

『이론 세우기 자체는 정보가 있어서 그리 어렵지 않다. 루온 공이 아라스틴 왕국으로 가는 동안 될 거다. 문제는 그것을 실현할 준비. 마왕에게 들키지 않기 위해 신중해져야 한다. 만약 시간이 필요하면 보고하지.』

착실하게 대응 방법을 만들 준비가 갖춰졌다. 그러나 다크 라이드와 싸우고 나머지 5대 마족 중 하나라도 무찌르면 남부 침공이 시작된다. 그때까지 목표는 달성하고 싶었다.

"……5대 마족 중 네 번째를 쓰러뜨려도 마왕이 당장 침공하지는 않을 거야. 이야기 속에도 약간의 시간적 여유가 있긴 한데…… 리엘의 자료에도 네 번째 마족을 쓰러뜨리고 마물이 공격할 때까지의 시간이 명확하게 적혀있지 않아서 주의해야 해."

『가능한 한 빠르게 준비하지. 그럼 루온 공, 지상으로 간다.』

"응."

땅속을 걷다가 문득 내 옷을 봤다.

"땅속은 먼지가 많아서 좀 씻어야겠어. 어디서 미역이라도 감을까……. 그러고 보니 가르크, 신전에 있는 동안 시간이 얼마나 지났어?"

『이틀.』

돌아온 말에 나는 곧바로 반응하지 못했다.

"응?"

『꼬박 이틀이다.』

"……이틀?!"

『지금 상황에는 이틀간 물만 마시고도 멀쩡한 루온 공을 대단하다고 해야 할지, 이틀이 지난 것도 모른 것을 둔하게 여겨야 할지 모르겠군.』

가르크가 진지하게 생각에 잠겼다. 잠깐만, 잠깐만.

"의외로 멀쩡하네?"

『그렇게 생각하는 건 루온 공 정도다……. 게다가 전력으로 마법을 쓴 다음 아닌가. 뭐, 일단 보충하자면 멀쩡한 요인에는 내 리본도 관련이 있다.』

"응? 마력 제어 리본이?"

『루온 공이 리본을 묶고 마력을 제어해서 전투 후에도 몸을 장시간 문제없이 유지할 수 있었다는 뜻이다.』

아, 과연. 리본이 뜨거워지지 않게 마력을 안에 담아둬서 체력 유지용으로 쓸 여유가 있었구나.

『자연스럽게 신체 부담을 마력이 보충하는 것이겠지. 이것은 리본을 착용한 부차 효과다.』

"나도 성장했구나."

『그렇다. 그런데 루온 공, 이틀 동안 갑자기 사라졌는데 동료들은 괜찮겠나?』

……소피아가 걱정할 텐데.

"유노를 두고 왔으니 아마……. 조금 서두르자."

『그럼 루온 공, 나와 아즈아는 이대로 땅속으로 이동해서 내 숲으로 가겠다. 분신은 평소처럼 두고 가니 부탁하네.』

"응. 나도 잘 부탁해."

대화를 나누고 땅속에서 헤어져 나 혼자 지상으로 돌아왔다.

시간은 아마 정오쯤 된 것 같았다. 밖으로 나오니 몸이 먼지투성이라 예정대로 씻고 마을로 향했다.

"혼나겠지……."

불안을 입 밖에 내자마자 실비를 발견했다.

"……루온?!"

그녀도 나를 알아보고 황급히 달려왔다.

"루온, 괜찮아?!"

"응? 으, 응. 안 다쳤어."

"그래……. 숙소에는 갔다 왔어?"

"막 돌아온 참이야."

"그럼 어서 동료들한테 얼굴 보여주고 와."

뭔가 다급해 보였다. 나는 무슨 일인가 싶어서 걸음이 조금 빨라졌다.

우리가 묵는 숙소에 들어갔다. 남자 방을 보니 아무도 없어서 여자 방문을 두드렸다.

"들어오세요."

리제의 목소리였다. 나는 조심스럽게 문을 열었다.

"미안, 지금 돌아……."

순간 말이 나오지 않았다.

여러 이유가 있었다. 우선 유노만이 아니라 레핀과 아마리아가 방에 있었고, 평소와 다른(원인은 나) 분위기였다는 것. 거기에 리제와 오르디아가 나를 보고 굳은 것.

가장 큰 이유는…… 소피아가 그야말로 엉망진창으로 우는 모습이 눈에 들어왔기 때문이었다.

"……루온……님……."

"어, 어어."

내심 동요하며 어떻게 설명해야 하나 망설이고 있는데 리제가 다가왔다.

"다친 데는?"

"아, 없어……. 미안해. 연락할 수 있는 상태가 아니었어."

"그래. 실비와 쿠자에게도 전달해야겠네. 마을 안팎을 뒤지고 있거든."

"실비는 아까 만났으니까 쿠자에게도 연락이 갔을 거야. 필리와 코리는?"

"마을을 떠났어. 쿠자는 소피아 일도 있어서 여기 남았고."

……나는 소피아를 돌아봤다. 손수건으로 눈물을 닦는 모습에 미안해서 그녀에게 다가갔다.

　도중에 유노와 눈이 마주쳤다.

　"걱정했어."

　"미안해."

　"사과할 거면 가장 걱정한 소피아에게 해."

　소피아가 드디어 진정하고 침울한 표정으로 대답했다.

　"무사해서…… 정말…… 다행입니다……."

　"……미안해."

　나는 침울한 얼굴로 대답했다. 왠지 요즘 계속 걱정만 끼치네……. 소피아가 다시 울음을 터뜨리자 리제가 옆에 서서 어깨를 끌어안았다.

　저질렀다. 어쩔 수 없는 상황이었다고 해도 더 좋은 방법이 있었을 것이다.

　"이유를, 설명해주겠어?"

　오르디아가 물었다. 이렇게까지 걱정을 끼쳤으니 설명해야 했다. 하지만…….

　"미안, 아직은……. 언젠가는 말할게."

　"……그래."

　더는 아무 말 없었다. 힐문해도 이상하지 않은 상황이었으나, 결국 추궁은 없었다.

　리제를 보니 불만스럽지만, 소피아가 아무 말 하지 않으니 자기도 아무 말 않겠다는 태도였다.

잠시 침묵이 흐르자 레핀이 입을 열었다.

"돌아왔으니 다행인 거로 치자. 소피아, 사정은 아무것도 묻지 않겠다고 했는데 정말 그래도 돼?"

"네……. 루온 님의 판단에 따라주세요."

5대 마족 레드라스와 싸우고 표명했을 때와 같았다. 신뢰한다는 뜻이었다.

"……걱정 끼쳐서, 정말 미안해."

나는 다시 사과했다.

"다음부터는 주의할게. 나도 이렇게 시간이 오래 걸릴 줄은 몰랐어. 따로 행동할 때는 꼭 말할게."

"네……."

대화는 그것으로 끝났고, 나는 방을 나갔다. 울리고 만 것을 깊이 반성하는데 누군가가 다가오는 발소리가 들렸다. 쿠자였다.

"오, 루온 씨. 돌아왔어?"

"응, 걱정 끼쳤네. 남아줘서 고마워."

"소피아 씨를 내버려 둘 수가 없어서. 그리고……."

쿠자가 내게 살짝 다가왔다.

"수도에서 사람이 와서 이 마을을 떠나도 되겠다고 생각했는데, 왕녀님 일행을 두고 가기는…… 좀 그렇더라고."

"동료들이 말했어?"

"응. 이곳에 머무는데 사정을 모르면 혼란스럽다고 알려줬어."

그가 남자 방 앞으로 갔다.

"소피아 씨에게 많은 걸 가르쳐 주는 중이니까 그게 끝날 때까지는 함께할게. 혹시 싸우게 되면 돕고."

"……그것 참 대견한데?"

"그야 사정을 들었으니까. 루온 씨가 말하지 않은 이야기에도 관심 있고."

나에게? 나는 아직 말할 수 없다는 뜻을 전하자 쿠자는 상관없다며 방으로 들어갔다.

이번에는 여자 방문이 열리고 오르디아와 유노가 나왔다. 오르디아는 곧장 남자 방으로 들어갔고, 나와 유노만 남았다.

"아무리 나라고 해도 편 들 수가 없더라."

"정말 미안해."

"문제는 해결했어?"

"응. 수왕 아즈아가 도와주기로 했어. 그런데 이곳에 좀 더 머물러야겠어."

가르크가 페우스와 절충에 들어갔을 것이다. 그 결과를 고려해 앞으로의 작전을 생각해야 했다.

"일단 이 나라에서 일어난 사건은 해결했지만…… 여러 문제도 있고, 어떻게 할지는 심사숙고해야겠어."

"그래. 아, 덧붙여서 말인데."

유노가 내 눈을 똑바로 보며 말했다.

"앞으로는 내가 책임지고 루온을 감시할 테니까 잘 부탁해."

"그거 소피아와 협의한 거야?"

"내 독단이야. 이런 데서 죽으면 엉망진창이 된다고."

"……앞으로 이런 일이 없도록 주의할게."

유노가 그럼 됐다고 했다. 소피아와는 다크라이드의 거성에서도 말썽이 있었다. 전투 중에 문제가 생기지 않을 거라고 단정할 수는 없지만…… 내 책임이었다. 무슨 일이 있으면 그녀를 전력으로 지키자고 마음속으로 굳게 맹세했다.

귀환한 다음 날 저녁, 나는 마을에서 정보를 모으다가 들렀던, 호수를 한눈에 볼 수 있는 광장으로 갔다. 내 옆에는 유노와 레핀이 함께했다. 사정은 이미 내 안에 있는 작은 가르크를 통해 들었다.

"이번 전투, 아즈아 님이 적이 아니라 다행이네."

레핀이 말했다. 나는 매우 동의했다.

"우여곡절이 있었지만, 사태가 크게 진전됐어. 신령들이 모여 대책을 세우기로 했고."

"이제 가르크 님께 연락이 오면 어떡할지 협의하면 되겠네?"

"응. 다음 목적지는 아라스틴 왕국으로 거의 확정됐으니까. 하지만 정령과 계약하기 위해 북쪽으로 가야 하나……."

동료들에게 아라스틴 왕국으로 간다는 말은 아직 하지 않았다. 가는 이유는…… 어떻게든 되겠지.

오늘 아침, 리제를 통해 나테리아 왕국의 제크에스 왕자가 행방불명됐다는 정보를 입수했다. 아즈아의 말과 일치했다. 그 결과, 나테리아 왕국도 간과하지 못하고 체포하기로 양국이 결단했다.

왕자의 퇴로는 끊겼다. 그렇다면 당연히 마족에게 갈 것이었다. 그리고 아즈아의 정보에 의하면 그가 가는 곳은 아라스틴 왕국이었다.

"아무래도 내 수행 때문에 아즈아가 움직였고, 거기서 발전해서 제크에스 왕자가 반역을 저지른 것 같아. 아라스틴 왕국에 마족이 밀려드는 것 자체는 이야기 틀 안이지만, 왕자의 개입은 없었어. 다음 전투는 이야기대로 흘러가면서도 크게 다를 거야."

"작은 계기로 그렇게 됐는데 큰 틀은 게임대로 흘러가는 게 왠지 놀랍네."

유노가 말했다. 나는 고개를 끄덕이고 견해를 밝혔다.

"리엘이 말한 내용을 생각하면, 전투 결말만 맞으면 굵직한 전개는 변하지 않는 걸까……? 어쨌든 아라스틴 왕국에서 막고 싶은 사건이 일어나니까 반드시 가자."

"그때가 고비인가?"

유노의 의견에 나는 그럴지도 모르겠다고 대답했다.

"정세는 조금씩 인간 쪽으로 기울고 있어. 아라스틴 왕국을 구하면 남부 침공의 맹주가 탄생하고 반격태세가 어느 정도 갖춰졌다고 할 수 있어. 다만, 내가 아는 상황과 조금씩 달라지고 있으니까 특히 마왕에 관해서는 주의해야 해."

현재, 북부에서 움직임은 보이지 않지만…… 계속 관찰해야겠다.

"소피아를 포함한 현자의 핏줄의 능력도 마왕과 싸우기에는 부족하고, 대륙 붕괴 마법 『라스트 어비스』 대책도 세우지 못했어. 이 두 가지를 서둘러 진행하자는 게 기본 방침이야."

"5대 마족과 싸우는 건 어떡해?"

"남은 둘 중 구디스는 이벤트가 발동하면 주위에 피해를 줘서 그 녀석은 빨리 무찌르는 게 나아. 그러니까 아라스틴 왕국을 구하고 구디스를 격파해서 남부 진행 이벤트를 발동하는 거지. 그때까지 준비를 마치고 싶어."

과연 시간이 맞을까⋯⋯. 신령을 믿자.

"또 하나 걱정되는 건 발크스 왕국이야."

레핀이 말했다. 나도 전부터 걱정한 부분이었다.

"서부 대국에 마족이 자리를 틀고 앉은 채로 남부에서 마물과 싸우면 인간 쪽이 마족 사이에 껴서 공격받지 않을까?"

"최악의 경우, 내 능력을 들킬 각오로 나 혼자 가도 돼. 솔직히 남부 침공 전에 해방하고 싶은데 어려울지도⋯⋯."

하지만 나라를 탈환하면 정세가 더 인간 쪽으로 기운다. 해내고 싶었다.

"아무튼 모든 것은 아라스틴 왕국 전투가 끝난 다음이야. 레핀, 이제 소피아에게 사정을 말해야 하지 않을까?"

"아직 조금만 더 생각해줘. 모든 것을 말할 때가 가까워지긴 했어."

"알았어. 이제 신령인 페우스에 관해⋯⋯."

그때, 뒤에서 기척이 났다. 돌아보니 두 사람이 우리에게 다가오고 있었다.

둘 다 머리카락이 붉은 남녀였다. 남자는 귀족이 입을 것 같은 붉은 옷을 입었고, 외모도 잘생겼다. 여자들이 좋아할 것 같았다.

여자는 붉은 로브를 걸쳤다. 나이는 스물을 넘은 정도일까? 성숙한 분위기가 감돌았고, 붉은 머리카락에 해 질 녘의 태양이 떠오르는 오렌지색이 섞였다.

『루온 공, 보고가 늦었다.』

갑자기 가르크의 목소리가 들렸다.

『페우스에게 사정을 말하니 꼭 만나고 싶다며 여기까지 와주었다.』

"……그렇다면, 당신들은……."

"응, 안녕. 내 이름은 페우스야."

여자가 자기 가슴에 손을 대고 말했다. 갑작스러운 등장에 유노가 입을 벌리며 놀랐다.

그에 반면 레핀은 예상한 것 같았다.

"처음 뵙겠습니다. 옆에 있는 건, 레자디?"

"오랜만이야, 레핀."

"레핀, 아는 사이야?"

"응, 샐러맨더 중에 뛰어난 힘을 가진 정령이야."

정령인가! 그럼 이곳에 온 것은…….

"내가 레자디를 책임지고 데려왔어. 이제 북쪽으로 가지 않아도 문제없지?"

페우스가 물었다. 나는 일단 고개를 끄덕였다.

"이렇게 대화하러 온 데는 이유가 있겠지?"

"맞아. 나는 너희에게 의뢰하러 온 거야."

신령의 의뢰? 왠지 꺼림칙했다.

"의뢰하는 이유는 내가 크게 움직이지 못해서야. 본래 힘을 쓰면 어렵지 않게 목적을 달성할 수 있어. 하지만 그럼 마왕이 움직일지도 몰라. 어떻게 해야 하나 고민하던 때, 신령을 따르는 인간이 나타났어."

"따르는 거 아니야."

"비슷하잖아."

페우스가 싹둑 잘랐다.

"의뢰 내용은 내가 소유한 아티팩트를 인간에게 빼앗겼으니, 그것을 탈환하거나 파괴해주길 바라."

"파괴하라니, 살벌하네."

"원래 내 권속이 천사의 유적에서 얻은 것을 보관하던 것뿐이니까. 필요하지 않으니 부숴도 상관없어."

"그렇군. 그래서 제일 중요한 그 아티팩트를 빼앗은 사람은?"

"아즈아와 가르크에게 제크에스 왕자 일은 들었겠지?"

설마 페우스의 입에서 왕자의 이름이 나올 줄이야.

내가 조용히 고개를 끄덕이자 페우스가 말했다.

"훔친 사람은…… 그야. 현재 아라스틴 왕국으로 가고 있어. 너희 진로와 같다고 들었는데, 부탁을 받아주겠어?"

페우스의 말을 듣고 나는 한 가지 확신이 들었다.

아라스틴 왕국에서 벌어질 전투가 게임과 다른, 고비라고 해도 될 정도로 거대한 전투가 되리란 것을……

〈『현자의 검 5』에서 계속〉

현자의 검 4

초판 1쇄 발행 2019년 1월 10일

지은이_ Junki Hiyama
일러스트_ Yomi Sarachi
옮긴이_ 이은혜

발행인_ 신현호
편집국장_ 김은주
편집진행_ 최은진 · 김기준 · 김승신 · 원현선 · 권세라
편집디자인_ 양우연
국제업무_ 정아라
관리 · 영업_ 김민원 · 조인희

펴낸곳_ (주)디앤씨미디어
등록_ 2002년 4월 25일 제20-260호
주소_ 서울시 구로구 디지털로 26길 111 JnK디지털타워 503호
전화_ 02-333-2513(대표)
팩시밀리_ 02-333-2514
이메일_ lnovelpiya@naver.com
ㄴ노벨 공식 카페_ http://cafe.naver.com/lnovel11

ISBN 979-11-278-4821-7 04830
ISBN 979-11-278-4074-7 (세트)

값 7,200원